異伝《いでん》 淡海乃海《あふみのうみ》 一

羽林、乱世を翔る《うりん、らんせをかける》

［著］イスラーフィール

［絵］碧風羽《みどりふう》

TOブックス

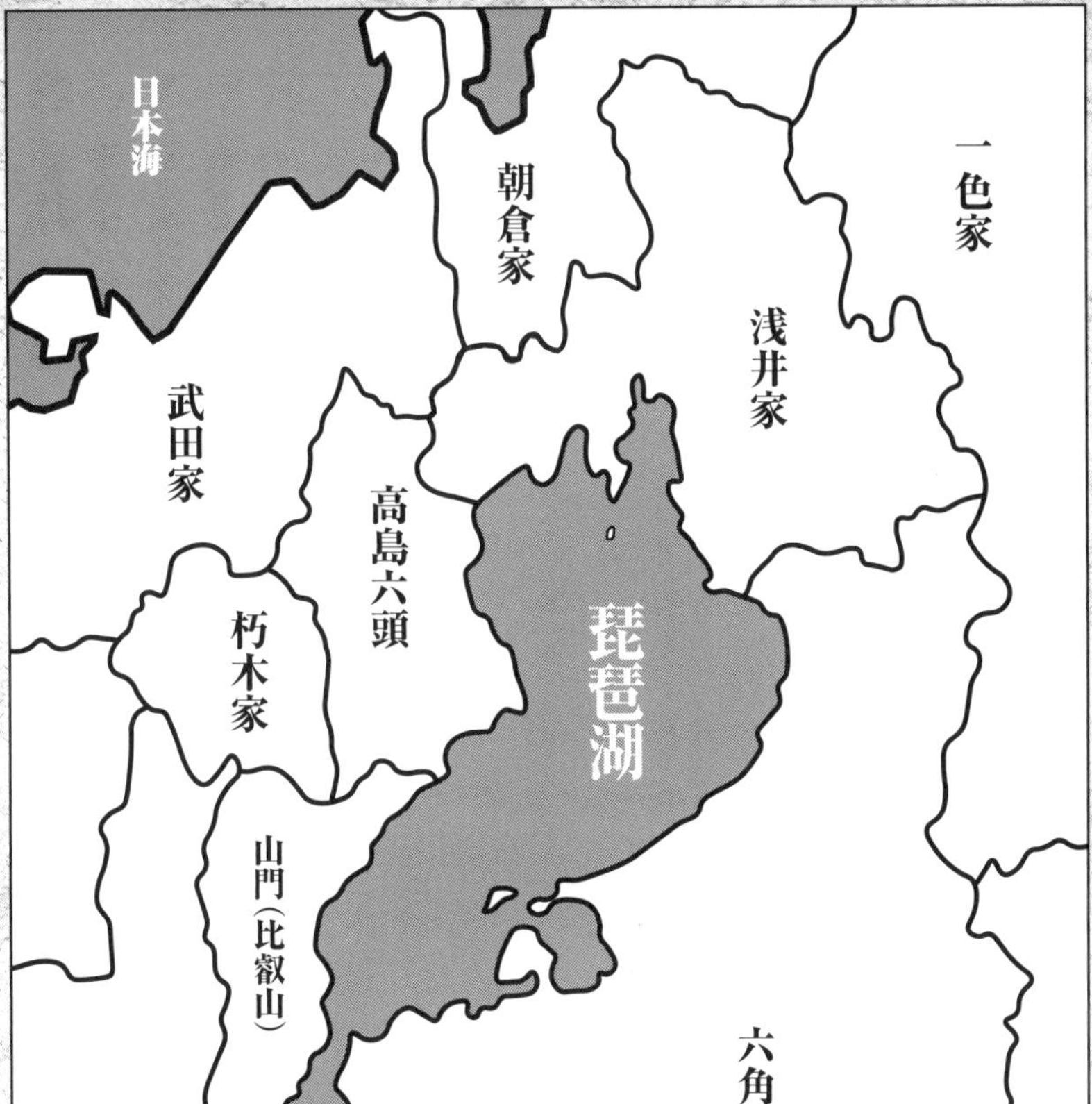

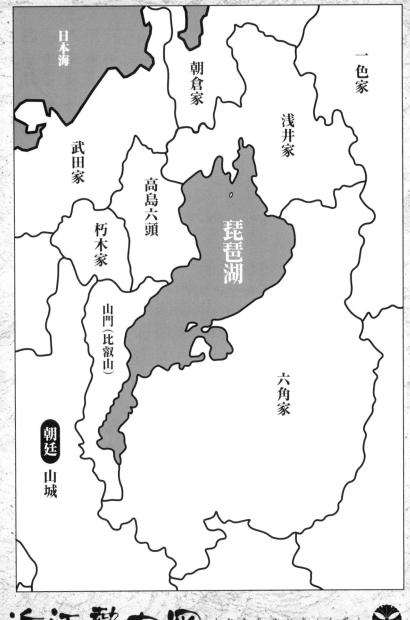

近江勢力図 ［おうみせいりょくず］

人物紹介 [じんぶつしょうかい]

朽木家 [くつき]

竹若丸 [たけわかまる]

現代からの転生者。朽木家の嫡男に生まれながら幕府の命により朽木家を継ぐ事が出来ず母方の実家である飛鳥井家に戻り公家として生きる事になる。

朽木植綱 [くつきたねつな]

主人公の祖父。主人公の才能を認め朽木家の当主に出来なかった事を悔やんでいる。そのため幕府に対しても複雑な感情を持つ。

朽木晴綱 [くつきはるつな]

主人公の父。

朽木惟綱 [くつきこれつな]

植綱の弟。兄同様主人公の才能を認める。

朽木綾 [くつきあや]

主人公の母。京の公家飛鳥井家の出身。息子である主人公を理解出来ず怖れ離れていく。

朽木長門守 [くつきながとのかみ]

主人公の叔父。幕府の命により朽木家の当主となるがその事で主人公に対して強い負い目を持つ。

朝廷《ちょうてい》・公家《くげ》

飛鳥井《あすかい》雅綱《まさつな》

主人公の祖父。

飛鳥井《あすかい》雅教《まさはる》

主人公の伯父。

目々典侍《めめないしのすけ》

主人公の叔母、後に養母。方仁親王（正親町天皇）の側室。主人公の才覚を認め溺愛する。

後奈良天皇《ごならてんのう》

第一〇五代天皇。生真面目な性格で天下が乱れている事に心を痛めている。皇太子の方仁親王に判断に迷った時はこの乱世を終わらせるには何が最善かを考えよと遺言を残す。

方仁親王《みちひとしんのう》（正親町天皇《おおぎまちてんのう》）

後奈良天皇の皇太子、第一〇六代天皇。足利氏と三好氏の勢力争いに苦慮する。幕府が頼りにならない事に強い不満を示す。

春齢女王《かすよじょおう》

方仁親王（正親町天皇）と目々典侍の間に生まれた女王。主人公を慕う。

近衛《このえ》晴嗣《はるつぐ》

近衛家第一七代当主。右大臣→関白左大臣→関白。朝廷の第一人者として朝廷の権威を守るために苦慮する。主人公の才能を認め頼りにする。足利義藤（義輝）の従兄弟。

近衛《このえ》稙家《たねいえ》

近衛家第一六代当主。太閤。足利義藤（義輝）の伯父。親足利の重鎮として義藤を支えるが義藤の器量を危うんでいる。

慶寿院《けいじゅいん》

足利義藤（義輝）の母、近衛稙家の妹。義藤の器量を危ぶみつつも懸命に支えようとしている。

当麻《とうま》葉月《はづき》

鞍馬忍者。京で桔梗屋という漆器店を営む。主人公と知り合いその力量を認める。

黒野《くろの》重蔵《じゅうぞう》

鞍馬忍者の頭領。葉月より主人公の事を知り主人公に仕える。鞍馬忍者の実力を世に示したいと考えている。

三好家【みよしけ】

三好《みよし》長慶《ながよし》
三好家当主。

三好《みよし》実休《じっきゅう》
三好長慶の次弟。

安宅《あたぎ》冬康《ふゆやす》
三好長慶の三弟。

十河《そごう》一存《かずまさ》
三好長慶の四弟。

三好《みよし》長逸《ながやす》
三好長慶の大叔父。

松永《まつなが》久秀《ひさひで》
三好家家臣。主君三好長慶に強い忠誠心を抱いている。主人公の力量を認め好意を持っている。

長尾家【ながおけ】

長尾《ながお》景虎《かげとら》
越後守護。幕府に対して強い忠誠心を持つ。後の上杉謙信。

浅井家【あざいけ】

浅井《あざい》久政《ひさまさ》
越浅井家当主。

浅井猿夜叉丸《あざいさるやしゃまる》
浅井家嫡男。

高島家【たかしまけ】

高島《たかしま》越中守《えっちゅうのかみ》
高島、朽木、永田、平井、横山、田中、山崎からなる高島七頭の頭領。竹若丸の内政改革により豊かになった朽木を羨み嫉む。竹若丸の父、朽木晴綱を戦で殺したため、竹若丸にとっては父の仇。

足利家【あしかがけ】

足利《あしかが》義藤《よしふじ》
足利家当主　第十三代将軍　後の足利義輝。

細川《ほそかわ》藤孝《ふじたか》
足利家家臣。

朽木《くつき》成綱《なりつな》
足利家家臣　主人公の叔父。

朽木《くつき》直綱《なおつな》
足利家家臣　主人公の叔父。

朽木《くつき》輝孝《てるたか》
足利家家臣　主人公の叔父。

勢力相関図［せいりょくそうかんず］

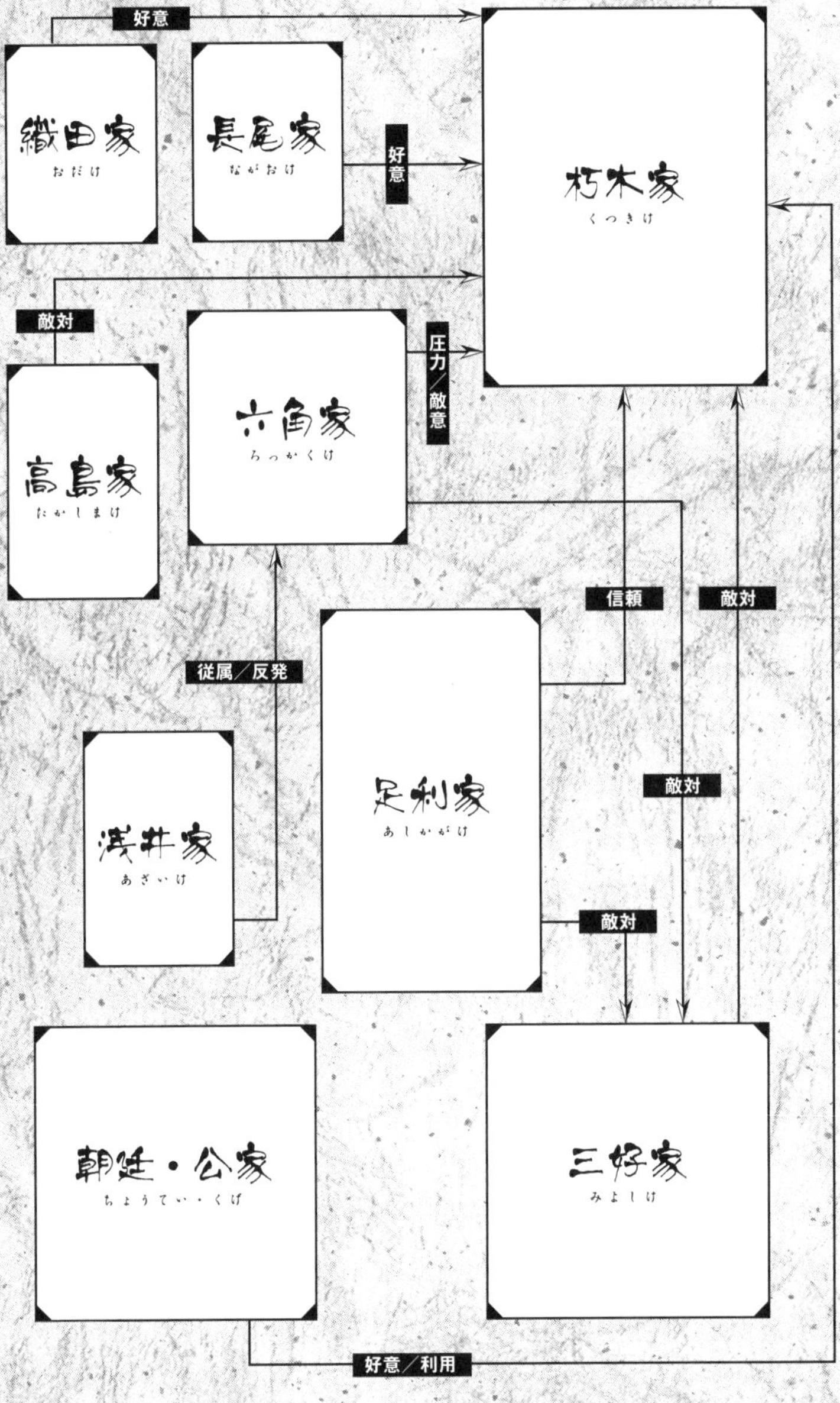

目次【もくじ】

いでん　あふみのうみ
うりん、らんせをかける

ILLUST. 碧風羽
DESIGN. AFTERGLOW

始まり

天文《てんぶん》十九年（一五五〇年）十月　近江高島《おうみたかしま》郡朽木谷《くつきだに》　朽木城　朽木稙綱《たねつな》

部屋の空気が重い。四人の倅《せがれ》達、朽木長門守藤綱《ながとのかみふじつな》、朽木左兵衛尉成綱《さひょうえのじょうなりつな》、朽木右兵衛尉直綱《うひょうえのじょうなおつな》、朽木左衛門尉輝孝《さえもんのじょうてるたか》は身体《からだ》を強張《こわば》らせて蒼褪《あおざ》めている。そして朽木蔵人惟綱《くらんどこれつな》、朽木主殿惟安《とのもこれやす》、日置《ひおき》五郎衛門行近《ごろうえもんゆきちか》、宮川新次郎頼忠《みやかわしんじろうよりただ》は厳しい視線を四人に向けていた。平然としていたのは孫の竹若丸《たけわかまる》だけだ。

「公方《くぼう》様が長門守を次期当主にと申されたと？　真《まこと》か？」

「はっ、これを」

長門守が懐《ふところ》より書状を出した。二通有る。受け取って中を確認した。間違いない、公方様の御内書と摂津中務大輔晴門《せっつなかつかさたいゆうはるかど》殿の副状……。竹若丸は幼少なれば次期当主は長門守にと確かに書いてある……。朽木家当主宮内少輔晴綱《くないしょうゆうはるつな》が河上荘俵山《かわかみそうたわらやま》で高島越中守《えっちゅうのかみ》と戦って討死《うちじに》した。当主は嫡男の竹若丸にと家中が纏《まと》まったというのに……。

「その方、自らを売り込んだのか？」

〝そのような事は〟、〝決して〟と長門守が懸命に否定した。確かに、そのような事が出来る倅ではない。実直だけが取り柄なのだ。それは他の三人も同じ。だが……。

「ならば何故《なぜ》このような事になる。その方が自ら公方様に売り込んだとしか思えまい」

「……」

四人とも無言だ。

「その方ら何を隠しておる」

「申し訳ありませぬ！」

いきなり長門守がガバッと頭を下げると左兵衛尉、右兵衛尉、そして左衛門尉も頭を下げた。

「公方様より竹若丸殿の為人《ひととなり》について御下問がございました。その際我ら些《いささ》か変わった所が有ると申し上げ……」

「決して誹《そし》ったのでは有りませぬ。ですが公方様はその事を重視したのだと思いまする。申し訳ありませぬ！」

長門守、左兵衛尉が謝罪すると残りの二人も〝申し訳ありませぬ！〟と謝罪した。

「愚かな事を……」

それでは誹った、自らを売り込んだと同じで有ろう。蔵人、主殿、五郎衛門、新次郎の四人も渋い表情で四人を見ている。内心では思慮が足りぬ愚か者と蔑《さげす》んでおろう。

「如何《どう》なされます、御隠居様。家臣達は皆が竹若丸様を当主にと望んでおりますぞ」

「五郎衛門殿の言う通りです。長門守様では納得なされますまい」

五郎衛門、新次郎の言葉に長門守が顔を歪めた。屈辱で有ろう、だが儂《わし》が見ても纏まらぬと思う。

宮内少輔討死で混乱する朽木家を収めたのは竹若丸の一喝であった。未《ま》だ二歳だがその器量は誰もが認めるもの。家臣達は簡単には長門守を当主とは認められまい。

「そうだの、……儂から跡目は竹若丸にとお願いするしかあるまい」

「そうですな、しかし幕府が重ねて長門守殿を当主にと推して来たときには？」

「……」

五郎衛門の問いに皆が押し黙った。受け入れるか、あくまで竹若丸を立てるか……。

「跡目は長門の叔父上で良い」

竹若丸だった。皆が驚いている。

「口を挟むな、そなたは自分が何を言っているか分かるまい」

嗜《たしな》めると竹若丸が〝いや、分かっている〟と答えた。

「朽木は負け戦の後だ。敵は少なく、味方は多い方が良い。此処《ここ》で幕府との関係が悪化するのは避けねばならぬ。幕府の力を利用して時間を稼ぎ態勢を立て直すのだ」

「！」

驚愕《きょうがく》が有った。皆が顔を見合わせている。知恵付きの早い子供だとは思っていたが……。

「早まるでない、先《ま》ずは儂が」

「無用だ、御爺《おじい》」

唖然《あぜん》としていると竹若丸が軽く笑った。

「幕府にゴリ押しされたら受けざるを得ぬのだ、違うか？」

「……」

「それに御爺の説得が上手《うま》く行けば幕府は面白く思うまい。幕府の意思が覆《くつがえ》されたのだからな。それでは朽木と幕府の間がぎくしゃくする。百害あって一利も無い、止《や》めた方が良い」

シンとした。確かに竹若丸の言う通りだ。しかし……、改めて竹若丸を見た。この幼さでそこまで人の心の機微を読むとは……。儂の孫は一体何者なのか……。

「朽木家の当主は長門の叔父上だ」

竹若丸が言い終えて蔵人、主殿、五郎衛門、新次郎に視線を向けた。

「左様心得るように」

蔵人、主殿、五郎衛門、新次郎が〝はっ〟と答えて畏まった。惜しいわ、既に当主としての力量を示しているというのに……。長門守達も複雑な表情をしている。

「叔父上、頼むぞ」

「……しかし皆が納得するか如何か……」

長門守の声が細い。家中の者が自分の当主就任に納得するまいと考えているのだろう。

「案ずるな、叔父上。皆には俺が話す。敗戦後の当主が幼くては朽木家のためにならぬのではないか、次の当主は長門守が望ましいと将軍家からお言葉が有ったとな。俺もその通りだと思うと言う。御爺が賛成し大叔父上と主殿が親族を代表して、五郎衛門と新次郎が家臣を代表してそれに賛成する。皆も納得するはずだ」

「……」

長門守は納得していない。いや、長門守だけではない、皆が納得しかねている。竹若丸もそれを感じたのだろう、一つ息を吐いた。

「俺は母上と共に京に戻る」

〝なんと〟、〝それは〟、〝なりませぬぞ〟と声が上がった。蔵人、主殿、五郎衛門、新次郎が反対している。

「俺がここに居ては叔父上がやり辛《づら》かろう」

竹若丸が宥《なだ》めたが誰も納得していない。

「元服したら竹若丸が当主になる。それではどうか？　それなら皆も納得しよう。長門守も皆から疎《うと》まれる事も有るまい」

「それは良いお考えと思いまする」

蔵人が賛成すると主殿、五郎衛門、新次郎が賛成した。長門守、左兵衛尉、右兵衛尉、左衛門尉も頷《うなず》いている。

「それは駄目だ」

竹若丸が首を横に振った。

「俺が元服するまで最低でも十年はかかる。十年も陣代《じんだい》では叔父上も辛かろう。それが原因で家中に不和が生まれかねぬ」

「……」

「朽木のような小さい家が内で割れてはあっという間に滅ぼされるぞ。それで良いのか？」

皆が顔を見合わせた。

「朽木の家は長門の叔父上が継ぐ、その後は叔父上の子が継ぐ。俺は母上と共に京に戻る。これで決まりだ」

シンとした。確かに、十年以上陣代扱いでは長門守が不満に思うかもしれぬ……。

「申し訳ありませぬ、某《それがし》の軽率な振舞いが斯様《かよう》な事に……、申し訳ありませぬ……」

長門守が泣きながら謝罪した。左兵衛尉、右兵衛尉、左衛門尉も謝罪した。

「しかし、竹若丸様が京に戻られては皆が納得するかどうか……」

新次郎が不安そうな表情で呟《つぶや》いた。五郎衛門が頷いている。

「心配は要らぬ。叔父上の手で朽木を豊かにすれば皆が叔父上を朽木の当主として認めるだろう」

皆が顔を見合わせた。

「豊かにするとは？」

問い掛けると竹若丸が〝ふふふ〟と笑った。

「色々と有る。皆に手伝ってもらう。必ず朽木は豊かになる筈だ」

「……」

「その利益の一割を俺に払ってくれ。さすれば叔父上も皆に責められぬ筈だ。俺も坊主にならずに済む。公家は貧しいのでな。頼むぞ」

そう言うと竹若丸が〝ふふふ〟とまた笑った。皆が顔を見合わせている。不安げな表情をしている。竹若丸は一体何を……。

「問題は幕府だ」

また妙な事を。竹若丸の発言に皆が訝《いぶか》しげな表情をした。竹若丸がそれを見て微《かす》かに笑った。苦笑したのかもしれぬ。

「長門の叔父上、これから幕府は色々と言ってくるぞ。兵を出せ、兵糧を出せとな。断れば誰の力で朽木家の当主に成れたのだと恩着せがましく言ってくるだろう」

皆が渋い表情をした。十分有り得る事だ。儂も幕府に仕えたからその事は分かっている。

「俺を当主の座から追ったのも変わり者では何を考えるか分からぬ。足利《あしかが》を見限るかもしれぬと思ったからだろうな。それなら叔父上を当主にし恩に着せて都合よく使おうという腹だ」

「竹若丸様の仰《おつしや》られる通りかもしれませぬな」

「うむ、兵を出せなどと言われては厄介よ」

新次郎、五郎衛門のやり取りに皆が頷いた。自然と皆の視線が竹若丸に向いた。

「まともに相手にせぬ事だ。朽木谷は京に近い。目立てば潰される」

「……」

「当分は敗戦の影響で身動きは出来ぬと言うのだな。当主が討死したのだ、多少損害を大げさに言っても不審には思うまい。三、四年は時を稼げよう。その後は家中が収まらぬ、自分に反感を持つ者が多く無理は出来ぬとでも言えば良かろう」

ウンウンと頷きながら聞いていた長門守が最後は苦笑した。弱い当主になる事は分かっている。それを利用するのかと思ったのだろう。

「しかし将軍家が此処に逃げて来るやもしれませぬぞ」

蔵人の言葉に皆が頷いた。

「受け入れれば良い、好都合よ。公方様が此処に居れば高島達は攻めて来ぬだろう。安心して領内の仕置に精を出せる。兵は出せぬがな」

なんとまあ、将軍家を利用しろと申すか。皆も呆《あき》れている。

「竹若丸よ、そなたは幕府を見限っているのか？」

儂が問うと竹若丸が声を上げて笑い出した。

「疾《と》うの昔にな、俺は見限っているぞ。そういう意味では幕府が長門の叔父上を当主に据えたのは正しいな。褒めてやりたいほどだ」

竹若丸が笑う。皆が唖然として竹若丸を見た。真、二歳なのか……。

「長門の叔父上、幕府のために朽木を使うのではない、朽木のために幕府を利用する、そう考えるのだな。変に仏心を出すと付け込まれるぞ。朽木家のためにならぬ。叔父上の判断次第で朽木家は大きくもなれば滅ぶ事も有るのだからな」

長門守が顔を蒼褪めさせながら頷いた。

「左兵衛尉、右兵衛尉、左衛門尉の叔父上。叔父上方も同じだ。将軍家の傍《そば》に仕えるのは良いが公方様の御為《おんため》などとは考えぬ事だ。己のため、朽木のためと考えて動いた方が良い。朽木が無くなれば叔父上方の利用価値は半減する。誰も相手にしなくなるぞ」

左兵衛尉、右兵衛尉、左衛門尉が頷く。三人も蒼褪めている。

「さて、俺はこれから母上に京に戻る事を伝えねばならぬ。御爺、手伝ってくれ」

「分かった」

儂と竹若丸が立ち上がると皆が頭を下げて畏まった。惜しいわ、惜しい。竹若丸が跡継ぎであれば……。

「残念じゃの」

「……已《や》むを得まい。朽木を守るためだ」

声に幼児らしからぬ苦渋が有った。憐《あわ》れな……。

「竹若丸よ、そなたはこれから如何するのだ？」

廊下を歩きながら問うと竹若丸がチラッと儂を見た。

「公家になる」

「公家にか」

竹若丸が頷いた。そして笑い出した。

「妙な公家になるだろうな。皆が呆れるような」

「かもしれぬの」

儂も笑い出した。祖父と孫が笑う。当主の座を追われるという暗さは何処《どこ》にも無い。妙なものよ……。


天文十九年（一五五〇年）　十月　　近江高島郡朽木谷　　朽木城　　朽木綾《あや》

夫が死んだ。朽木宮内少輔晴綱が死んだ。これからどうなるのか……。武家に嫁いだのだという事は理解していた。戦も有るのだと、乱世なのだという事も理解していた。しかし討死！　こんな事になるなんて想像もしていなかった。悲しみ、不安で良く眠れない。食事も良く摂《と》れない。それに竹若丸、あの子は父親が死んでも悲しみを表さなかった……。義弟の長門守殿達が厳しい表情をしていた事も気にかかる。一体何が有ったのか……。

トン、トン、トンと足音が聞こえた。この部屋に来るのだろうか？　今度は一体何が……。

「母上、竹若丸です。宜《よろ》しいですか、御爺も一緒です」

〝どうぞ〟と答えると戸が開いて竹若丸と義父が部屋に入って来た。二人とも表情が暗い。良くない事が起きたのだと分かった。

「母上、朽木家の当主は長門守の叔父上が継ぐ事になりました」

え、っと思った。義父を見た。義父が渋い表情で頷いた。

「幕府が竹若丸は幼少、荷が重かろう、次期当主には長門守をと言って来てな。皆で話し合って長門守が当主になる事になった」

竹若丸を見た。落ち着いている。

「そなたはそれで良いのですか？」

「はい」

義父に視線を向けた。

「それならば私には異存有りませぬ」

正直ホッとしていた。この子は未だ子供でいられる、そう思った。竹若丸が〝母上〟と声を掛けてきた。

「如何かしたのですか？」

「言い辛いのですが我らは朽木を去らなければなりませぬ」

「！」

驚いて義父を見た。義父が辛そうな表情をしている。

「私が此処に居ては私を当主にするか、叔父上を当主にするかで御家騒動になりかねぬのです。そうなれば朽木家は混乱し滅びてしまいます。それを避けるために我らは朽木家を去らねばなりませぬ」

竹若丸の言葉に義父が頷いた。

「済まぬのう、綾。御家騒動が起きればそなたも竹若丸も命が危うい。そなた達を守り朽木を守るためには他に手が無いのじゃ」

「……分かりました。竹若丸と共に実家に戻りまする」

暗澹《あんたん》とした。実家では厄介者扱いを受けるだろう。竹若丸も寺に入れなければならなくなる……。

「この後、朽木家は内政に努める事になる。そこから得た収入の一割をそなた達に送る」

「まあ」

驚いて義父を見た。義父は嘘《うそ》ではないというように頷いた。

「竹若丸とそう約束した」

竹若丸に視線を向けると今度は竹若丸が頷いた。

「そうなれば飛鳥井家《あすかい》でもそなた達を粗雑には扱わぬ筈だ。竹若丸も寺に入れられずに済もう」

「そうでございますね」

どれほどの物が送られてくるのかは分からない。しかし何も無いよりはましだろう。

「今回の事残念じゃ。儂としても本意ではないが已むを得ぬ。だがの、そなたが倅の嫁であり竹若丸が儂の孫である事はこれからも変わりは無い。困った事が有れば何時《いっ》でも頼ってくれてよい。どれほどの事が出来るかは分からぬが力になるつもりじゃ」

「有難うございます」

素直に頭を下げられた。義父は竹若丸を高く評価している。本当は手放したくないのだろう。援助も繋《つな》がりを切らないのが目的かもしれない。

「儂から飛鳥井権大納言様に文を書く。事の経緯とそしてこれからも朽木家と飛鳥井家は縁戚でありこの繋がりを保ちたいとな」

「分かりました。宜しくお願い致しまする」

義父が〝うむ〟と頷いた。義父と竹若丸が顔を見合わせ頷き合った。義父が立ち去り竹若丸が残った。少しの間二人で顔を見合った。子供らしからぬ沈痛な表情をしている。

「申し訳ありませぬ、母上」

「何を謝るのです」

「幕府が叔父上を朽木家の当主にと言ってきたのは某を危うんでの事のようです」

危うんで……。

「変わり者ですから何を考えるか分からぬと……。朽木家は万一の時、将軍家が避難する場所です。某が当主では不安だと思ったのでしょう。それでこのような事になりました。母上にも辛い思いをさせます。申し訳ありませぬ」

溜息《ためいき》が出た。竹若丸がビクリと身体を震わせた。その事に驚いた。この子は私が朽木家を追われる事に不満を持っていると思っている。その責任が自分にあると思っている……。

「良いのです。今回の事で私には武家の妻は務まらないと分かりました。多分、武家の母も務まらないでしょう。そなたと共に京に戻りましょう」

竹若丸が無言で頭を下げた。

「そなたは無念では有りませぬか？」

「無念ですが已むを得ませぬ。某の我儘《わがまま》で朽木家とその領民を危険にさらす事は出来ませぬ。自分は朽木宮内少輔晴綱の息子にございます」

また溜息が出そうになって慌てて堪《こら》えた。この子は間違いなく武家の子だ、公家として生きる事が出来るのだろうか……。

天文十九年（一五五〇年）　十月　　近江高島郡朽木谷　　朽木城　　日置行近

秋晴れの良い天気だと思った。廊下から見上げる空は雲一つなく清々《すがすが》しいほどに青空が広がっている。だが自分の胸の中にはどんよりとした物が広がっていた。この天気を素直には喜べぬ……。すっと隣に人が立った。新次郎殿か。新次郎殿も空を見ている。

「良い天気でござるの」

「真に、恨めしいほどの好天じゃ」

「そう言われるな、五郎衛門殿。今日は御方様、竹若丸様を送り出すのじゃ。せめて天気くらいはの、そうでなければ暗くなる一方でござろう」

「……そうでござるの」

お互い顔を見合わせる事は無い。空を見上げながら喋《しゃべ》った。

「昨夜も倅の左門と言い合いになり申した。納得いかぬと、竹若丸様こそ当主の御器量をお持ちだと」

新次郎殿が頷くのが分かった。

「我が家も同様でござる。倅の又兵衛が何度も惜しいと……。竹若丸様が澄《す》み酒《さけ》を造りましたからの。百姓から搾り取るのではなく百姓に様々な産物を作らせ利を生み出す。朽木のような小さい身代ではそうでなければ生き残れぬと。頻《しき》りに感心しており申す」

同感だった。素直に頷けた。

「五郎衛門殿、家中には幕府に対する不満が高まっているようにござる」

「然《さ》も有りなん。公方様は追われる度に朽木を頼り申す。もういい加減にして欲しいという気持ちは皆が持っておりましょう」

そして今回の一件、余計な事だけは達者だと感じている者は多い筈……。儂の倅の左門、新次郎殿の嫡男の又兵衛だけではない筈だ。

「新次郎殿、朽木家も難しい所に来ましたな。このまま幕府に忠誠を誓うのか、それとも別な道を歩むのか。事が起きる度に選択を迫られましょう」

新次郎殿が儂を見た。

「確かに、だが先ずは戦で失った力を取り戻さなければ……。それが叶《かな》うまでは動けますまい」

つまりそれまでは幕府を頼らなければならぬという事になる。だが力が戻ればその時は……。御隠居様は如何なされるのか……。

「長門守様も御苦労なされましょうな、五郎衛門殿」

「そうですな」

「竹若丸様の申された通りになる」

「うむ」

変わった御方であった。子供らしい所はまるでなかった。何時も一人で何かを考えておられた。そして時に御笑いになられた。不気味だった。この御方が成人なされた時にはどうなるかと不安も感じた。だが……、今はあのお方を失ってしまったという事の方が不安でしかない。あのお方が当主であればこのような不安など微塵《みじん》も感じずに済んだであろう。

「変わり者の若、……新次郎殿、我らその御器量を見抜けませんでしたのう」

「確かに、見抜けませんでしたな」

互いに息を吐いた。

「罰かもしれませぬな」

「かもしれませぬ」

二人でまた空を見た。雲一つない空を……。

養子

天文二十二年（一五五三年）二月中旬　山城国葛野《やましろのくにかどの》・愛宕郡《あたご》　平安京内裏　目々典侍《めめないしのすけ》

〝居るかな？〟と声が聞こえた。兄、左衛門督雅教《さえもんのかみまさのり》がニコニコしながら部屋に入って来た。

「はい、居りますよ」

「今日は暖かいの。二月とは思えぬ陽気じゃ」

「左様でございますね、どうぞ」

縁座を勧めると兄が〝おお、済まぬの〟と言って座った。

白湯《さゆ》を出すと兄が一口飲んで〝落ち着くの〟と言って破顔した。そして笑みを収めた。

「騒がしくなって参った」

「はい」

「京で戦が起きるやもしれぬ」

「はい」

公方と三好筑前守《みよしちくぜんのかみ》の間が緊張している。昨年の一月に和睦をしてから漸《ようや》く一年が過ぎた。だが決してこの一年が安定していたわけでは無い。

昨年の戦いは三好筑前守対公方・管領細川右京大夫晴元《ほそかわうきょうだゆうはるもと》の戦いだった。だが江口《えぐち》の戦いで公方・細川右京大夫晴元が大敗し三好側に有利な条件で和睦した。和睦の条件の一つが細川右京大夫晴元が出家し管領と細川京兆《けいちょう》家の家督を三好筑前守に協力した細川氏綱《うじつな》に譲る事だった。

条件は守られ細川右京大夫晴元が出家し細川氏綱が新たな管領となり右京大夫に任じられ細川京兆家の家督を継いだ。だが細川右京大夫晴元は若狭《わかさ》から丹波《たんば》へと逃れ反三好の兵を挙げた。そしてこの一年間、三好筑前守と細川右京大夫晴元は断続的に戦いを続けている。

「公方様の御側近に前管領に通じる者が居ると聞きますが」

問い掛けると兄が頷いた。

「民部少輔殿から文が来た。六名ほど居るらしい。頻りに前管領と組んで三好を討つべしと気勢を上げているらしい。名が書かれて有ったのは上野民部大輔信孝《うえのみんぶたいふのぶたか》、進士美作守晴舍《しんじみまさかのかみはるいえ》」

「進士と言えば」

兄に訊《たず》ねると兄が頷いた。

「うむ、娘が公方の側室になっておる」

となれば娘からも公方を口説かせているだろう。閨《ねや》で耳元に囁《ささや》かれれば……。溜息が出た。

「危ういと思うか？」

「思いまする」

「麿《まろ》も同じ思いじゃ。民部少輔殿もな。幕臣達にも上野や進士を危惧《きぐ》する者が居る。民部少輔殿はそれらの者と共に公方を諫めようとしているようでおじゃるの」

「上手く行きましょうか？」

「さあ、どうかの。朽木は負け戦の後、無理をしたくない、捲《ま》き込まれたくないと考えているのでおじゃろうが……」

兄が視線を逸《そ》らした。上手く行かないと見ている。私も同感だ。

「一昨年《おととし》の尼子《あまご》の事を覚えておじゃるかな？」

「覚えております。あれは驚きました」

兄が頷いた。一昨年、尼子民部少輔晴久《はるひさ》が備前《びぜん》・美作の守護職に任ぜられた。それまで任じられていた出雲《いずも》・隠岐《おき》・伯耆《ほうき》・因幡《いなば》・備中《びっちゅう》・備後《びんご》と合わせて八カ国の守護になった。そして相伴衆《しょうばんしゅう》に任じられ官位も従五位下修理大夫《しゅりだゆう》となった。明らかに尼子を優遇している。それまで備前・美作の守護であった赤松左京大夫晴政《あかまつさきょうだゆうはるまさ》は播磨《はりま》一国の守護となり今では播磨さえも失いかねないほどに追い込まれていた。

「公方が本当に頼りにしていたのは六角《ろっかく》と大内《おおうち》よ。だが二年前の天文二十年に大寧寺《たいねいじ》の変が起きたからの。あれで大内はもう当てに出来ぬと見たのであろう」

「だから尼子に？」

兄が頷いた。二年前に家臣の陶《すえ》が謀反《むほん》を起こした。山口は西の京と言われるほどに繁栄していたため多くの公家が滞在していた。あの謀反では公家も殺された。地方に行くのも命懸けだと皆が口にしたのを覚えている。

「大内の代わりに都合よく使おうというのであろうよ」

「ですが前管領にとっては赤松左京大夫は恩人でしょう。あの男が前管領に味方したから前管領は細川家を一つに纏める事が出来た。前管領は公方様を止めなかったと？」

兄が口元を扇子《せんす》で隠しながら〝ほほほほ〟と笑った。もっとも眼《め》が笑っていない。

「赤松は三カ国の守護、四職《ししき》の一つとはいえ内はボロボロであった。浦上《うらがみ》、別所《べっしょ》、もうどうにもならぬわ。とても対三好には使えまい。役に立たぬと見て切り捨てたのよ」

「……そんな」

永正《えいしょう》の錯乱から細川京兆家は分裂し混乱した。最後に残ったのは細川高国《たかくに》と細川晴元だった。そして大物崩れの戦いで赤松左京大夫が細川高国を裏切りその後背を攻撃した事で決着が付いた。あれが無ければ混乱はさらに続いただろう。前管領が細川京兆家を継ぐ事も出来なかったかもしれない。

「驚く事はおじゃるまい。三好筑前守の父親はどうであった？」

「それは……」

兄が皮肉そうな笑みを浮かべている。三好筑前守の父親は裏切られて死んだ。裏切ったのは前管領だった。

「公方も前管領も良く似ておじゃる。さぞかし気が合おう」

「……」

「竹若丸の事もそうでおじゃるの。役に立たぬと見たから切り捨てて長門守を当主にした。もっとも誤ったと見て竹若丸を朽木に戻そうとしたが」

「……あれにも驚きました」

兄が頷いた。笑みは消えている。

幕府は竹若丸を朽木に戻そうとしたが竹若丸は一蹴した。兄の話では竹若丸は幕府の使者を全く相手にしなかった。応仁《おうにん》・文明《ぶんめい》の乱が何故起きたのかを忘れたかと言ったらしい。朝廷では飛鳥井家の養子は深慮、それに比べて幕府は浅慮と一時評判になった。私も宮中の女官から何度か竹若丸の事を訊《き》かれた覚えが有る。

「一矢《いっし》報いたの」

兄が笑みを浮かべている。〝はい〟と答えると笑みが更に大きくなった。

「良い気味じゃ。あの時、父上は御不満であられたが今は納得しておられる」

「左様ですか」

兄が頷いた。

「あそこで竹若丸が朽木に戻っていれば飛鳥井は公方に付かねばならぬ。だが竹若丸は断ったからの」

「では？」

「うむ、飛鳥井は公方に扈従《こしょう》せぬ」

きっぱりとした口調だった。

「公方も前管領も信用出来ぬわ。赤松は今では三好に縋《すが》りついて何とか命脈を保つ有様よ。聞くところによれば赤松左京大夫は公方と前管領を大分恨んでいるらしい」

「……」

「無理もおじゃらぬ。四職の一つで有った赤松家が元は陪臣《ばいしん》であった三好を頼らなければならぬのじゃ。無念でおじゃろう」

武家の棟梁《とうりょう》である公方が武家の信頼を失いつつある。武家は自らの力で自分を守るか自分を守ってくれる大身の武家を頼るようになった。徐々に幕府は形骸《けいがい》化しつつある。これから幕府はどうなるのか……。


天文二十二年（一五五三年）二月下旬　近江高島郡朽木谷　朽木城　荒川長道《あらかわながみち》

眼の前で銭の入った壺が運ばれてきた。一つ、二つ、三つ、四つ……。うむ、上々よ、年々増えつつあるわ。

「中の銭は勘定したのか、帳面に記したか」

問うと〝もちろんにございます〟、〝数えました〟と答えが返って来た。声が明るいわ。寒い中での仕事ではあるが税の収入は増えている。皆も嬉《うれ》しいのだろう。

「良し、記載したものから倉に入れよ。足元に気をつけるのだぞ。滑《すべ》って転んではならぬ。終わったら今日の作業は終わりだ。甘酒が台所に用意してある。身体を温めてから帰るが良い」

歓声が上がった。寒い中での作業だから少しは考えてやらぬと。一人、二人と雪を踏み締めながら倉の中へ壺を運んでいく。

「平九郎《へいくろう》殿」

呼ばれて振り向くと宮川又兵衛《またべえ》貞頼《さだより》殿がニコニコしながら近寄って来た。

「おう、又兵衛殿か。如何《いかが》なされた」

「某にも甘酒を頂けぬかな」

「それは構わぬが」

「これを貰《もら》ってのう、一人では喰いきれぬ。一緒にどうかな？」

又兵衛殿が右手を差し出した。手には竹の皮包が有った。

「何かな、それは」

「栃餅《とちもち》よ。小川《おがわ》村の平助《へいすけ》から貰った」

又兵衛殿が嬉しそうに破顔した。

「ほう、見回りにでも行かれたか」

「うむ、石鹸《せっけん》作りをな、見て来た。この雪じゃ、薪《まき》を用意するのも簡単ではない。如何しているかと思ってな」

なるほど、所々に雪が付いておるわ。転んだのであろうな。

「御苦労だな」

「なんの、楽しんでいる。苦労など無いわ」

良い男よ。澄み酒、椎茸《しいたけ》、石鹸、綿糸、新たな産物を育てるために産物方を設けた。その初代奉行に自ら名乗り出たのが又兵衛殿。地味な仕事だが熱心にやっている。その御陰で徐々に朽木は豊かになりつつある。その事は儂が一番良く分かっている。

「こちらも終わりだ。ならば台所に行くか」

「うむ」

倉に鍵をかけ二人で台所に向かった。足元が滑る。

「平九郎殿、危ないぞ」

「又兵衛殿も気を付けられい」

何度か転びそうになりながら歩いた。転びそうになる度に二人で笑った。台所に着いた時には汗をかいていた。

「甘酒で良いか？　白湯も有るぞ」

「そうだな、白湯にするか」

二人で白湯を啜《すす》りながら竹包みを開いた。栃餅が十五枚ほど入っていた。一つ口に頬張る。又兵衛殿も頬張った。思わず唸《うな》った。

「美味《うま》い栃餅だな」

「平助は栃餅作りの名人だ」

「あの男がか、蟹《かに》のような厳《いか》つい顔をしておるぞ。女房ではないのか？」

又兵衛殿が〝酷《ひど》い事を言うのう〟と言いながら笑った。

「平助が栃餅を作っての、女房が売っておる。最近は商人が多く来るからの、儲《もう》かっているようだ。

嬉しそうに言っておった」

「ほう、それは良い事だ」

又兵衛殿が〝うむ〟と嬉しそうに頷いた。商人が来るのも朽木に産物が有ればこそよ。嬉しいのも無理は無い。

「平九郎殿、先程の壺は？」

「あれか、壺税の壺よ」

又兵衛殿が〝ほう〟と声を上げた。

「随分多かったのではないか」

「うむ、暮れから正月は酒の量も増えるからの。その分だけ税も増えるわ」

それだけではない、酒の売り上げも増えている。今では他国から米を買わねば追い付かぬほどだ。

その事を言うと又兵衛殿がまた声を上げた。

「豊かになったのう」

「うむ、豊かになった」

「戦で負けた時はどうなる事かと思ったが……」

「思ったよりも早く朽木は立ち直ったわ」

百姓達の表情も明るい。領内は安定している。あと三年ほどやり過ごせば兵を徴する事にも反発は有るまい。

「竹若丸様が居られればどれほどお喜びになられたか……」

「それを言うな、又兵衛殿」

「分かっている。長門守様に不満が有るわけではない。ただな、朽木が豊かになったのはあのお方の御陰よ。今の朽木を見てもらえぬのは残念じゃ」

又兵衛殿が栃餅を一つ取って乱暴に喰《く》い千切った。分かる、その思いは儂の思いでもある……。

儂も一つ餅を頬張った。二人で餅を食いながら白湯を啜った。

「又兵衛殿、いつか見てもらえる時が来る。京と朽木は直《す》ぐ傍ではないか。御成人なされれば……」

「そうよな。その時までにもっと朽木を豊かにしなければ……」

二人で頷いた。

「綿糸は如何かな、随分と売れているようだが」

又兵衛殿が顔を曇らせた。

「売れてはいるのだが量が足りぬ」

「……」

「種が足りぬのだ、土地も少ない」

「そうか」

種はともかく土地は……。

「口惜しいわ、八千石だからの」

「全くだ、恩賞で領地を頂ければと思うわ。ただ働きはもう沢山よ」

儂の言葉に又兵衛殿が〝その通り!〟と言って力強く頷いた。二人で顔を見合わせた。笑った、何故かは分からぬが二人で笑った。

「そう言えば御隠居様が公方様に諌言の文を送った事を御存じか？」

「いや、知らぬ。親父《おやじ》様から聞いたのかな？」

問うと又兵衛殿が頷いた。又兵衛殿の父、宮川新次郎殿は日置五郎衛門殿と共に御隠居様の信頼厚い重臣だ。

「どうもキナ臭いらしいな。公方様と三好の間が怪しいらしい」

渋い表情だ。多分儂も渋くなっているだろう。

「和を結んで京に戻ったのは昨年の一月だぞ」

「うむ、御隠居様も御怒りよ。側近達に良くないのが居るらしい。公方様はそれに引き摺《ず》られているとな」

「フン、引き摺られるのも悪かろう」

竹若丸様を見よ、自ら朽木のために身を引かれたではないか。皆が残ってくれと頼んでも首を縦に振らなかった。真の御大将よ。餅を一つ口に入れた。怒ると腹が減るわ。又兵衛殿も一つ餅を取って口に運んだ。

「同感じゃ、頼り無いわ。上に立つ器ではないの」

又兵衛殿が眼で語りかけて来る。分かるぞ、竹若丸様の事を考えているのだろう。儂も同じよ。

儂が頷くと又兵衛殿も頷いた。喉が渇いたな、白湯を一口飲んだ。又兵衛殿も白湯を口に運んだ。

「しかしな、又兵衛殿、勝てるのかな？」

問い掛けると又兵衛殿が眉を顰《ひそ》めた。

「難しいのではないかな」

「そうよな、となると」

「うむ」

二人で顔を見合わせた。また朽木に逃げて来るかもしれぬ。気が付けば二人で溜息を吐《つ》いていた。

「やれやれよ」

「うんざりじゃな」

どうせまた恩着せがましく殿に誰の御陰で当主になれたのだと言うのであろうな。

「又兵衛殿、何時までこんな日が続くのかのう」

「さあ、何時までであろう。某には分からぬわ」

長門守様では言い返せまい、御隠居様にも無理だ。だが竹若丸様なら……。悔しいわ！　もう一つ餅を口に入れた。又兵衛殿も餅を頬張った。

「美味いのう、又兵衛殿」

「うむ、美味いわ」

「又兵衛殿、眼が潤《うる》んでいるぞ。餅が喉に詰まったか」

又兵衛殿が笑いながら涙を拭《ぬぐ》った。

「詰まった、平九郎殿も眼が潤んでいるぞ」

儂も涙を拭った。

「こちらも詰まったわ、辛いのう」

「うむ、辛い」

二人で顔を見合わせて笑った。泣きながら笑った。

「この栃餅は美味いのう、又兵衛殿」

「ああ、美味い」

「あのお方にも食べて貰いたいものじゃ」

「平九郎殿、何時かその日が来るわ。必ずな」

「そうじゃのう」

又兵衛殿の言う通りよ。何時か必ずその日が来る。その時は心から笑って餅を喰えるだろう。

天文二十二年（一五五三年）　七月中旬　山城国葛野・愛宕郡　東洞院大路《ひがしのとういんおおじ》　飛鳥井邸
飛鳥井竹若丸

ここは押さえて……、跳ねる！　養父の書いてくれたお手本と見比べた。うん、悪くない。まあまあじゃないのかな。隣で同じように手習いをしている義兄の雅敦《まさあつ》と比べてもひけはとらないだろう。下手さ加減においてだが。雅敦は一歳年上なんだが既に元服も済ませて従五位下の位にある。公家ってのは良く分からんわ、まあ俺も今年元服らしいけどな。どれ、もう一度だ。俺は右肩上がりに字を書く癖が有るからこれを直さないといかん。

二十一世紀から十六世紀に転生した。本当は朽木元綱《もとつな》になる筈だったと思う。だが足利の口出しの所為《せい》で朽木家の当主にはなれなかった。当主が幼少では心許《もと》ないとか言ってたけど本当は違う。どうも俺って評判悪かったらしい。何考えてるのか分からないとか、子供らしくないとかね。幕府としては大事な避難場所の当主がそれじゃ困るというわけだ。だから口出しして叔父の長門守藤綱を当主に据えようとした。

撥《は》ね除《の》ける事も出来た。だが負け戦の後だ、幕府を敵に回すのは得策じゃない。だから俺が身を退《ひ》いた。長門の叔父は困ったような顔をしていたな。俺に申し訳ないと思ったのだろう。朽木家は俺を当主にする事で纏まっていたから居心地が悪かったというのもあるかもしれない。だが俺は死にたくないからさっさと母親の実家の飛鳥井家に避難した。公家は貧乏だけど殺されるよりはましだ。もう三年になるな。

成人したら当主にする、だから朽木に戻れと幕府は言っていたけどね、今は戦国乱世なんだ。邪魔になれば子供だって容赦なく殺される時代だ。長門の叔父は最初は俺に負い目を感じているかもしれない。しかし時が過ぎれば変化が生じる。段々俺を鬱陶《うっとう》しく感じ邪魔になるだろう。特に叔父に子供が出来ればそうなる。

綾ママは京に戻るのを嫌がらなかったな。むしろホッとした感じだった。武家になれば戦に出る事になる。息子が殺されるかもしれないというのは母親にとっては悪夢なのだろう。特に夫が討死したとあってはその悪夢が現実味を増したという事だ。朽木家当主の座には何の未練も示さなかった。いそいそと帰り支度を始めたほどだ。

そして俺は飛鳥井家の養子になった。最初は祖父の飛鳥井雅綱《まさつな》、伯父の飛鳥井雅春《まさはる》は朽木に戻れと言っていた。公家は貧しいからな、食い扶持が増えるのは大変というわけだ。だが朽木から援助が出ると分かってからは何も言わなくなった。今じゃ祖父も伯父も、いや祖父も養父もホクホクだな。

長門の叔父には椎茸栽培のノウハウと清酒、石鹸の作り方を教えた。それと綿花を作れとアドバイスした。代償はその利益の一割を俺に寄越すというものだ。援助額はだんだん大きくなる。今度は歯ブラシを作らせよう。援助額の半分を養父に渡しあとの半分は俺の貯金だ。

飛鳥井家は書道、和歌、蹴鞠《けまり》を家業とする家だ。養子になった以上、家業の習得を疎《おろそ》かにするわけにはいかん。特に書道と蹴鞠は飛鳥井流として知られているのだからな。この書道だが他にも流派は有る。世尊寺《せそんじ》流、持明院《じみょういん》流、法性寺《ほっしょうじ》流、後京極《ごきょうごく》流、宸翰《しんかん》様の各派、青蓮院《しょうれんいん》流などだ。これらを書流というのだがこの中でも最も権威ある書法として用いられたのが世尊寺流だ。

世尊寺流は平安時代の三跡の一人、藤原行成《ふじわらのゆきなり》に始まる。世尊寺流と呼ばれるのも行成の子孫が世尊寺家を名乗ったからだ。だが残念なことに世尊寺家は断絶し世尊寺流も断絶した。今から三十年ほど前の事らしい。それを惜しんだ当時の帝が筆頭門人の持明院基春《もとはる》にその書法を継承させた。それが持明院流で今では徐々に持明院流が最も権威ある書法、持明院家が書道の宗家となりつつある。

この持明院家と俺は些か関わりが有る。俺の母親である綾ママは京に戻ってから持明院家に嫁いだからだ。無駄飯を食わせるような余裕は無いという事だな。相手は持明院基孝《もとたか》、基春の孫で従三位大蔵卿の地位にある。もうすぐ参議になるだろう。持明院家も家格は羽林だから家格も家業も同じ所へ嫁いだわけだ。それにお互いに再婚だ。変な気後れはせずに済むだろう。

時々遊びに行くのだが歓迎してもらえる。理由は俺から綾ママに多少の援助をしているからだ。持明院家は書道の家元なのだからそちらから収入は有るのだが決して楽ではないらしい。遊びに行くと持明院流の書を教えてくれる。有難い事なのだが俺には飛鳥井流と持明院流の違いが良く分からない。もっともその事を口に出した事は無い。

廊下を走る音がする。カラッと戸が開いて養母が顔を出した。ふっくらした丸い顔をしている。名は佐枝《さえ》、おっとりした性格でちょっとぬけたところが有る。この養母と居るとストレスが溜まらないから俺は好きだ。現代なら癒し系と言ったところだな。

「あの……」

「如何した」

養父が声をかけても困ったような顔をして話そうとしない。養父が養母に近付いた。二人で顔を寄せ合って話している。時々俺を見る。徐々に養父の顔が強張りだした。どうやら俺の事で問題が起きているらしい。

「如何なされました、養父上《ちちうえ》、養母上《ははうえ》」

思い切って声をかけたが二人とも無言だ。もう一度〝如何なされました〟と声をかけると養父がおずおずと話し出した。

「三好の者が来ているらしい」

「三好の？」

「そなたを預かると言っておる」

「預かる？」

預かるか、要するに人質だな。

何となく分かった。今京は戦乱の危機にある。将軍義藤《よしふじ》が三好排除の兵を挙げ三好筑前守長慶《ながよし》と戦争状態にあるのだ。懲《こ》りない奴だ、この間も追い出されて和睦して戻って来たのに……。戻って来たのが去年の正月だったな、だが今年の正月にはもう打倒三好で騒いでいた。上野民部大輔信孝、進士美作守晴舎という人物が義藤の側近として影響力を発揮しているらしいがこの二人が三好長慶排斥、将軍親政を強く主張しているらしい。進士美作守の娘は義藤の側室だから何を考えたのかは想像がつく。傀儡《くぐつ》の将軍じゃ権力を振るえないという事だろう。

朽木の御爺から手紙が来たのもその頃だ。義藤が若い所為で簡単に煽られる、困ったものだと書いて有ったから三好は人も揃っていれば勢いも有る。当分三好の強勢は衰えないから義藤から誘いが来ても決して兵を出すな、先年の負け戦の損害から回復していないと言って断れと返事をした。その後だったな、二月頃だったと思うんだが伊勢伊勢守貞孝《いせいせのかみさだたか》、大舘左衛門佐晴光《おおだちさえもんさはるみつ》、それに朽木の御爺が進士美作守と上野民部大輔の追放を義藤に訴えた。伊勢伊勢守は親三好派だが他の二人はそうじゃない。

大舘左衛門佐と朽木の御爺が伊勢守に加勢したのは三好には勝てないと思ったからだろうし進士美作守と上野民部大輔の行動が目に余ったからだろう。これ以上自由にさせては危険だと思ったのだ。或《ある》いはいい加減頭を冷やせと義藤に警告する意味も有ったのかもしれない。だが義藤は無視した。そして三月には義藤自身が長慶との和約を破棄して東山《ひがしやま》の麓《うろ》に築いた霊山城《りょうぜんじょう》に入城し、細川晴元と協力して長慶との戦争を始めた。長門の叔父は義藤から兵を出せと誘われたが俺の文の通りに返事をして傍観している。

そんなこんなで京はいつ戦火で焼かれるか分からない状況になりつつある……。公家社会じゃ義藤と晴元は迷惑な奴でしかない。このあたりの事情は朽木の御爺の文と権中納言山科言継《やましなときつぐ》から聞いたから知っている。山科言継は朽木の御爺にとっては義兄弟、相婿という関係でもう一人の相婿、権中納言葉室頼房《はむろよりふさ》と共に何かと俺を気にかけてくれている。御爺から頼まれているらしい。

「なるほど、人質ですね」

「かもしれぬ」

俺と養父の会話に兄の雅敦が〝人質？〟と首を傾《かし》げた。

「朽木を押さえようという事でしょう」

「うむ、道誉一文字《どうよいちもんじ》の事もおじゃるからの」

道誉一文字か……、朽木を離れる時、御爺からは福岡一文字派の名刀道誉一文字を貰った。南北朝時代にバサラ大名として名を馳せた佐々《さ さ》木道誉の太刀だ。朽木家に伝わり家宝として大事にされていたのだが俺と朽木家の繋がりの深さを示すためだと言って御爺がくれた。養父の話ではかなり有名になっているらしい。

「御祖父様《おじいさま》は？」

「今三好の者と話しているそうじゃ。なんとか帰ってもらおうとしている」

無駄だろうな。向こうは力が有ってこちらは力が無い。それに祖父、飛鳥井雅綱には相手を怯《ひる》ませるような威は無い。

「私が会いましょう」

と言って席を立つと養父と養母が〝竹若丸〟、〝お待ちなさい〟と言ってきたが無視して玄関へと向かった。自然と後から二人が付いてくる形になった。その後から義兄が付いてくる。玄関では祖父と武者が話をしていたが先ず武者が俺に気付きその後で祖父が気付いた。武者は鎧《よろい》は着けているが兜《かぶと》は着けていない。鎧は当世具足だな、胴の部分に金箔の装飾が有る、それなりの物だ。ふむ、一人か……。

「飛鳥井竹若丸である。そなた、名は？」

「三好家家臣、松永弾正久秀《まつながだんじょうひさひで》と申しまする」

男が頭を下げた。思わず〝ほう〟と声が出た。これが松永弾正久秀か。若いな、俺のイメージでは陰険な爺さんのイメージが有るんだが眼の前の弾正久秀は四十代前半の割と好い男だ。結構モテるだろう。

「私を預かりたいと聞いた。どなたの御命令かな？」

「主《あるじ》、三好筑前守の命にございまする」

弾正が頭を下げた。〝俺〟って言えないのが辛いわ。公家らしくないって怒られるんだ。そのうち〝麿〟って言うのだろうし〝おじゃる〟も使うようになるのだろう。扇子で口元を隠しながら〝ほほほほほ〟って笑うようになるんだろうな。ゲロゲロ。

「そうか、ご苦労だな。朽木長門守を抑えるためか」

「はっ」

「分かった、行こう」

〝竹若丸〟、〝待て〟と騒ぐ大人達に〝大丈夫です〟と言って落ち着かせた。

「筑前守様は私を預かりたいと言っているのです。殺すとは言っておりませぬ」

「だが……」

「御祖父様、武家にとって主命の重さは他に比較出来る物が有りませぬ。それに松永殿は一人にございます」

祖父、養父、養母が訝しげな表情をした。こいつら分かって無いな。弾正も可哀《かわい》そうに……。

「その気になれば兵を引き連れて脅す事も無理やり引き立てる事も出来ましょう。それをせず事を穏便に進めようというのはこちらの面子《メンツ》を慮《おもんぱか》っての事、そして筑前守様の評判を気にしての事でございましょう。それだけの配慮をしております。無下には出来ませぬ」

弾正が〝畏れ入りまする〟と頭を下げた。

「但し、一つ条件が有る」

「はっ、某に出来る事なれば」

うん、弾正は俺に好意を持ったらしい。

「難しい事ではない。筑前守様とお会いしたいのじゃ。会って話をする。私に人質としての価値が無いとなれば帰す、価値が有るとなれば留《とど》める。如何かな?」

弾正が〝それは〟と言って苦笑した。あんまり意味は無いよな。俺も笑った。でもね、会ってみたいんだよ、戦国の巨人、三好長慶に。良い機会じゃないか。

「分かりました。それでは輿《こし》を用意致しまする」

「この季節、輿は暑かろう。馬が良いな」

「馬でございますか？」

弾正が訝しげな表情をした。乗れるのかと思ったのだろう。残念だけど未だ乗れない。そろそろ練習しないと。

「そなたの馬に乗せてくれれば良い」

弾正がキョトンとした。〝前に乗せてくれれば良い〟と言うと苦笑した。

「では御連れ致しまする」


天文二十二年（一五五三年）七月中旬　　山城国葛野・愛宕郡　　四条通《しじょうどおり》　　三好邸　　三好長慶

大叔父三好孫四郎長逸《まごしろうながやす》と談笑していると松永弾正が部屋に入って来た。話を止める。弾正がスルスルと滑《なめ》らかな動きで近寄って来た、そして座ると一礼した。

「首尾は？」

「はっ、飛鳥井竹若丸殿を御連れ致しました」

「うむ、御苦労であった」

労《ねぎら》うと〝はっ〟と畏まった。

「飛鳥井権大納言様は騒がなかったかな？」

大叔父が問うと弾正が〝多少は〟と答えた。

「であろうな、あそこは朽木からかなりの援助を得ておる。朽木は竹若丸殿に大分負い目を感じておるようじゃ」

大叔父の言葉に弾正が頷いた。三年前、朽木は高島越中守との戦に敗れ当主宮内少輔が討死した。跡を継いだのは嫡男の竹若丸では無く弟の長門守。公方様がそれを命じたと聞くが問題はその後よ、朽木は徐々に豊かになりつつある。今回の戦、長門守は兵を出さぬようだが……。

「実は権大納言様を説得したのは竹若丸殿にございます」

「……」

「抵抗しても無駄だと。武家にとって主命の重さは他に比較出来るものでは無いと……」

思わず大叔父の顔を見た。大叔父も訝しげな表情をしている。

「竹若丸は確か五歳であったな」

「はい」

聡明とは聞いているが五歳でそのような事を？　大叔父が〝真か？〟と問うと弾正が大叔父の方を見て〝真にございまする〟と答えた。弾正が視線を戻した。

「その際の事でございまするが条件を付けられましてございまする」

「条件？」

妙な事を言う。問うと弾正が頷いた。

「殿に会いたいと、会って話がしたいと。その上で自分が人質として役に立たぬ事を説明すると」

儂に会いたい？　弾正はじっとこちらを見ている。弾正は会った方が良いと考えている。

「弾正よ、まともに取り合う必要が有るのか？　聡明とは聞くが相手は五歳の子供であろう」

大叔父が問い掛けたが弾正は無言だ。それを見て大叔父が考え込む風情を見せた。判断しかねるのかもしれぬ。確かに相手は五歳の幼児だ。しかし幼児とは思えぬ言動をしているのも確か……。

「会った方が良いと弾正は考えるのだな？　会う価値が有ると？」

弾正が〝某には分かりませぬ〟と首を横に振った。そしてこちらを見た。

「なればこそ殿に御判断頂きとうございまする」

分からぬか……。大叔父の表情は変わらぬ。つまり大叔父も分からぬのだ。儂にも分からぬ。となれば弾正の言う通り、会って判断するしかあるまい。

「分かった、会おう。此処へ連れて参れ」

弾正が〝はっ〟と一礼して下がった。

「大叔父上、何が出るかな？」

「さて」

「鬼か、蛇か、それともただの人か」

「相手は五歳の子供ですぞ」

大叔父が呆れたような声を出した。

「そうだがな、どうせ会うなら面白き者に会いたいものよ」

今度は大叔父が呆れたように首を横に振った。

弾正が戻って来た。廊下で片膝を突く。

「飛鳥井竹若丸殿を御連れしました」

「うむ、これへ」

小さい姿が現れた。五歳、年相応の身体だ。部屋に入って座ると弾正がその後ろに座った。竹若丸が一礼した。はて、どのような童子か。楽しみな事よ。

震撼《しんかん》

天文二十二年（一五五三年）　七月中旬　　山城国葛野・愛宕郡　　四条通　　三好邸　　三好長慶

「初めてお目にかかりまする、飛鳥井竹若丸にございまする。筑前守様におかれましては我が願いをお聞き届け頂けましたる事、心から御礼申し上げまする」

「いや、無体を言ったのはこちら。会うぐらいの事は当然であろう、そのように丁重に礼を言われては困惑するばかりじゃ」

竹若丸が笑みを浮かべている。緊張は無い、真、五歳か？

「未だ弱年にして未熟なれば礼儀作法を良く心得ませぬ。非礼、失言の段は御許し頂きとうございまする」

「勿論《もちろん》じゃ、御気を楽にされよ」

「忝《かたじけ》のうございまする」

笑みを浮かべながら頭を下げた。幾分気圧《けお》される物が有った。礼儀作法、挨拶、いずれも尋常なものだ。また思った。真、五歳か？

「儂と話がしたいとの事であったが？」

「はい。ですがその前に一つお願いが？」

「……何であろう？」

「今少し近付いても構いませぬか？　ここからでは筑前守様の御顔が良く見えませぬ」

思わず苦笑が漏れた。大叔父、弾正も苦笑している、何事かと構えれば顔を近くで見たいとは……。

「遠慮は要らぬ。大した顔ではないが近付いて良く御覧になられるが良い」

つい軽口が出た。

「有難うございまする」

竹若丸が立ち上がって近付いて来た。二間ほど離れた所に座った。こちらをじっと見ている。なるほど、良く見える。顔立ちに特徴は無いが澄んだ目をしているな。

「如何されたかな？」

「御無礼を致しました。父を、想《おも》い出しました」

「……宮内少輔殿か……、亡くなられた時は御幾つだったかな？」

「三十を越えたばかりにございまする」

「左様か……」

儂が今三十二、ほぼ同年代か……。大叔父、弾正も複雑そうな表情をしている。

「御苦労なされたな」

「飛鳥井の養父、養母がおります。二人とも私を可愛《かわい》がってくれます。苦労などは有りませぬ」

明るい声だ、表情にも陰が無い。儂が父を失ったのは十一歳の時、頼れるのは大叔父だけだった。このような声が出せただろうか、表情が出来ただろうか？　出来なかったな……。儂は父の仇《かたき》に頭を下げて生きていたのだ……。漸く今は頭を下げずに済む。だが人はそれを下剋上《げこくじょう》と蔑む……。大きく息を吐いた。

「竹若丸殿、一つ訊ねても良いかな」

「はい」

「儂は下剋上をしていると罵られるが下剋上を如何思われる」

竹若丸が此方《こちら》をジッと見ていた。如何答える？　儂に媚びるか？

「答える前に下剋上とは如何いうものか、教えて頂きとうございまする」

知らぬとも思えぬ。時間を稼ぐつもりか？　まあ良い、ここは答えてやろう。

「されば下剋上とは下位の者が上位の者に勝つ事、それによって身分秩序を覆す事じゃ」

竹若丸が〝なるほど〟と頷いた。

「では幕府を創られたのは？」

思わず苦笑が漏れた。

「何を詰まらぬ事を、足利尊氏《たかうじ》公であられる。竹若丸殿も御存じであられよう」

竹若丸も笑った。

「知っておりまする。ですが尊氏公の父親の事は知りませぬ。どのような方か、何をしていたのか、御存じなら教えて頂きとうございまする」

「……」

尊氏公の父？　大叔父、弾正も困惑している。はて……、鎌倉幕府の御家人であった筈だ。名前は……。待て、鎌倉幕府？　尊氏公も最初は鎌倉幕府の御家人であったな。それを潰し後醍醐《ごだいご》の帝の建武《けんむ》の新政を潰して京に幕府を創った……。つまり尊氏公の成した事は下剋上か！

竹若丸を見た。笑みを浮かべてこちらを見ている。今の世は下剋上で出来上がった物、下剋上への非難など笑止という事か……。気が付けば笑い声を上げていた。大叔父、弾正が驚いたように儂を見ている。その事がより愉快だった。二人は竹若丸の謎かけを解けなかったらしい。

「畏れ入った、愚問であったようだ。忘れて頂ければ幸いじゃ」

竹若丸が軽く一礼した。恐るべき童子よ。聡明などという物では無いわ。外見に騙《だま》されてはならぬ。その内には恐るべき才知が有る。……還《かえ》してはなるまい……。

「それで、話とは？」

気を取り直して問うと竹若丸が姿勢を正した。

「私が此処に呼ばれたのは朽木を抑えるためと弾正殿より伺いました。真でございますか？」

「その通りだ」

「私は既に朽木家を離れ飛鳥井家の人間にございます。人質の意味が有るとは思えませぬが？」

「果たしてそうかな？」

「……」

敢《あ》えて含み笑いをして見せたが相手は落ち着いている。顔色一つ変えない。なるほど、簡単には遣れぬと見ている。

「朽木家は竹若丸殿が大事なようじゃ。朽木家からは相当な財が飛鳥井家に送られているようだが」

「公家は貧しゅうございます。私が飛鳥井家にとって負担になってはと思っての事にございましょう」

「それだけかな？　民部少輔殿とは頻繁に文の遣《や》り取りをしておられよう。孫が気になって仕方が無いようじゃな。名代《なだい》の名物、道誉一文字もそなたの手に有る」

竹若丸が笑った。苦笑か？

「良くご存じで、なれど祖父は隠居にございます」

確かに隠居じゃ。だが朽木家で本当に力を持っているのは当主の長門守では無く隠居の民部少輔。その事は民部少輔が公方様に諫言《かんげん》した事でも分かる。長門守は当主になった経緯から必ずしも家臣達から認められておらぬらしい。家臣達の中には目の前の竹若丸を当主に望む声が有ると聞く。確かにこの童子が当主ならばと思うだろう。末恐ろしい童子よ。

「大体朽木は兵を出しておりませぬ。それに身代は八千石の小身にございます、私を人質に取る必要が有りましょうか?」

首を傾げている。

「確かに兵は出しておらぬ。兵力も少ない。恐れる必要は無い」

「……」

ほう、喰い付かぬか。偶然か、考えての事なら才だけでは無い、強《したた》かさも持っておる。

「だが公方様があそこに逃げ込むと厄介よ。目障りじゃ」

「なるほど、そのために私を押さえたという事でございますか」

「そうじゃ。残念だが竹若丸殿には暫《しば》くここで過ごして貰わねばならぬ」

〝ふふふふふ〟と含み笑いが聞こえた。竹若丸が笑っている。信じられぬ、笑うとは……。大叔父、弾正が眼を剥《む》いている。

「何か可笑《おか》しいかな?」

「いえ、困った事になったと思ったのです。此処は良い所では有りますが長居したいとは思いませぬ」

「ハハハハハ、では儂を説得する事だ。出来るかな?」

「……」

笑う事で挑発したが竹若丸は黙っている。

「……」

互いに眼を逸らす事無く、瞬《まばた》きする事無く見詰め合った。どのくらい見詰め合ったか、眼が疲れた頃に竹若丸の口元に笑みが浮かんだ。それを見て瞬きをした。

「朽木に逃げられぬとなれば公方様は何処へ行きましょう」

「……」

「越前《えちぜん》、南近江、それとも越後《えちご》でしょうか。兵を出せ、かつての大内のように上洛せよとせっつきましょうな」

「……」

また〝ふふふふふ〟と含み笑いが聞こえた。

「何年かかるかは分かりませぬが越前の朝倉《あさくら》が動けば六角、浅井《あざい》も動きましょう。そうなれば畠山《はたけやま》も動きます。兵力は朝倉が一万、六角が二万、畠山が二万、それに浅井が三千ほど……」

竹若丸が指を折りながら数えている。大叔父、弾正の顔が強張っている。自分も強張っているやもしれぬ。

「固く見積もっても兵力は五万を超えます。大変でございますな」

竹若丸がこちらを見ている。嘲《あざけ》りを感じた。震えるほどに怒りを感じた、だがそれ以上に恐怖を感じた。有り得るのか？　有り得ぬ！　だが……。

「たとえ連合しても烏合《うごう》の衆よ、蹴散らすのは難しくない」

敢えて平静を保って言った。

「左様でございますな。しかし君子危うきに近寄らずとも言います。敢えて危険を冒す必要は無いと思いますが」

「……朽木に逃がせと申されるか」

竹若丸が笑みを浮かべた。

「朽木は八千石、兵力は有りませぬ。自ら兵を挙げる事は有りますまい。京の直ぐ傍という事で目障りかもしれませぬが目が届くところに居ると思えば宜しゅうございます」

「なるほど」

目障りでは有るが危険ではないか。遠くにやった方が危険か……。大叔父、弾正を見た。二人とも考え込んでいる。否定はしていない、やはり追い払うのは危険か。簡単に連合が成るとは思えぬ。しかし成った場合は危ない……。

竹若丸を見た。平然としている。面白くなかった。負けたと認めるのが癪《しゃく》だった。いやそれ以上に危険だと思った。我が手に留め置く必要が有る。

「確かに一理ある。しかし虎穴に入らずんば虎子を得ずとも言う。戦うという手も有ろう」

「勿論その手もございます。その場合、決戦の場は飯盛山城《いいもりやまじょう》は避けた方が宜しゅうございましょう」

飯盛山城？　飯盛山城に何が……、〝本願寺《ほんがんじ》〟と呻《うめ》くような声が聞こえた。

飯盛山、本願寺、父上か！　眼の前が真っ暗になった、身体が前のめりに傾く、手を突いて支えた。父上も勝ち戦を本願寺にひっくり返されて死んだ。腹を切ったが死にきれず腸《はらわた》を天井に投げつけて死んだ。落城寸前だった飯盛山城、腹を切ったのは顕本寺《けんぽんじ》……。懸命に身体を起こした。大叔父と弾正が脇差を抜いて竹若丸に近付くのが見えた。

「止めよ！　大叔父上、弾正。儂に恥をかかせるな。子供を恐れて斬ったなどとあっては末代まで天下の笑い者よ」

二人が儂を見ている。気が付けば左手が脇差の鞘《さや》に掛かっていた。儂は竹若丸を斬ろうとしたのか？　そうさせぬために二人は脇差を抜いた？　何たる事！　さり気無く左手を脇差から外した。二人が顔を見合わせ脇差を収めて席に戻った。

息が荒い、気が付けば肩で息をしていた。本願寺か、今は友好を結んでいる。しかし本願寺は父の事を忘れてはおるまい。三好が熱心な日蓮宗《にちれんしゅう》の信者という事も。となれば儂の背後を討とうとする可能性は十分に有る。眼を閉じて息を整えた。落ち着け、落ち着くのだ。落ち着いた、脇の下を汗が流れるのが分かった。汗が気持ち悪いと感じる事が出来た。眼を開けた、大丈夫だ。儂は落ち着いている。竹若丸は静かに座っていた。……この童子、刃を向けられた時如何いう表情をしていた？　怯《おび》えていたのか？　平然としていたのか？　分からぬ、それほどまでに儂は追い込まれていたのか……。背中をチリチリと嫌な物が走った。

「恐《こわ》い事を考えるものよ、寿命が三年縮まったわ」

「……この竹若丸、弄《いじ》られて黙っているほど大人ではございませぬ。五歳の幼児にございます」

「五歳の幼児か、……お主、何者だ？」

竹若丸がジッとこちらを見た。儂を見定めるかのように見ている。やがて口元に笑みが浮かんだ。

「朽木竹若丸としてこの世に生を受けました。なれど天は私に武家として生きる事を許さなかった。今では飛鳥井竹若丸として、公家として生きております」

「そうでは無い、儂はお主に何者かと問うている」

竹若丸が〝分かりませぬ〟と言って首を横に振った。

「何故自分がこの世に生を受けたのかも分からぬのです。自分が何者かなど分かる筈もない。筑前守様は自分が何者か、何故この世に生を受けたか分かりますか？」

「……」

答えられなかった。儂は三好筑前守長慶だ。しかしそれでは……。何故この世に生を受けたのか……。

「分からなければ生きるしかありますまい」

「生きる？」

問い返すと竹若丸が頷いた。

「生きる事で自らの生が何であったのかを主張する、意味を付ける。自らが何者であったのかなど後の世の者の判断に任せれば宜しゅうございます」

「なるほど」

素直に頷けた。どれほど自分が何者であるかを主張しても周囲が認めねば意味が無いか。詰まらぬ事を悩むよりも懸命に生きろという事か……。自然と笑い声が出た。

「至言だな」

儂が笑うと竹若丸も笑みを浮かべた。

「そろそろ失礼させていただきまする」

「待て、いやお待ちあれ」

慌てて引き止めた。腰を浮かしかけた竹若丸が改めて座り直した。訝しげな表情をしている。

「これまでの我が無礼、御許し頂きたい。この通りじゃ」

頭を下げた。〝殿！〟という声が聞こえた。大叔父、弾正だ。だが気にならなかった。

「無礼はこちらも同じにございます。こちらこそ許しを請わねばなりませぬ。この通りにございます」

竹若丸が深々と頭を下げた。

「ならば互いに無礼は水に流す、それで良いかな」

「願ってもない事にございます」

二人で声を合わせて笑った。素直に笑えた。妙なものよ。

「儂はこれから出陣せねばならぬ。まず勝てるとは思うが武運拙《つたな》く討死するという事も有ろう」

大叔父、弾正が〝殿！〟、〝何を言われます！〟と儂を止めたが手を上げて抑えた。

「これが最後という事も有る。竹若丸殿、儂になんぞ佳言《かげん》を頂けまいか。頂ければこれに優《まさ》る喜びは無い。如何であろう？」

「佳言と仰られますか？」

「そうじゃ、如何であろう」

竹若丸が俯《うつむ》いた。考えている、一体何を佳言としてくれるのか……。考えている、待つ。考えている、待つ。顔を上げた。

「御人払いを願いまする」

大叔父、弾正に対して頷いて見せた。大叔父が不満げな、弾正が不安そうな表情を見せたが無言で席を立った。

「今少し傍に寄らせてもらいまする」

「いや、儂からそちらへ参ろう」

席を立って近付いた。五尺ほどの距離を置いて座った。竹若丸が一つ頷いた。

佳言

天文二十二年（一五五三年）　七月中旬　　山城国葛野・愛宕郡　　四条通　　三好邸　　三好長慶

「されば、これより申し上げる事は他言無用に願いまする」

「うむ、承知した」

胸が高鳴った。人払いをした上に他言無用とは……。

「三好家の力は四国、畿内の大部分に及びまする。その実力は天下に並ぶもの無しと言えましょう。今川《いまがわ》、武田《たけだ》、北条《ほうじょう》、長尾《ながお》、朝倉、六角、畠山も及びますまい」

「うむ」

儂も負けるとは思えぬ。ここまでは前提じゃな。

「なれど天下の諸大名は三好家を恐れても敬意は払いませぬ。むしろその勢いを疎みまする」

「うむ。腹立たしい事ではある」

苦い物が胸に満ちた。皆が儂を認めぬ。

「何故と御思いにございましょうか？」

「竹若丸殿も御存じであろう、三好家が陪臣の出だからじゃ」

口調が苦味を帯びた。竹若丸が頷いた。

「左様でございますな。三好家は清和源氏《せいわげんじ》の流れ、にも拘《かかわ》らず認められぬのは皆が三好家は陪臣であるとしてその血が尊貴である事を認めぬからにございます」

そうじゃ、同じ源氏であるのに三好家は陪臣であったというだけで認められぬ。理不尽でしかない。

「先程足利尊氏公の事に触れました。尊氏公の為《な》さりようははっきり言って私には行き当たりばったりにしか思えず尊敬出来ませぬ。にも拘らず尊氏公が天下を取ったのは皆が尊氏公を源氏の嫡流と認めたからにございましょう。皆が尊氏公の身体に流れる血が尊貴である事を認めたからにございます」

「うむ」

素直に頷けた。

「されば、皆が三好家の血が尊貴であると認めれば三好家は敬意を払われる存在になりまする」

「確かにその通りじゃ」

こういう話は大叔父や弾正とは話せぬな。妙なものよ、今日初めて会った童子と話すとは……。

「筑前守様にお訊ね致しまする」

「何であろう」

「筑前守様は足利に敬意を払っておられましょうか?」

竹若丸がジッと儂を見ている。嘘は吐くまい。

「いや、表向きはともかく内心では払っておらぬ」

竹若丸が頷いた。

「足利が弱いからでございますな?」

「そうじゃ、それにあの者達の所為で父は死んだ」

父三好元長《もとなが》は共に戦った平島《ひらしま》公方家の義維《よしつな》様を公方にと望んだ。いや、それが当然だと思った。だが細川六郎《ろくろう》は敵対していた義晴《よしはる》を公方に担いだ。義維様を、父を切り捨てたのだ。足利も細川も許せるものでは無い。

「足利のように弱く尊貴な者は力有る成り上がり者を嫌いまする。役に立っても嫌いまする。いや役に立てば立つほど憎みまする。あの者達が成り上がり者を可愛いと思うのは自分達の尊貴さを認め崇《あが》めた時のみにございます」

「なるほど」

父は剛毅な男だった。良いと思えば周囲の反対を押し切って行う事も有ると聞いた。六郎はそんな父を憎んでいたのかもしれぬな。父はそれに気付かなかったのだろう。となると儂の服属を受け入れたのも謝罪では無く優越心からかもしれぬ。弱い儂を顎《あご》で扱《こ》き使う事で父を嘲ったか……。思わず唇を噛《か》み締めた。六郎、汝《うぬ》だけは許さぬ！

「筑前守様が三好家を天下に認めさせようと御考えなら足利を、足利の血を崇める者を排除しなければなりませぬ。何故ならこの天下は足利が作ったものだからにございます。どれほど乱れても足利の血の尊貴さを認めた天下なのです。貴方様《あなたさま》はそれを排除して三好家の血こそが尊貴なのだと天下に認めさせなければなりませぬ。先ず排除するのは細川、畠山、斯波《しば》、一色《いっしき》、山名《やまな》、京極、赤松」

「三管四職か」

竹若丸が〝はい〟と頷いた。なるほど、管領、侍所《さぶらいどころ》の頭人を務めた家を叩《たた》くか。

「斯波、京極は没落しておる。赤松も当家を頼る有様じゃ。となれば残りは四家か」

竹若丸が首を横に振った。

「筑前守様、私は彼らを叩けとは申しておりませぬ」

「……」

「彼らに三好家の血こそが尊貴なのだと認めさせよと申しております。没落しているならば捜し出し筑前守様に跪《ひざまず》かせられませ。その上で家を再興させ捨扶持《すてぶち》を与えれば宜しゅうございます。その事に不満を漏らすようなら取り潰して首を刎《は》ねるのです」

「……」

五歳の幼児が此処まで苛烈、酷薄な事を言うとは……。竹若丸がジッと儂を見ている。絡め取られるような圧迫感を感じた。声が出なかった。怯むものを感じた。戦場でも怯える事は無い。その儂が目の前の幼児に圧されている……。竹若丸が〝フフフ〟と含み笑いを漏らした。

「酷いと思われますか？　しかしこの天下を三好家の血を崇める者で満たさなければ三好家は認められませぬぞ。何時までも陪臣、成り上がり者にございます」

「……確かにそうじゃ」

「その後は三好家の武を天下に振るうのです。南は九州から北は奥州まで振るう。そして貴方様こそが武家の棟梁であると認めさせる」

「……大変な作業よな」

声が掠《かす》れた。出来るとは言えなかった、やるとも言えなかった。大変な作業だというのが精一杯だった。竹若丸が頷いた。

「何十年とかかりましょうな。足利の天下も落ち着いたのは三代義満《よしみつ》公の時代にございます」

思わず溜息が出た。そこまでやらねば三好家は成り上がり者の名から解放されぬのか……。また竹若丸が笑った。

「武を振るうとなればそうなります。武を振るわぬ方法もございましょう」

「それは？」

思わず身を乗り出していた。

「武を振るわずとも天下に威を振るった者が居ります」

「はて……」

「鎌倉幕府は頼朝《よりとも》公が創られましたが源氏は三代で絶えましたな。しかし幕府は存続しております」

なるほど、北条氏か。確かに北条は幕府の一豪族であったが天下に威を振るった。

「それに鎌倉幕府も代を重ねるにつれて力を振るうようになったのは御内人《みうちびと》と呼ばれる得宗家《とくそうけ》の家臣でございました」

「そうだな、彼らは陪臣であった」

なるほど、幕府内にて威を振るうのではなく幕府そのものを乗っ取るか。さすれば儂の命は幕府の命となる。そうする事で徐々に儂が天下の執権になる、三好家が認められるという事か。

道理で足利尊氏公が執権を置かず三管領四職を置いた筈よ。尊氏公は新たな北条が出るのを恐れたのだ。天下を奪われるのを恐れた。源氏の嫡流として鎌倉幕府と同じ轍《てつ》は踏むまいと思ったのだ。

「フフフフフ」

気が付けば笑っていた。何と愚かな、今までその事に気付かずにいたとは……。今少し早く気付けば迷わずに済んだものを。

「竹若丸殿、佳言忝い。筑前守、心から御礼申し上げる」

「いえ、大した事は申しておりませぬ。そのように礼を言われては恐縮にございます」

竹若丸が首を横に振った。

「如何であろう。儂に仕えぬかな？　お主ほどの人物が仕えてくれればこれほど心強い事は無いが」

笑みを浮かべた。

「御好意、忝のうございまする。なれどその儀は御無用に願いまする」

「陪臣の三好家には仕えられぬかな？」

竹若丸が笑った。儂も笑った。可笑しかった、陪臣という事を笑えるとは……。それもこの幼児ならそのような詰まらぬ物には拘《こだわ》らぬと思えるからであろう。

「武家は生きるのが厳しゅうございます。これ以上母を悲しませる事は出来ませぬ。されば私は公家として生きて行く所存にございます」

「左様か」

儂は父を失った時十歳を越えていた、元服も間近で家臣達もいた。武士として身を立てるのは当然であった。母は如何思ったか……。竹若丸は領地も無ければ家臣も無い。母親は公家の出、息子が武家として生きるのは望まぬか……。

「惜しい事だ、……弾正に送らせよう」

「有難うございまする」

「竹若丸殿、儂はこの乱世を懸命に生きて見せよう。儂が何者で何のために生まれて来たのかを証明するためにな」

竹若丸が頷いた。

「僭越《せんえつ》ながら筑前守様の生き様、拝見させて頂きまする」

「うむ」

「御出陣でございますな、御武運を御祈り致しまする。御身御大切になされませ」

「忝い」

弾正を呼ぶと弾正と大叔父が現れた。

「弾正、竹若丸殿が御帰りになる。御送りせよ」

「はっ」

弾正が儂を見ている。

「丁重にな、決して非礼はならぬぞ」

「はっ」

弾正が一礼して竹若丸を促す。ホッとしたような表情が有った。竹若丸が儂に一礼してから立ち上がった。二人が立ち去ると大叔父が近寄ってきた。

「殿、宜しいのでございますか？」

「……」

「あの童子、尋常ならざる者、いずれは三好家に仇為《あだ》すやもしれませぬぞ。将来の禍根《かこん》を断つためにも斬るべきではございませぬか」

大叔父が儂の顔を窺《うかが》うように見ている。

「大叔父上、それはならぬ。あの者には儂の生き様を見届けて貰わねばならぬのだ」

「……」

大叔父が眉を顰めている。可笑しかった、声を上げて笑った。

「鬼が出るか、蛇が出るかと思ったがとんでもない者が出おった。世の中は面白いわ、先が楽しみよ」

飛鳥井竹若丸か、どんな公家になるやら……。あの者なら道誉一文字を存分に使おう。また笑い声が出た。

天文二十二年（一五五三年）　七月中旬　　山城国葛野・愛宕郡　　平安京内裏　　飛鳥井竹若丸

「酷い事はされませんでしたか？」

心配そうに俺を見ているのは目々典侍、俺にとっては母親の妹だから叔母にあたる女性だ。本当の名前は千津《ちづ》という。宮中に出仕し皇太子である方仁《みちひと》親王の寵愛《ちょうあい》を受け娘を儲けている。娘の名は春齢《かすよ》、俺と同い年だ。

「何もされませぬ。三好筑前守様と楽しく話をして帰ってきました」

いかんな、疑い深い眼で俺を見ている。叔母にとって俺は守ってやらなければならない可哀そうな存在らしい。本来なら継ぐべき家を追われた。そして飛鳥井家に戻っても直ぐに母親が再婚して出て行った。公家は貧しいからという事情は分かるが不憫《ふびん》で可哀そうでならないという事らしい。頻繁に俺を呼び出して可愛がる。まあ可愛がると言っても書道の練習とか春齢の御守りをさせるとかだ。俺を呼び出せば義兄の雅敦も一緒だからな。娘の遊び相手にはぴったりというわけらしい。

「本当に？　三好家ではそなたの事を尋常ならざる器量、斬るべきであったと言っている者も居ると聞きます」

「良く分かりませぬ。何かの間違いでは有りませぬか」

「間違いではないぞ、竹若丸。麿もその話は聞いておじゃる。斬るべきだと言ったのは三好孫四郎だ」

伯父、飛鳥井左衛門督雅春が渋い表情で言った。三好孫四郎長逸か、あの場に居たからな、有り得る話だ。

「兄上、暫くはこちらで竹若丸を預かった方が良いのではありませぬか？」

「預かる？」

伯父が素《す》っ頓狂《とんきょう》な声を出した。当然だよな、ここは宮中だよ。大体俺は無位無官なんだ。本当なら此処に居るのだって拙《まず》い。まあ甥だからって事で大目に見て貰っているが泊まるのは拙いだろう。

「心配は要りませぬ。親王様には御許しを得ております。帝にも」

「真か？」

伯父が問うと叔母が頷いた。

「帝も親王様も以前から竹若丸には関心をお持ちです」

あー、この間の石鹸が効いたかな。それとも澄み酒かな。

なんかトントン拍子で泊まる事になった。まあ俺も反対はしなかった。確かに危ない。三好筑前守長慶は俺を斬ろうとしたのだ。あの時はついやり過ぎた。ここで死ぬのかと思ったら腰が抜けそうになったわ。幸い長慶が止めてくれたから命拾いした。有難い事は俺は平然としているように見えたらしい。弾正が帰りに頻りに感心していた。ちょっとくすぐったかったな。

三好筑前守長慶か。人間的には魅力に溢《あふ》れた男だ。嫌いになるのは難しいな。出来れば好意的に評価したいがあの男には天下は獲れないだろうと思う。あの男は今三十代前半だ。そして畿内、四国の大部分を押さえている。信長《のぶなが》が上洛したのも三十代前半、領地は尾張《おわり》、美濃《みの》、伊勢の北部だった。条件としては信長よりも長慶の方が良いと言ってもおかしくは無い。だが三好家は長慶の時代に勢力を伸ばしはしたがその勢力は畿内と四国に止《とど》まった。信長の領土に比べれば遥《はる》かに小さい。何故長慶は信長のように大きくなる事が出来なかったのか？　陪臣だというなら信長もそれは同じだ。むしろ信長の方が血筋は悪い。信長は陪臣の更に分家だった。勿論外的な要因は関係しているだろう。だが俺は何よりもあの男には信長と比べて足りない物が有ったのだと思っている。それは周囲が震え上がるほどの酷烈さ、徹底さだ。

信長を嫌う人間は居ただろう、侮蔑する人間も居たかもしれない。しかしその酷烈さ、徹底さを軽視する人間は居なかった筈だ。対一向一揆戦の血腥《ちなまぐ》さ、浅井・朝倉の末路を見れば分かる。当然だが反逆、敵対するのは命懸けだ。誰もが二の足を踏んだだろう。だが長慶にはそれが無い。敵対しても和睦して戻している。だから義輝《よしてる》や晴元が何時までも跳梁《ちょうりょう》する事になる。

信長も義昭《よしあき》には手を焼いた。だが信長の場合は義昭との関係がおかしくなるのは元亀《げんき》に入ってから、朝倉討伐からだ。元亀は三年しかなかった。そして信長は義昭を追放して改元したのだから信長は三年で義昭に見切りを付けた事になる。実際にはもっと前に見切りは付けただろう。だが武田信玄《しんげん》が病死し浅井・朝倉は瀕死の状態、義昭を追放しても支障はない状況まで待ったのだと思う。その後は義昭を戻す事は無かった。

良い子過ぎるんだな。蛮勇《ばんゆう》を振るう事を避けている。三管四職を潰せと言ったら顔を強張らせていた。幕府の中に入って乗っ取れと言ったら露骨に喜んでいた。あのなあ、確かに北条は幕府を乗っ取った。そして代々執権として幕府を動かしたのは事実だ。だがな、そこに行くまでには粛清《しゅくせい》、暗殺、騙し討ちのオンパレードだぞ。必要とあれば将軍だって殺したし更迭を躊躇《ためら》わなかった。血腥さじゃ信長にも劣らん。

本人の資質も有るのだろうが京に近かったのが悪かったのかもしれない。どうしても公家の眼を気にしただろう。だから血腥さを避けた。そうじゃないんだ。普段は温容を見せて良い。だが事が起きれば周囲が震え上がるほどの酷烈さを発揮する必要が有るんだ。そうでなければ威が保てない。まして長慶は陪臣だったのだから。

家臣になってくれと頼まれたが御断りだ。三好の末路は憐れなものだ。それに御付き合いするような義理は無い。しかも長慶は短命だった筈だ。永禄《えいろく》の変の前に死んでいるのだから長くてもあと十年ほどの寿命だ。二十年なら長過ぎるが十年ならあっという間だ。三好筑前守長慶の生き様、しっかりと拝見させてもらうよ。佳言が欲しいと言ったな。あんなのは佳言じゃない。あんたを良く知ろうとしただけだ。俺があんたにやる本当の佳言は最後の言葉、御身御大切になされませだ。あんたが長生き出来れば多少は三好家の運命も変わるだろう。

母として

天文二十二年（一五五三年）　八月上旬　近江高島郡朽木谷　朽木城　朽木藤綱

岩神館《いわがみやかた》から父が戻って来た。足取りが重い、疲れたような表情をしている。余程に鬱屈する物が心に有るのだと思った。

「お帰りなさいませ、今白湯を持たせましょう」

「頼む」

声にも張りが無い。父が座るのを見ながら小姓を呼んで白湯を二つ頼んだ。

「如何でございました」

訊ねたが無言だ。寂しそうな表情で庭を見ている。庭では蝉《せみ》が喧《さか》しいほどに鳴いていた。

「美しく咲いておるの、あれは木槿《むくげ》か」

確かに花が咲いている。しかしあれは……。

「芙蓉《ふよう》では有りませぬか。葉が木槿にしては大きいように思います」

「そうか、儂は木槿だとばかり思っていた」

父が苦笑いを浮かべた。

「良く似ております」

「そうじゃの」

小姓が白湯を持ってきた。父と儂の前に置く。小姓が立ち去るのを待って父が白湯を一口飲んだ。

「また減ったわ」

ポツンと響いた。蝉の鳴き声が聞こえなくなった。

「左様でございますか」

「うむ」

父がまた庭に視線を向けた。儂も庭を見る。陽《ひ》の光を浴びて芙蓉の花が賑やかに、華やかに咲いている。父に視線を向けた。恨めしく思っているのではないかと思ったがそういう風には見えない。ただ庭を見ているだけだ。

「公方様の御様子は如何でございますか？」

もう一度訊ねると父が軽く息を吐いた。

「泣いておられた」

「左様でございますか」

想像は付いた。多分泣くだろうと。そして幕臣達が一緒に泣きながら公方様をお慰めしたに違いない。

「三好筑前守殿は余程に怒られたようですな」

父が渋い表情をした。

「怒りもしよう。和睦を結んで一年じゃ。しかも前管領を許す事は無いと二度までも筑前守殿に誓ったのにそれを反故《ほご》にした……」

筑前守殿は公方様に付いていく者は公家、武家を問わず知行を没収すると宣言した。それ以来公方様の下を離れる者が後を絶たない。

「如何程《いかほど》残っておりますか」

「もう四十名ほどしか残っておらぬ。お嘆きになるのは分かるが……」

頼り無い、そう言いたそうな口振りだ。

「上野民部大輔殿と進士美作守殿は」

父が不愉快そうな表情をした。

「残っている。京には帰れまいよ、あの二人が中心となって今回の騒動を引き起こしたのだからの。山科権中納言様から文が来たが名指しで民部大輔殿を非難してあったわ」

口調からも不快感が伝わってきた。権中納言様が名指しで非難したとなると京には民部大輔殿の居場所は有るまい。此処に残るのは当然か。

「では益々《ますます》御信任が厚くなりますな」

父が厳しい表情で儂を見た。そして逸らした。

「嫌な事を言うの」

「申し訳ありませぬ」

「いや、その方の言う通りよ。益々あの二人に対して御信任が厚くなろう。良い事では無いの」

また寂しそうな表情をしている。

「寂しい事よ」

口にも出した。足利家に忠誠を誓う心は有る。公方様に思い入れも有る。だが父は自分を賭けられる主君が欲しいのだろう。残念だが公方様にその御器量は無い。そして父の心の中には竹若丸が居る。弱年だが知力と胆力に優れた孫。三好筑前守を震え上がらせたほどの器量を持つ父の自慢の孫だ。もし、竹若丸が朽木家の当主であれば父は公方様に不満は持っても竹若丸に朽木家の将来を賭ける事が出来ただろう。寂しさとは無縁だった筈だ。だが竹若丸は朽木家を去った。父の心の中には遺る瀬無さが募るだけだ。それでも儂に対して不満をぶつける事は無い、その事には感謝している。だからこそ寂しそうな父を見ている事は辛い……。

「先程ですが宮川又兵衛と荒川新九郎が参りました。話は領内の産物と銭の事です」

「そうか……、養う人数が減ったと言って喜んでいなかったか」

思わず失笑した。父も笑っている。

「そのような事を申しておりましたな。澄み酒もただではない、売れば銭になるのだと息巻いておりました」

父が声を上げて笑った。

「しようのない奴よ」

「真に」

「銭に不安は無いのであろう？」

「はい」

答えると父が頷いた。たとえ倍の八十人でも今の朽木には負担では無い。それだけの収入は有る。

「公方様が居られれば高島達と戦になる事も無い。負け戦から三年、朽木には今少し時が必要だ」

「その事はあの二人も分かっております」

多くの百姓達が三年前の負け戦で家族を失った。今戦のために兵を徴すれば百姓達は反発するだろう。今しばらくは平穏が要る。問題は公方様と取り巻きよ、無茶をしなければ良いのだが……。

「父上、三好勢が攻め寄せて来る事は有りませぬか？」

「今のところは無いが……」

父が渋い表情をしている。

「しかし大分怒っていると聞きます」

「そうよの、三好の動きには注意しなければならんの。竹若丸に文を書く、飛鳥井にもな。何か分かるかもしれん」

父が嬉しそうにしている。孫に文を書くのが嬉しいらしい。やれやれよ。


天文二十二年（一五五三年）　八月中旬　　山城国葛野・愛宕郡　　平安京内裏　　目々典侍

「居るかな？」

声をかけて部屋に入ってきたのは兄、飛鳥井左衛門督雅春だった。一人だ、今日は息子の雅敦は同道しなかったらしい。兄が周囲を見渡すようなそぶりを見せた。

「竹若丸は何処かな？　朽木から竹若丸に届け物がおじゃった。文も預かっておる」

兄が小包をこれだと言うように胸の高さまで上げた。

「娘と遊んでおります。今呼びましょう」

女官に二人を呼ぶように頼んだ。女官が立ち去ると直ぐに兄が近くに座った。深刻な表情をしている。

「竹若丸の事でおじゃるが、そなた、如何思う」

「以前から思っておりましたが一月預かって良く分かりました。やはり五歳には見えませぬ」

兄が太い息を吐いた。

「そなたにもそう見えるか」

「はい」

子供らしくない子供だと兄から聞いていた。姉からは何を考えているのか分からない息子だと教えられた。私もそう思う、何を考えているのか分からない、どう見ても五歳の幼児ではない。

「それと兄上の仰られた通りにございます。笑いませぬ」

私の言葉に兄が痛ましそうに顔を歪めた。

「やはりそうか、……手のかからぬ子じゃ。我を張る事も無く勉学も嫌がらぬ。それ故最初は分からなんだ。だが妻に言われて気が付いた。全く笑わぬとな。それに殆《ほとん》ど表情が動かぬ。心から喜んだところなど見た事が無い。何か薄い膜でも被《かぶ》っているようじゃ」

「……」

「無念でおじゃるのかのう」

「朽木を、継げなかった事でございますか？」

兄が頷いた。

「民部少輔殿の文に書かれておじゃった。竹若丸に朽木を継がせたかったと。当主として才を振るう竹若丸の姿を見たかったと。無念だと書かれて有った……。その無念は民部少輔殿だけのものでは無いのかもしれぬ」

「……」

「無念を抑えて生きているとなれば笑わぬのも道理よな。己を殺して生きているのじゃ、笑わぬのではなく笑えぬのでおじゃろう。武家である事を諦め無理矢理公家として生きようとしている……。憐れな……」

兄が息を吐いた。

「そう考えるとあれも本当かのう。今少しで斬られるところであったというが……」

「……かもしれませぬ」

「公家として生きる事よりも武家に斬られる事を望んだかのう」

また兄が息を吐いた。甥が三好筑前守と会ってから一月が経《た》った。当初、私達は三好孫四郎が竹若丸を斬るべきだと主張したのは何か三好孫四郎の逆鱗に竹若丸が触れたのだと思った。だが実際にはそれほど単純な話ではなかったらしい。

この一月の間に色々と噂《うわさ》が耳に入って来た。それによれば竹若丸は三好筑前守を失神しかねぬほどに震え上がらせたのだと言う。筑前守は恐怖、怒りのあまり脇差に手をかけるほどだったとか。実際に三好孫四郎と松永弾正が脇差を抜いて竹若丸に迫った。筑前守が二人を止めなければ竹若丸は斬られていたのだろう。

尋常な会談では無かったのだ。松永弾正は二人の会話はまるで合戦のようであったと周囲に漏らしたらしい。そして脇差を抜いて迫っても甥は微動だにせずその場に座っていた。対手はあくまで三好筑前守であり自分達の事など全く眼中に無いようであったと。その平然とした様はむしろ脇差を持つ自分を圧倒したと……。

その後、甥と三好筑前守は不思議な事に急速に打ち解け余人を交えず二人だけで長時間話をしたのだと言う。話の内容は分からない。筑前守は家臣達からその内容を問われても口外しないらしい。甥も何も言わない。真相は闇の中だ。

「戦が終わって三好が戻って来た。三好孫四郎は未だ竹若丸を斬るべきだと言っているらしい。筑前守に何度も訴えているとか」

「真でございますか？」

兄が頷いた。公方と三好筑前守の戦いは三好筑前守が幕府軍が籠《こも》る霊山城を攻め落とす事で決着が付いた。公方は敗走し朽木に逃げ込んでいる。朽木を押さえるためなら竹若丸は人質として利用した方が良い筈。だが三好孫四郎は執拗に竹若丸を危険視して斬るべきだと主張している。もしかすると孫四郎も甥に怯えているのかもしれない。

「九条《くじょう》さんが耳打ちしてくれた。あそこは娘が鬼十河《そごう》に嫁いでおるからの。そこから聞いたらしい。筑前守は竹若丸は自分の生き様を見届ける男、斬ってはならんと孫四郎を止めたと聞く。だが孫四郎が独断で事を運ばぬとも限らぬ。今しばらくは宮中に匿《かくま》った方が良かろうと言われた」

溜息が出た。

「幼児を斬っては体裁が悪いからの、教えてくれたのよ」

「左様で」

「鬼十河は筑前守に竹若丸と何を話したか訊いたらしい。だが筑前守は教えぬそうだ」

兄が私を見た。

「弟にもですか？」

私が問うと兄が〝うむ〟と頷いた。信じられない。十河左衛門尉一存《かずまさ》は筑前守にとって最も信頼出来る弟の筈、その弟にも口を閉ざすとは……。

「そなたは如何じゃ」

「私が竹若丸に訊ねても佳言を欲しいと言われて御身御大切にと言っただけだと答えるだけです」

兄が首を横に振った。有り得ない、それなら人払いの必要など無いし筑前守が口を閉ざす理由も無い。甥と筑前守は何かを話したのだ。他人には言えぬ何かを……。

二人きり、壮年の三好筑前守と五歳の竹若丸が顔を寄せ合い密《ひそ》やかに、しめやかに何かを話し合っている。竹若丸が問い三好筑前守が答える。三好筑前守が問い竹若丸が答える。何度もそれを繰り返しやがて二人が頷きあう……。想像がつかない、一方は畿内の覇者、一方は何も持たない幼児。だが三好筑前守は竹若丸を自分の生き様を見届ける男と言ったのだ。筑前守は竹若丸を自分と同等、或いはそれ以上の者と認めたという事だろう。一体二人は何を話したのか……。

「どうかの、宮中で今しばらく預かる事は可能かの」

「それは構いませぬ」

兄がホッと息を漏らした。

「そうして貰えると有難い。孫四郎の事も心配だが実はの、息子がの、竹若丸が居ると委縮するようじゃ」

「まあ」

驚いて声を出すと兄が頷いた。

「竹若丸が何かをするというわけではない。だが雅敦にとっては意識せざるをえぬのかもしれぬ……。或いは雅敦も尋常ならざるものを感じているのか……」

兄が首を横に振った。

「この一月、表情が明るいわ」

兄が苦い表情をしている。息子の事が心配なのだろう。

「もしやすると自分の競争相手になると思っているのやもしれませぬな」

「未だ子供でおじゃるぞ」

兄が眼を剥いている。

「理屈ではありませぬ、本能でそう思ったのやもしれませぬ。兄上も申されましたな、尋常ならざるものを感じたと。男は外で戦う生き物にございます」

「……なるほど、そうかもしれぬ」

兄が頷いた。

「私の子として育てましょうか？」

「そなたの子として？　宮中でか？」

「ホホホホホホ」

兄の驚愕した顔が可笑しくて笑ってしまった。兄が憮然《ぶぜん》としている。

「それは構わぬが女王様は嫌がらぬかな？」

「閑院大臣《かんいんのおとど》の例も有ります。親王様、帝に相談してみましょう」

兄が小首をかしげた。

「大丈夫です。娘は竹若丸になついでおります」

「それなら良いが……」

あの子が如何育つのかは分からない。だが三好筑前守と互角に話し合える力を持つ公家が朝廷に居る、その事は悪くない筈。その辺りを話せば……。

女官が二人を連れてきた。二人が兄に挨拶をし少しの間兄と話をした。女官に娘を預け遊ばせるように言う。娘が竹若丸と離れるのを嫌がったが女官が宥めて娘を連れて行った。兄が竹若丸に包みと文を渡した。包みの中には干し椎茸が五つ入っていた。

「叔母上、これは叔母上にお渡しします。私の費《つい》えに当ててください」

この辺りも子供らしくない。兄も苦笑している。

「良いのですか？」

「構いませぬ」

「では遠慮なく頂きますよ」

竹若丸は頷くと文を読み始めた。

竹若丸が子供らしからぬ厳しい表情で文を読んでいる。朽木民部少輔殿、竹若丸の父方の祖父からの文。竹若丸が宮中で暮らすようになって一月、これで文が来るのは二度目だ。二人は頻繁に文の遣り取りをしているらしい。読み終わった。しかし表情は変わらない。少し考えまた最初から読み始めた。

「相も変わらずか……」

竹若丸が呟いた。兄と視線を交わす。兄は微かに首を横に振った。話しかけるなと言っている。

「泣く暇が有ったら考えろ」

吐き捨てた。

「甘いわ、阿呆《あほう》共《ども》も三好も甘い」

表情が苦い。明らかな侮蔑が有った。背筋が凍るほどの恐怖が有った。兄も顔を強張らせている。

竹若丸が視線を上げた。そしてこちらを見て〝どうぞ〟と言って文を差し出してきた。兄が困惑しながら〝良いのか〟と問うと甥は〝構いませぬ〟と答えた。兄が文を受け取って読み始めた。私も脇からそれを覗《のぞ》く。文には幕府に出仕していた三人の叔父が無事であった事が記されていた。

そして公方が京を追われた事を嘆き泣いている事、公方に随伴する者は知行を没収すると三好筑前守が通達したため随伴者の多くが公方を見捨てて帰京した事、その事をまた公方が嘆いている事、残った幕臣達が憤慨し公方を慰めている事などが記されていた。これからは六角左京大夫、朝倉左衛門督を動かして京を目指すだろうとも書かれていた。そして三好勢が朽木を攻める懼《おそ》れは無いかと不安を記していた。

兄と顔を見合わせた。泣く暇が有ったらと吐き捨てたのは公方の事だろう。そして阿呆共と言う

のは幕臣の事に違いない。甥は幕臣も三好筑前守も甘いと罵っている。多分知行の没収の事に違いない。竹若丸ならば如何したのか……。甥を見た、静かに座っている。何を考えているのか……、分からない。だがどんな事でも平然と行いそうな感じがした。

「竹若丸よ、六角、朝倉は動くかの」

兄が躊躇いがちに訊ねた。多分、答えそのものよりも甥が如何答えるかを確認しているのだろう。

「動きますまい」

そっけない返事だった。

「動かぬか？」

「はい」

「何故動かぬのです？」

私が問うとこちらをじっと見た。甥は時々こんな表情をする。まるで何かを確認するかのように……。甥の口元に笑みが浮かんだ。

「公方様が今回の戦の前に朝倉、六角に声を掛けなかったとも思えませぬ。声をかけたが動かなかったのだと思います。朝倉も六角も代替わりからそれほど日が経っておりませぬ。三好相手に兵を起こすのは危険と見たのでしょう。それを今更声をかけても……」

最後は苦笑になった。

「朝倉には宗滴《そうてき》が居るが」

苦笑が止まらない。

「養父上、宗滴は名将かもしれませぬが老いています。到底上洛など出来ますまい。それに幕府には恩賞を与える力が無い。そんな幕府のために宗滴が積極的に動くとは思えませぬ。おまけに北には一向門徒も居る」

兄と顔を見合わせた。兄の顔に驚きは無い。私も驚いていない。やはり五歳ではない。

「では公方は当分朽木か、民部少輔殿が心配しているが三好に攻められぬかな?」

「御安心を」

兄が不安そうな声を出した。朽木が滅べば援助が無くなると思ったのだろう。

「……」

「三好が朽木を攻める事は有りませぬ。朽木は銭は有りますが兵が無い。あそこなら公方様が居ても危険は無い。そのまま放っておくでしょう。下手に攻めて六角や朝倉に行かれては面倒な事になりかねませぬからな」

また兄と顔を見合わせた。兄の顔には畏怖が有る。なるほど、これでは三好孫四郎が危険に思うのも無理は無い。余りにも敏すぎる。多分、甥は三好の弱点を突いたのだ。生きて戻ったのは僥倖《ぎょうこう》だったのかもしれない。一体その弱点とは何だったのか……。聞いてみたいと思ったが口に出せば甥がどんな反応をするか。それが不安で口に出せない。

「朽木の祖父に文を書きます。暫くお待ちいただけますか?」

「ああ、構わぬぞ」

竹若丸が離れたところにある文机《ふづくえ》に向かった。それを見届けてから兄が顔を寄せてきた。

「そなた、あれを朝廷のために役立てようと考えておじゃるのかな？」

「……はい」

兄がじっと私を見た。

「気持ちは分かるが難しいぞ。あれが欲しているのは力でおじゃろう」

「……」

「あれの心は武家じゃ。そして武家とはそういうものじゃ。朝廷には力が無い。力を欲すれば欲するほど朝廷からその心は離れよう」

「……」

「我ら難しい子を預かってしまったの」

兄がポツンと言った。

「そうは思いませぬ。私には息子が居りませぬ。難しい子の方が育て甲斐《がい》がありましょう」

兄が私を見て〝かもしれぬの〟と言った。春齢の事を考えたのかもしれない。いずれはあの子を寺に送る事になる。そうなれば私の周囲は寂しいものになる……。手のかかる子の方が寂しさを紛らわせてくれるだろう。

竹若丸が文を書き終えると兄はその文を持って帰った。

「竹若丸、そなた将来は何になりたいのです」

「何とは？」

竹若丸が訝しげな表情をしている。質問の意味が分からないらしい。

「例えば武家伝奏《ぶけてんそう》になりたいとか……、大納言、大臣になりたいとか」

「さあ、……ありませぬ」

詰まらなそうな表情をしている。甥は公家社会で出世する事には関心が無いらしい。兄との会話が胸をよぎった。

「武家に戻りたいのですか?」

甥が私をジッと見た。そして詰まらなさそうに笑うと〝良く分かりませぬ〟と言った。

「叔母上は私が不安ですか? 最近叔母上も養父上も不安そうに私を見ます。まるで腫れ物に触るような扱いをする。母上もそうでした」

胸を衝《つ》かれるような思いをした。私達はこの子が理解出来なかった。だから距離を置いた。この子は敏感に察していたのだろう。孤独だったのかもしれない。

「先程も養父上と共に私を試したのでしょう。私が何者かを知るために」

「……」

竹若丸が私を見ている。あの時じっと私を見ていたのは私を見定めていたのだと分かった。私達がこの子が何者であるかを知ろうとした時、この子は私達が自分をどう思っているのかを計っていた……。

「竹若丸、私達は」

「構いませぬよ、慣れております」

「……」

言葉が出なかった。〝慣れております〟、さり気無い口調だった。五歳の子供がどんな思いで口に出したのか……。

「私は何故自分がこの世に生まれて来たのかを知りたい。ただこの世に存在するのではなく何事かを成し、そのために生まれて来たのだと自分の一生を肯定したい。たとえ武家でなくともそれが叶うなら後悔はしない。そう、公家でも構いませぬ。ただ生きるためだけに生きるのは御免だ」

苦しんでいるのだと分かった。この子は苦しんでいる。この子の才は他者を圧している。だがその才を使う場が無い。この子は自分の力が何のためにあるのか分からずに苦しんでいるのだ。だから三好筑前守との会談でその力を出した。嬉しかったのだろう。斬られそうになっても動じなかったのは満足していたからだ。斬られれば笑いながら死んでいったに違いない。

「私は、自分の力を試してみたいのです」

「焦ってはなりませぬ」

気が付けばいざり寄って抱きしめていた。離れようとする竹若丸を更に強く抱きしめた。

「そなたはまだ幼いのです。焦る必要はありませぬ」

「……」

「いずれ分かる時が来ます。そなたが何故この世に生を受けたのか、何を成すために生まれたのか、分かる時が来ます。だから焦ってはなりませぬ」

この子を支えていこう。この子の母として支えていこう。この子を理解するのは難しいのかもしれない。ならば理解ではなく受け入れていこう。この子が疲れた時、孤独になった時、戻って休む場所を私が用意しよう……。

天文二十二年（一五五三年）　九月上旬　　山城国葛野・愛宕郡　　平安京内裏　　目々典侍

「竹若丸をそなたの養子にしたいと？」

「はい、如何《いかが》でございましょうか？」

親王様が〃ふむ〃と声を漏らされた。

「宮中で預かるのではなく宮中で育てたいと申すか」

「はい」

親王様がまた〃ふむ〃と声を漏らされた。ポンポンと扇子で手のひらを叩かれた。何かをお考えになっておられる。

「目々よ、竹若丸を外で育てるのは難しいか」

「三好孫四郎が頻りに竹若丸を殺すべきと筑前守殿に申していると聞きます。筑前守殿は許さぬようでは有りますが三好孫四郎が独断で事を起こすやもしれませぬ」

親王様が〃なるほど〃と仰られて息を吐かれた。

「武家は怖いのう。私も例の話の事は聞いている。竹若丸が三好筑前守を酷く怯えさせたとな。しかし最後は二人だけで話し合った、二人は打ち解けたと聞いているが？」

「はい、私もそのように聞いております」

「何を話し合ったのだ？」

親王様が私の顔を覗き込むように御覧になられた。この話、宮中でも皆が知りたがっている。

「筑前守殿は弟にもその内容を話さぬそうにございます」

「竹若丸は？」

「佳言を求められ御身御大切にと言っただけだと……」

親王様が扇子で口元を隠され小さく息を吐かれた。

「そなたにも隠すか」

「隠すというより関心が無いように思われました。どうでも良い事だと思っているのやもしれませぬ」

親王様が〝なんと〟と仰られて息を吐かれた。今度は大きく。

「そなたは竹若丸を朝廷のために役立てたいと考えているのか？」

「はい」

「難しいかもしれぬぞ。今は猫かもしれぬがいずれは虎や獅子《しし》になるやもしれぬ。そうなれば朝廷も扱いかねよう。そなたに御せるか」

兄と同じ事を危惧しておられる……。

「分かりませぬ。なれど今天下は乱れ朝廷も困窮しつつあります。そして幕府も頼りにはなりませぬ」

親王様が頷かれた。

「いわば非常の時にございます。非常の時には非常の才が必要とされる時も有りましょう」

「それが竹若丸か」

「はい」

三好と足利の対立は激しい。公方は朽木で逼塞《ひっそく》している。三好の勢威は強まり足利は更に弱くなるだろう。……まさか、竹若丸と三好筑前守は……。

「如何した、目々」

「いえ、なんでもございませぬ」

親王様が私を見ておられる。……申し上げるべきか？　一つ息を吐いた。

「竹若丸と三好筑前守殿は足利の世の後の事を話し合ったのかもしれませぬ」

「後の事？　まさか……」

親王様が愕然とされている。

「分かりませぬ。ですが今、ふとそう思いました」

「だから二人とも口にせぬか」

「はい」

親王様が考え込まれた。

「……有り得る事かもしれぬ」

「思い付きにございます」

「そうだな。だが、有り得る事かもしれぬ」

「……」

有り得る事かもしれぬ……。親王様は如何お考えなのだろう。二人が話した事が有り得るとお考えなのか、それとも足利が滅ぶ事が有り得るとお考えなのか……。親王様が一つ息を吐かれた。

「分かった。養子の件、私から帝に御許しを頂こう」

「有難うございまする」

「天下は乱れているがその乱れは益々大きくなるやもしれぬ。足利の後の世か、眠れなくなりそうだな」

「申し訳ありませぬ」

謝ると親王様が声を上げてお笑いになられた。

「良いのだ。……最近帝も御身体の不調をお感じになられる時が有るらしい。気弱な事を仰られる時が有る」

「帝が……」

親王様が沈痛な表情をなされている。

「生真面目なお方だからな。この乱世の責任を御自身の徳が無い故と責めておいでだ。御心労が激しい」

「帝の責任では有りませぬ。あれは武家が」

親王様が頷かれた。

「私もそう思う、父上の責任ではない。だが帝の地位に有るという事はそういう事なのかもしれぬ。私もいずれはその地位に就く」

「……」

「そうなれば私もそれなりの覚悟をしなければならなくなるだろう」

「……」

「残念な事だがこの乱世、如何落ち着くのか全く見えぬ。そなたの言う通りよ、非常の才が必要であろうな」

至尊の地位に就く、親王様はその重みに備えようと為されている。竹若丸を宮中で育てると決められたのもその一つなのだろう。

都落ち

天文二十二年（一五五三年）　九月上旬　　近江高島郡朽木谷　　朽木城　　朽木成綱

兄長門守藤綱に呼ばれ弟達と共に城主の間に行くと其処《そこ》には兄が一人で座っていた。憂鬱そうな表情をしている。

「来たか、近くへ」

右兵衛尉直綱、左衛門尉輝孝と顔を見合わせた。兄は大声では話したくないらしい。良い事で呼ばれたのではないと分かった。兄から半間ほど離れた所で座ると兄が憂鬱そうな表情で頷いた。

「京から父上に文が届いた」

「……」

「竹若丸殿と飛鳥井左衛門督様からだ。先程儂と蔵人の叔父上、主殿、五郎衛門、新次郎で話を聞いた。そなた達にも報《しら》せよとの事じゃ。一度に皆が集まると何事かと思われるからな」

父は頻繁に京の飛鳥井家、竹若丸と文の遣り取りをしている。竹若丸の事が心配なのであろうがその文から京の近況が分かる。そして竹若丸の状況を見る眼は鋭い。朽木家にとってその文の持つ意味は極めて大きい。

「六角と朝倉だが竹若丸殿は動かぬと見ている」

弟達と顔を見合わせた。公方様、管領細川晴元様は脈有りとみている。今も六角には三淵《みつぶち》殿、細川殿、朝倉には上野殿、進士殿が向かっているが……。

「今になって動くくらいなら先日の戦いで動いていたと。動かなかったのは三好と戦う意思が無いからだと」

確かにその通りかもしれぬ。

「朝倉は細川様の娘婿ですが？」

末の弟の左衛門尉が問い掛けたが兄は首を横に振った。

「北に加賀《かが》の一向一揆が有る。それに兵を率いるとなれば朝倉宗滴だろうが宗滴は老齢、竹若丸殿は上洛戦は難しいと見ている」

溜息を吐く音が聞こえた。確かにそうだ、宗滴殿は既に七十を越えている筈、老いの身に京まで兵を率いて上がれというのは厳しかろう。公方様もその周りもその辺りを認識していない。

「竹若丸殿は公方様の朽木での滞在は長くなると見ている、儂と父上も同感だ。公方様の滞在は長くなるだろう」

兄の口調には苦渋があった。

「どのくらいになりましょう?」

直ぐ下の弟の右兵衛尉が呟くように言った。

「さて、……長くとあるからには二年は覚悟せねばなるまい。三好筑前守も将軍が居なくては何かとやり辛かろう。前回と同じように和睦で京に戻るのではないかと思っている」

私が答えると弟達が溜息を吐いた。

「一年ならともかく二年となれば公方様も幕臣達も心が荒れましょう、兄上にも気苦労をかける事になります」

兄が顔を歪めた。

「まして随分と人が減りましたからな」

末弟の左衛門尉の言葉に皆が頷いた。公方様に従う者は領地を召し上げる、三好筑前守の強硬な姿勢は皆を震え上がらせた。多くの者が公方様の下を去り今では四十人ほどしか傍にいない。落魄《らくはく》とは言わないが寂しい限りだ。

「まあその分こちらの負担は減る」

兄の言葉に皆で笑った。兄も笑っている。苦労されている。朽木家当主としての兄の立場は決して盤石ではない。当主就任の経緯から如何しても不安定にならざるを得ない。その分だけ家臣達にも配慮せざるを得ないのが実情だ。竹若丸の事も決して呼び捨てにはしない。殿をつけて必ず敬意を払っている。少しでも周囲の心を宥めようとしての事だろう。幸い領内は安定し少しずつだが豊かにもなっている。良い方向に向かっていたのだ。だが……。

公方様が朽木に逃れてきた。家臣達の心には公方様に対して余計な口出しをしたという不満が有る。それに幕臣達も岩神館では傍若無人に振舞うだろう。既にその兆候は出ている。瘡蓋《かさぶた》が出来て漸く出血が止まったというのに無理に毟《むし》って傷口に塩を擦り込むようなものだ。兄が苦情を言えば誰の力で朽木家当主になったと声高に言うのは見えている。竹若丸がかつて危惧した事が現実になりつつある。その事を言うと緩んでいた兄の表情が瞬時に苦みを帯びた。

「朽木家当主の座か、覚悟はしていたが思っていたより居心地は悪い。そなた達が望むなら替わっても良いぞ」

軽口なのだろうが笑えなかった。弟達も笑えずにいる。それを見て兄が軽く笑った。

「正直に言えば二歳で当主になる竹若丸殿に妬みが無かったとは言えぬ。羨ましかったのだな。誹ったつもりは無かったがあれはやはり誹ったのであろう。こうなったのも自業自得よ」

兄が自嘲している。

「兄上、三好が攻めてくる可能性は有りませぬか？」

話題を変えたくて問い掛けると兄が首を横に振った。

「朽木には兵が無い。下手に攻めて六角や朝倉に行かれた方が面倒だ。三好が朽木を攻める事は無いと文には書かれてあった。まあ用心は必要であろうが……」

朽木は八千石、確かに兵は無い。京に近く攻め辛い土地故将軍が逃げてくるが追い払った方から見れば座敷牢に閉じ込めたようなものなのかもしれない。公方様の幽閉先が朽木か……。本人達は分かるまいな。

「左衛門督様より竹若丸殿を目々典侍様の養子にするかもしれぬとあった」

「……」

「三好孫四郎が執拗に竹若丸殿の命を狙っているらしい。目々典侍様の養子にして宮中で育てた方が安全だと書かれてあった」

弟達と顔を見合わせた。戦は三好が勝った。にも拘らず孫四郎は竹若丸の命を狙っている。余程に怒らせたらしい。一体何を言ったのか……。

「公方様が滞在していれば周囲の敵が攻めてくる事は無かろう。これを機に内政を充実させるつもりだ。竹若丸殿からも作って欲しい物が有ると言われている」

「ほう、それは楽しみですな」

兄が笑みを浮かべて頷いた。新たな産物の育成か。領民達が喜ぶだろう。兄の立場を固めるには家臣、領民達の支持が要る。新しい産物が出来ればそれも得やすくなる。その面では竹若丸の協力は大きい。家臣、領民達に対して兄と竹若丸が親密な関係なのだと思わせる事が出来る。

「父上からも内政に専念しろと言われている。岩神館には自分が行くから余り来るなとも言われた」

兄が行けば恩着せがましく色々と言われると思っての事であろう。

「そういうわけでな、儂は岩神館には余り行かぬ。そなた達もその事で色々と言われるかもしれぬが上手くかわしてくれ、頼むぞ」

「はっ」

兄も気苦労が絶えぬな。

「そう言えば兄上、越後から長尾が拝謁を求めてやってくると聞いておりますが」

兄が頷いた。

「従五位下、弾正少弼《しょうひつ》に任じられたからな。上洛し朝廷にお礼言上をするそうだ。近年珍しいほどの律義さよ。その後でここに来ると聞いている。兵を出せと迫られるだろうな、可哀そうに」

皆が笑った。遠国の大名にとって兵を出せなど迷惑でしかあるまい。まして越後は雪国、朝倉でさえ兵を出さぬのだ。

兄の部屋を辞去し岩神館に行く途中、父の事を考えた。父は進士美作守と上野民部大輔に強い不満を持っている。若い公方様を焚き付け無謀な戦をさせたと。そして簡単に煽られる公方様にも不安を感じている。竹若丸の一件以来徐々にだが足利から心が離れているのではないかと見える時も有る。これからどうなるのか……。


天文二十二年（一五五三年）　九月下旬　　山城国葛野・愛宕郡　　平安京内裏　　長尾景虎《かげとら》

帝に拝謁する。庭にて天盃《てんぱい》と御剣《ぎょけん》を頂く事になった。そのために武家伝奏勧修寺《かじゅうじ》権大納言様の案内で庭を歩いている。荒れていると思った。庭も土塀も荒れている。公方様も京を追われた。嘆

かわしい事だ。苦い思いを抱きつつ歩いていると〝えい、えい〞と声が聞こえた。童子が木刀を振っている。こちらに気付いたらしい、木刀を振るのを止め礼をしてきた。五、六歳だろうか、顔が上気している。

「竹若丸殿か、精が出るの」

童子が顔を綻ばせた。

「勧修寺様こそ御役目御苦労様にございます」

「おお、労うてくれるか。そなたは優しいのう」

童子がこちらを見た。

「飛鳥井竹若丸にございます。御尊名をお教え頂ければ幸いにございます」

「これは御丁寧な挨拶、痛み入る。某は越後守護、長尾弾正少弼景虎にござる」

童子がまた顔を綻ばせた。

「武名高き長尾様にお会い出来るとは望外の幸せ。お時間を取らせました」

童子がまた頭を下げた。権大納言様が〝参りましょうかの〞と言って歩き出した。その後を歩くと直ぐに木刀が風を切る音と掛け声が後ろから聞こえて来た。はて、このようなところで素振り？

「権大納言様、先程の童子、飛鳥井と名乗りましたが」

「飛鳥井権大納言の孫でおじゃる。今は叔母の目々典侍の養子でおじゃりましてな、訳あって宮中で暮らしておじゃる」

権大納言様が〝そうか〞と言って足を止めた。そしてこちらを向いた。

「そなた、京に来る前に朽木に行ったか?」

「いえ、先ずは朝廷にと思いましたので。帰りに公方様に拝謁を願おうと思っておりまする」

答えるとまた〝そうか〟と言ってまた歩き出した。

「ならば知らぬのも無理は無い。竹若丸殿は本来なら朽木家の当主としてそなたを迎える立場の人間であった。父親が先代の朽木家当主でおじゃっての、だが三年ほど前に討死した。幕府は幼児には当主は務まるまいと言ってな、当時幕府に出仕していた叔父の長門守を当主にするようにと命じた。已むを得ず竹若丸殿は母親と共に飛鳥井家に戻ったのじゃ。母親は飛鳥井家の娘で目々典侍の姉じゃ。それ以来将軍家と飛鳥井家は疎遠になりつつある……」

「左様でございますか」

叔父の長門守が幕府を利用して家を乗っ取ったのかもしれぬ……。それでは幕府に含むところは有ろうな。

「武家の血でおじゃるのかのう。公家として育てられてもああやって木刀を振るっておる。何とも憐れな事よ」

「利発気に見えましたが?」

権大納言様が顔をのけ反らして笑った。

「そうよのう、利発な子じゃ。将来が恐ろしいわ」

恐ろしい?

「三好筑前守を震え上がらせたのでおじゃるからの」

「なんと！」
権大納言様が足を止めてこちらを見た。
「恐ろしかろう？」
そう言うと笑い声を上げて歩き出した。

若丸

天文二十二年（一五五三年）　九月下旬　　山城国葛野・愛宕郡　　平安京内裏　　飛鳥井竹

素振りを終えると俺に与えられた部屋に戻った。部屋で汗を拭う。良いのかねえ、宮中で暮らしているなんて。三好孫四郎が俺を殺そうとしているから宮中で匿って貰ったんだが何時の間にか叔母の養子になって宮中で暮らすようになった。拙いんじゃないの、と思うんだが誰も問題視しない。閑院大臣の前例が有るから問題ないと言うのが前例至上主義の宮中の判断らしい。そんなものかと俺も最初は思ったがその前例を調べて吃驚《びっくり》した。

閑院大臣というのは平安時代の貴族、藤原公季《ふじわらのきんすえ》の事だ。三条《さんじょう》家、西園寺《さいおんじ》家、徳大寺《とくだいじ》家などがこの公季の子孫で閑院流と呼ばれている。閑院の名は公季の邸宅だった閑院殿から来ているらしい。公季は藤原道長《みちなが》と同時代の人間で道長政権では長く内大臣を務めた。その後は右大臣、太政大臣になっているから十分過ぎるほどに出世したと言えるだろう。

この公季が何故宮中で育てられたかだが母親が醍醐天皇の娘だった事、その母親が幼少期に亡くなった事、姉が中宮、つまり天皇の御后《おきさき》だった事が理由だ。公季は天皇の甥であり同時に義弟でもあった。要するに公季は当時の天皇家と密接に結び付いていたのだ。これじゃ宮中で育てられても誰も文句は言わんわ。

いや、一人文句を言った人間が居た。後の円融《えんゆう》天皇だ。その当時は皇子だったのだが公季が皇子のように振舞うので嘆いたと『大鏡』に書かれている。〝お前いい加減にしろよ〟、そんな感じだな。ちなみに円融天皇の母親は公季を引き取った中宮だった。多分母親は円融天皇よりも公季を可愛がったんだろう。円融天皇は可愛げが無かったんだろうな。可哀そうに。

そんなのが前例になるのかねえ。叔母に訊いたのだが〝良いのです〟の一点張りだった。おまけに俺を養子にして息子なんだから母親の傍で暮らすのは当たり前、と息巻いている。なんだかねえ、叔母、いや養母にとって俺は可哀そうでならない存在らしい。俺はこの世界で父を失い朽木家を追われ母親も居なくなって天涯孤独、自暴自棄になっているように見えるようだ。自分が救わなければと変なスイッチが入っている。

そうじゃないんだ。俺は自分を試したいだけなんだ。折角の二度目の人生なんだ、自分の知識と前世での経験を使って自分に何が出来るのか試したい。それだけなんだけどなあ……。三好でちょっとやり過ぎたかな。自暴自棄になっていると思われてる。困ったものだ。

「兄様《にいさま》」

声を掛けて部屋に入って来たのは春齢女王だった。後ろに女官が二人付いている。もう一人、俺を悩ませる頭の痛い存在がこいつだ。

「竹若丸です」

「兄様で良いでしょう。兄様は私と同い年ですけど皆が私よりもずっと大人だと言います」

口を尖らせるな。鵞鳥《がちょう》化してるぞ。

「駄目です。私は養子、貴女《あなた》様は帝の御子、御身分に関わります」

無視して俺の前に座った。

「私、大きくなったら兄様の御后様になってあげる」

女官達が口元を袂《たもと》で押さえながらクスクス笑い出した。

「無理ですね。私は后なんて持てる立場にはありませんし貴女様とは身分が違いますから妻には出来ません。諦めてください」

「そんなことないわ、愛は全てを超越するのよ！」

「……」

眼をキラキラさせて言うな！　唖然としていると春齢が〝ウフフ〟と笑った。寒いわ、お前歳《とし》は幾つだ？

「小萩《こはぎ》が教えてくれたわ。そうでしょう、小萩」

女官達の一人が〝はい〟と答えると声を上げて笑った。もう一人も笑っている。

「女王様に詰まらない事を教えてはなりませぬ」

厳しく言ったんだが女官達は面白がるだけだ。如何も俺が子供らしくないんで春齢を使ってからかって遊んでいるらしい。困ったものだ。どう文句を言おうかと悩んでいると養母が部屋に入って

来た。表情が厳しい、顔が強張っている。何か有ったな。

「竹若丸に話が有ります。皆、席を外しなさい」

皆素直に従った。流石《さすが》日々典侍、貫禄の一言だったな。養母が俺の傍に座った。ジッと俺を見ている。もう一回抱きしめてくれないかな、良い匂いがするんだ。

「そなたに会いたいという者が居ます」

ふむ、もしかすると景虎かな？　だとしたら嬉しいけど。

「三好家家臣、松永弾正という者です」

思わず〝ほう〟と声が出た。

「筑前守様の命でしょうか？」

養母が首を横に振った。

「そうではないようです。弾正は兄上を訪ねそなたに会いたいと願ったそうです。その時に自分の判断で来たと、内密に願いたいと頼んだのだとか」

なるほど、他人には知られたくないか。いや、正確には三好家内部に知られたくないという事なのかもしれない。三好家内部では俺に対する反感が強いのだろう。要注意だな。

「或いはそなたを害そうとしているのかもしれませぬ」

如何かな？　有り得るかな？　無いとは言えないが……。

「会いましょう」

「場所は如何します。安全に会える場所、内密に会える場所が必要です。兄上の所は危険ですよ」

「場所はここで」

「ここで？」

養母が眉を上げた。

「夜、内密に」

養母がゆっくりと、大きく頷いた。

「分かりました。そのように取り計らいましょう」

「有難うございます」

「但し、その席には母も同席させてもらいますよ」

保護者同伴か、まあ良いだろう。未だ五歳なんだからな。

解任

天文二十二年（一五五三年）　九月下旬　　山城国葛野・愛宕郡　　平安京内裏　　目々典侍

「夜分御迷惑をお掛け致しまする」

「いや、この時間にと願ったのはこちら、弾正殿には御足労をお掛け致しました」

竹若丸と松永弾正が挨拶を交わした。宮中の一室、同席するのは私と兄の二人。薄暗い灯《あか》りの中で四人の顔が浮かんでいる。九月下旬、部屋の中はそれほど暑くは無い。

「左衛門督様、目々典侍様にも御手数をお掛けしました」

「なんの、気になされますな。良い思い出になりましょう」

「真、妹の言う通りでおじゃる」

弾正は兄の案内でここまで来た。帰りも兄が案内する。兄にとっては好都合だろう。私も兄もこの会見で竹若丸の真の姿が見えてくると思っている。三好筑前守を怯えさせたその才能を。そしてこの会見の事は親王様にもお伝えしてある。親王様も大きな関心をお持ちだ。だが竹若丸はその事を知らない。もっとも察してはいるだろう。

「それで弾正殿、私に相談したい事とは？」

竹若丸の問いに弾正が姿勢を正した。

「実は、三好家内部にて公方様を廃し新たに平島公方家より義維様を公方に迎えようという動きが有りまする」

〝なんと〟と兄が呟き慌てて口元を扇子で隠した。私も驚きを隠せない。だが竹若丸は黙って聞いている。

「竹若丸殿は如何思われますや？」

竹若丸が〝はて？〟と呟いた。

「それに答える前にお伺いしたい。筑前守様は弾正殿が此処に居られる事を御存じなのですか？」

「いいえ、某の一存にござる」

「表に漏れれば厄介な事になりますぞ」

弾正が頷いた。

「確かに厄介な事になりましょうな。しかしそれは某個人の厄介。困った事に三好家にもこれ以上は無いというくらいの厄介事が生じ申した」

「……」

弾正と竹若丸がジッと見詰め合った。

「六角家、畠山家が気付き申した。公方様の解任は認められぬと当家に使者を送って参ったのです」

兄がごくりと喉を鳴らす音が聞こえた。顔が強張っている。多分私も強張っているだろう。

「なるほど、甲賀《こうが》が動きましたかな」

「……かもしれませぬ」

「……」

「今回の三好家と公方様の戦い、六角、畠山の両家は非は公方様に有ると見ております。公方様は主筑前守に細川右京大夫晴元は決して許さないとの誓紙を二度も出しながらそれを反故になされた。お若いとはいえ許される事では有りませぬ。そしてそれを唆《そそのか》した上野民部大輔、進士美作守らの幕臣達に対しても強い不信感を持っております。それ故両家は公方様に同調せず静観しました。しかし、公方様を廃すとなれば六角、畠山は必ず反対し戦となりましょう」

弾正が大きく息を吐いた。弾正の溜息も分からないでは無い。一つ間違えば三好対六角・畠山の戦争が始まるだろう。六角・畠山は当然だが公方、細川右京大夫晴元と連合する。畿内は荒れに荒れるだろう。私達の顔も強張ったままだ。

「阿波《あわ》から公方様を迎えようというのはどなたの意見です。六角、畠山が動くとなれば一人や二人というわけでは有りますまい。それなりの実力者、勢力が有る筈」

竹若丸の問いに弾正が〝いかにも〟と頷いた。

「声高に主張しているのは三好孫四郎様、それに三好豊前守《ぶぜんのかみ》様、安宅《あたぎ》摂津守様、十河讃岐守《さぬきのかみ》様が同調しておられます。他に阿波の篠原《しのはら》孫四郎。筑前守様も無視は出来ませぬ」

溜息が出そうになった。兄が首を振っている。三好家でも錚々《そうそう》たる顔ぶれが公方の解任を望んでいる。六角、畠山は可能性が有ると見たのだ。竹若丸が〝なるほど〟と頷いた。

「その方々に六角、畠山から使者が来た事は話していないのですか？」

弾正が首を横に振った。竹若丸が眉を顰めた。

「では六角、畠山との戦を覚悟していると？」

〝はい〟と弾正が答えた。空気が痛いほどに強張った。いや強張ったのは自分の身体だろうか。

「公方様が三好を侮るのも約《つづ》めて言えば六角、畠山が在るからだと。公方様を解任し六角、畠山を叩けばもう三好を侮るような者は現れるまいと」

竹若丸が〝フフフ〟と笑った。

「確かに一理有りますな、もっとも勝てるかという問題がある。勝てるのなら一気に三好家の勢威は天下を圧しましょう」

弾正がゆっくりと頷いた。

「その方々は勝てると見ております」

竹若丸がまた〝フフフ〟と笑った。

「弾正殿はそうは思っておられない、そうですな?」

「有利には戦えましょう。某も否定は致しませぬ。しかし勝ち切れるかと言われれば……」

弾正は沈痛な表情だ。兄と顔を見合わせた。兄も難しい表情をしている。竹若丸だけが笑みを浮かべていた。この事態を面白がっている。どう受け取ればよいのだろう。

「勝ち切る自信は有りませぬか」

弾正が〝ホウッ〟と息を吐いた。

「平島公方家が天下の諸大名に将軍として認められるとは思えませぬ。認められるのならば先代の筑前守様があのようなご最期を遂げる事は無かった……」

呟くような口調だ。

先代の筑前守、三好元長は平島公方家の義維を公方にするべきだと考え細川右京大夫にもそれを訴えた。だが右京大夫は義維では天下の諸大名が納得しないと見た。右京大夫は三好元長、足利義維を切り捨て現公方の父、足利義晴を公方とした。右京大夫としては幕府を安定させ細川政権を安定させるには已むを得ないと思ったのだろう。実際右京大夫が義晴を公方と認めた事で幕府は安定した。だがその事が今の三好と公方・細川の対立の原因になっている。

「おそらく六角、畠山にとどまらず三好に敵対する者が続出するのではないかと思っております。戦は続く」

「なるほど、それが勝ち切れぬですか」

弾正が〝はい〟と頷いた。

「筑前守様は如何お考えなのです」

「迷っておられます。皆の意見を無視は出来ませぬ。それに筑前守様にも公方様に対して恨み、そして信用出来ぬという不満が有られる。しかし勝てるという確証もない……、迷っておられるのです」

もしかすると弾正が此処に来たのは三好筑前守の密かな命令によるものなのかもしれない。兄が私を見た、同じ事を考えた？

「それで、今一度問いますが何故私に？」

弾正が姿勢を正した。

「されば竹若丸殿は主筑前守がその才を認めたお方、何か良きお知恵は無いかと」

「……」

「それに公方様が解任され阿波より公方様が迎えられれば三好孫四郎様の勢威は今以上に増しましょう。竹若丸殿にとってそれは避けたい事態ではありませぬか？」

竹若丸が声を上げて笑った。

「弾正殿はなかなか交渉が上手い。嫌いではありませぬよ、そういう方は」

竹若丸が上機嫌で笑うと弾正が〝畏れ入りまする〟と言って笑った。笑い終わるとシンとした。ここからが本当の会談だろう。兄も緊張を見せている。

「公方様を解任したいと仰られている方々は公方様は常に三好家を敵視している。それに煽られる諸大名が居る以上、三好家は常に敵を抱え続ける事になる。それを危惧しておられるのですな。どこかで断ち切りたいと」

弾正が頷いた。

「ならば解任は下策でしょう。弾正殿の申される通り、戦は続きます。諸大名からは三好家は増長し自分の意のままになる将軍を作ろうとしたと非難される事になる。公方様を忌諱《きい》する気持ちは分かりますが冷静に考えれば三好家のためにはなりませぬ」

また弾正が頷いた。

「六角、畠山には将軍の解任はしないと答えた方が良いでしょう」

「しかし」

遮ろうとした弾正を竹若丸が〝お待ちあれ〟と制した。大したものだ、声には余裕が有った。

「その際、六角、畠山には三好家が怒っているという事を強く訴える事です」

「……と言いますと」

竹若丸が表情を改めた。弾正が座り直した。

「二度も誓詞を出して誓ったにも拘らず公方様はそれを破った。天下の将軍が自ら約を破るとはどういう事なのか。それで武家の棟梁と言えるのか。義藤公には将軍としての資質無し、これを解任すべきであるという意見も家中には少なからず有るがそれを行えば天下大乱となる。筑前守様は家中の者に皆の気持ちは良く分かるが天下を乱すような事をしてはならぬと諭して抑えている。それだけに今回の公方様の為さりよう、筑前守様の怒りは大変大きい。公方様として認めはするが今回の件は許す事は出来ぬと考えている」

「……」

弾正はじっと考えている。

「いずれ筑前守様の怒りが収まれば和睦という事になろうが条件は厳しくなるだろう。その時はお力添えを頂きたい。そう言っておけば六角、畠山は動きますまい」

「なるほど。公方様の地位は安泰、和睦の意思も有る。自分達に協力を要請してきた。敵視しているわけでは無い。後は筑前守様の御腹立ち次第か……。そして筑前守様が御怒りになるのも道理、となれば六角、畠山も敢えて戦をとは考えぬか……」

弾正が頷きそして竹若丸に視線を向けた。

「竹若丸殿のお考えは良く分かり申した。しかし三好孫四郎様達への手当ては？」

竹若丸が〝フフフ〟と笑った。老獪《ろうかい》な感じがした。とても五歳には見えない。

「放置で宜しいでしょう」

「放置？」

弾正が声を上げると今度は竹若丸が声を上げて笑った。

「公方様の事です」

「……」

「公方様が居ないのです。幕府に、この京に三好家の力を浸透させる良い機会では有りませぬか？」

「……」

「そのためにも筑前守様の御怒りは長く続いた方が良いでしょう。和睦は急がぬ事です。将軍が京に居ない事が当たり前になる、皆がその事に不安を感じぬようになれば……」

「なるほど」

弾正が大きく頷いた。驚いた、竹若丸は公方から実権を奪えと言っている。今以上に傀儡にしてしまえと。兄は顔を強張らせている。

「公方様を解任し阿波から新しい公方様を迎えても義藤様は納得しますまい。互いに自分こそが将軍であると称し全国の諸大名はそれに引きずられる事になる。つまり皮肉ではありますが公方様の、足利の存在感と影響力はより大きくなる。その辺りの事も話せば……」

竹若丸が口をつぐみ笑みを浮かべると弾正が大きく頷いて〝必ずや納得致しましょう〟と言った。なるほど、天下の諸大名はどちらの将軍を支持するかを迫られる事になる。乱れはするがより影響力が増すという事も有るのだ。


天文二十二年(一五五三年) 九月下旬 山城国葛野・愛宕郡 平安京内裏 飛鳥井竹若丸

会談が終わり伯父と弾正が部屋から居なくなると養母が話しかけてきた。

「竹若丸、三好筑前守殿は弾正が此処に来た事を真に知らないと思いますか? 私にはそうは思えませぬが……」

「さあ、私には分かりかねます」

養母が不満そうな表情を見せた。もう少し真面目に答えろと思ったのかもしれない。

知っているというより筑前守の意向で此処に来たんじゃないかな。六角、畠山が知ったという事だったが筑前守が積極的に家中の内情を流して六角、畠山の反応を探ろうとしたんじゃないかと思う。

「養母上、将軍解任の話ですが宮中で噂になっておりますか？」

養母が〝いいえ〟と言って首を横に振った。

「そのような話は聞いた事が有りませぬ。兄上も驚いておられました」

そうだな、驚いていた。となると作り話、或いは冗談のような話だったのかもしれない。それを利用した。反対が無いようなら一気に解任して平島公方家から将軍をと思ったのだ。義藤が将軍では幕府内部に浸透し辛い。平島公方家の将軍の方が幕府内部に浸透し易いと思った可能性は有る。

筑前守は迷っているという事だった。案外反対は無いと思っていたのかもしれない。両家とも戦には参加しなかったからな。特に六角は代替わりの後だ、代替わり直後は拡大路線より内部統制に時間をかけるのが普通だ。不満には思っても敵対はしないと考えたとしてもおかしくは無い。だが六角も畠山も解任を許そうとしない。筑前守にとっては予想外の反応だった。思い切ってハイリスク・ハイリターンを選択するかと悩んだとしてもおかしくは無い。見かねて弾正が俺の意見を聞いてみようと提案した……。こっちかな？

「これからも将軍家と三好家の対立は続くのでしょうね。お互いに父親を殺されていますし」

お互いに父親を殺されている？　妙な事を言うな、筑前守の父親は殺された。殺したのは一向一弑《しい》だが唆したのは細川晴元で足利義晴を将軍にするためだった。三好が足利を恨むのは分かる。しかし殺された将軍は足利義教《よしのり》と義輝しかいない。今の将軍は義藤、多分年代的に義輝の事だと思うのだが父親が殺された？

「養母上、互いにとは？」

養母が〝ああ、そなたは知らないのですね〟と言った。

「先代の公方、義晴公は筑前守殿と対立し敗れ朽木に逃げました。そなたが生まれた頃だったと思います」

その話は俺も聞いている。

「義晴公は京の奪還を目指し坂本から穴太《あのう》へと移ったのですがその頃から病がちだったようで穴太で亡くなられました。水腫《すいしゅ》だったと聞いています」

それも聞いている。

「ですが本当は病で動けなくなりそれを恥じて自害したとも言われているのです」

その話は聞いていない。本当かな？

「無責任な噂ではないのですか？」

養母が首を横に振った。

「亡くなる前日には絵師を呼んで寿像を画《か》かせています。絵師は義晴公の死を知って驚いたそうです。そなたは偶然と思いますか？」

「……」

病の所為で動けなくなり京の奪還は不可能になった。征夷大将軍の地位にあるものが病で動けない。屈辱だろう。死を決断し最後に絵を描かせたとしてもおかしくは無い。

「公には病死とされていますが実際には自害、憤死ではないか、多くの者がそう思っています」

そう言うと養母が溜息を吐いた。なるほどな、本来なら三好と協力するのが幕府を安定させ将軍の権威を高める最善の手だ。にも拘らず義藤が打倒三好を叫ぶのは三好が父親の仇という認識があるからだろう。幕臣達が三好排斥に同調するのも単純に義藤への迎合ではないのかもしれない。将軍を憤死させた者など許せないと考えた可能性はある。御爺ならその辺りの事情は知っているだろう、確認してみるか。……いや、待てよ。

「養母上、その時義晴公の御傍には伯父上が居たのでは有りませぬか？」

飛鳥井は昵近《じっきん》衆だ。今でこそ飛鳥井家は足利将軍家から距離を取っているがその当時は誰かが傍に居た筈だ。養母が首を横に振った。

「一度兄に訊いたのですが教えてくれませんでした。それ以降、訊いていません」

否定はしていない。ならば事実か。養母は暗い顔をしている。養母も事実だと思っているのだ。

これが事実ならば三好が義藤を忌諱するのは自らの父親の事だけではなく先代の公方の事が有るからと見た方が良い。互いに恨み骨髄に徹しているわけだ。これじゃ義藤は打倒三好を諦めないし三好も公方を忌諱し続けるだろう。そこに細川が絡み六角、畠山が絡むか。最悪だな、畿内の安定なんて夢のまた夢だ。

「竹若丸、これからどうなりましょう」

養母が不安そうな表情をしている。憂い顔がなんとも美人だ。俺が大人だったら〝心配するな〟とか言って肩を抱き寄せるんだが……。

「さあ、筑前守様次第ですね」

養母がまた不満そうな表情を見せた。馬鹿にしているとでも思ったかな。しかしなあ、そうとしか言いようがない。畿内は三好を中心に動く筈だ。皆がそれに振り回されるだろう。

筑前守が俺の案を受け入れれば義藤は暫くは朽木で逼塞だな。御爺への文には今回の解任の件も書いておこう。義藤、幕臣には知らせるなと書いた方が良いな。ヒステリックに騒がれては御爺や長門の叔父もうんざりだろうからな。

欺瞞《ぎまん》

天文二十二年（一五五三年）　十月上旬　　近江高島郡朽木谷　　朽木城　　朽木惟綱

兄の部屋に当主の長門守、私と息子の主殿、それに日置五郎衛門、宮川新次郎が集まった。皆表情が厳しい。

「三好は公方様の解任を考えていたという事ですか」

問い掛けると兄が頷いた。

「そのようだな。六角、畠山が反対したので思い止まったようだ」

「その話、岩神館に届いておりましょうか？」

重ねて問い掛けると兄が首を横に振った。

「届いておらぬ」

兄の言葉に皆が顔を見合わせた。どの顔にも驚きが有る。公方様の解任、その話を当の公方様が知らぬ。六角も畠山も公方様の解任に反対してもそれを教えようとしない……。

「御隠居様、疑うわけでは有りませぬが真で？　六角も畠山もこれほどの大事、報せて来ぬと？」

五郎衛門が問うと兄が渋い表情で頷いた。

「六角も畠山も今回の騒乱を不愉快に思っているのであろう。先年、六角の骨折りで和睦を結んで京に戻った。にも拘らず直ぐにこの有様よ。何のための和睦であったかという思いが有るのだ」

「先代の管領代が死んで戦が出来ぬ。それ故の和睦でしたな」

私の言葉に皆が頷いた。

「余計な事ばかりする、そんな思いが有るのだ。敢えて報せぬのだと見た。示し合わせているのやもしれぬな。報せれば公方様は必ず兵を挙げよと迫ってくるからの。面倒だと見たのよ。三好が将軍の解任を強行しようとすれば報せは来るだろうがそうでなければ来るまい。蚊帳の外よな」

兄の口調が苦い。

「岩神館に報せますか？」

長門守が提案すると兄が厳しい眼で長門守を見た。

「六角も畠山も報せて来ぬのじゃぞ。誰から聞いたと言うのだ」

「……」

長門守が無言でいると兄の視線が更に厳しくなった。

「竹若丸が三好と繋がりが有ると知られれば碌《ろく》な事にはならん。竹若丸は朽木にとって京の情勢を知る大事な存在、その立場を危うくするような事はしてはならぬ。それに我らも疑いの目で見られかねぬ。竹若丸を通して三好と繋がっているのではないかとな」

「御隠居様の申される通りです。我らにとって大事なのは先ず朽木を守る事。それを忘れてはなりますまい。公方様の御滞在を利用して内を固めなければなりませぬ」

兄と新次郎が長門守を窘《たしな》めた。長門守は面目無さげだ。幕臣として公方様に仕えた所為か公方様への遠慮が過ぎる。困ったものよ。兄が長門守を公方様の前に置かぬのも無理は無い。当主としては些か不安だ。

「竹若丸からの文にもこの件は公方様に伝えるなと書いてある。徒《いたずら》に騒ぐだけで意味が無いとな。左兵衛尉、右兵衛尉、左衛門尉にもこの事は教えぬ。あれらは公方様の御傍に居る。隠し事は辛かろう」

兄の言葉に皆が頷いた。

「しかし、なんともお気の毒な事ですな。公方様は頻りに六角、畠山に使者を送っておられますが肝心の六角、畠山は……」

主殿が首を横に振った。肝心の六角、畠山には三好と戦う意思は無い。恋文を送っても無視される男のようだ。

「越後の長尾弾正少弼が忠誠を誓ったと御喜びと聞いておりますが」

「新次郎殿、越後から京は遠い。武田、北条という敵も有る。それに冬は雪じゃ、そう簡単に上洛は出来まい」

新次郎と五郎衛門の遣り取りに皆が頷いた。上洛は出来ない、それを見越して耳触りの良い事を言ったともとれる。真に受けるのは愚かというものだろう。その事を言うと皆がまた頷いた。

「残念だが公方様にはそれがお分かりにならない」

皆が兄を見た。

「最近は頻りに長尾を上洛させ朝倉、六角、畠山の兵を合わせて三好を討つと仰っておられる」

渋い表情だ。現実を見ろと思っているのだろう。

「苦労が足りぬのよ」

ボソッと兄が吐いた。皆が驚いていると〝フフフ〟と兄が笑った。

「その方らは公方様は苦労しておられると言いたいか？　だがな、苦労が身に付かねば苦労しているとは言えまい」

「……」

「三好筑前守を見よ、親を殺されその仇に仕える事で力を付けた。どれだけ屈辱であったか。だがその屈辱に耐えたから今が有る」

兄が我らを見た。

「残念だが公方様にはそれが無い。耐えるという事、時機を待つという事が出来ぬ。自分の想いだけで動く、周囲を見る事が出来ぬのじゃ。側近達も公方様を甘やかすだけじゃ。これではの……」

兄が力無く首を横に振った。遣る瀬無さが兄から伝わってくる。足利将軍家への想いは有るが公方様の器量に不満が有るのだろう。

「御隠居様。この分では六角、畠山が公方様の呼びかけに応える事は有りますまい。公方様の朽木での滞在ですが予想よりも長くなりましょう」

五郎衛門の言葉に兄が息を吐いた。

「そうじゃの。当初は一、二年と思ったが三年、四年、もっと長くなるかもしれぬの」

今度は皆が息を吐いた。朽木は八千石、その朽木で公方様を四年以上匿うとは……。

「幸い倉には銭が満ちております。そちらの面では問題は有りませぬ。それに六角、畠山も兵は出しますまいが援助は惜しみますまい。しかし……」

新次郎が口籠った。

「分かっておる。公方様には耐えてもらわなければならん。良い機会よ、耐えるという事を学んでいただこう。それがあのお方のためになる。幕臣達にもな」

天文二十二年（一五五三年）　十月上旬　　山城国葛野・愛宕郡　　平安京内裏　　飛鳥井竹若丸

朽木から文と小さな袋が届いた。先ずは文だ。伯父、養母の視線を感じたが無視して文を読む。さっきまで俺の元服の事で盛り上がっていたのにな。本当はもっと早い時期に元服する筈だったらしいが色々有ったからな。年内は難しいかもしれないという事だった。文を読み出したら途端に口を噤《つぐ》んだ。ふむ、義藤は相変わらずか。越後の長尾を動かして六角、畠山、朝倉を動かそうとしているようだが何処からも良い返事は来ないらしい。思い通りにならない事に周りの幕臣達に不満をぶちまけているようだ。

六角、畠山からは例の解任の件で報せは無いらしい。なるほど、三好筑前守は平島公方家から将軍を迎える事を諦めたという事だな。ならば敢えて報せるには及ばないというわけだ。六角も畠山も厳しいわ、義藤と情報の共有をしようとしない。不必要に情報を与えないというのだからな。根本的な部分で義藤に不信感が有るのだろう。三好が知れば大笑いだろうな。六角、畠山が義藤のために積極的に動く事は無い。

待てよ、……まさかな。俺は三好筑前守が故意に情報を流したと思っているんだが筑前守の狙いはこっちか？　六角、畠山の反応だけじゃなく義藤との親疎を計った？　その場合は俺、朽木、義藤の親疎も計ったという事になるぞ。そして義藤の周辺には三好のために動く人間が居る事になる。まさかな、そんな事が有るのか……。

「竹若丸」

養母が呼んでいるのに気付いた。顔を上げて養母を見ると不安そうな表情をしていた。養母だけじゃない、伯父も不安そうに俺を見ている。

「何でしょう？」

「いえ、表情が厳しいのでどうしたのかと。何度も呼んだのですよ」

「申し訳ありませぬ。少し考え事をしておりました。もう少しお待ちください」

にっこり笑って文に視線を落とした。

考えろ、考えるんだ。有り得るか？　馬鹿！　死にたくなければ最悪を想定しろ！

三好筑前守は俺を認めた。となればだ、俺の動向に関心を持つのは当然の事だ。俺と何処が繋がっているか？　俺が誰のために動くかだ。朽木とは繋がっているのは分かっている。問題はその先だ。義藤と繋がっているのかを確認したとしてもおかしくは無い。俺が義藤のために動くのか……。いや待て、今は宮中に居るのだ。義藤のために宮中で動くかを探ったというのも有るだろう。拙いな、朽木は口止めしたがこっちは無警戒だった。

危険だ。体中に蜘蛛《くも》の糸を絡められたような気がする。払っても纏わりついて離れない。腹の中が冷たく感じる。三好筑前守を甘く見たか！　そのツケがこの恐怖か！　三好一族は何度も叩き潰されて這《は》い上がった一族なのだという事をもっと重視すべきだった。二人を見た、不安そうな表情をしている。

「伯父上、養母上、先日の弾正殿の件、どなたかにお話になられましたか？」

二人が顔を見合わせた。

「父上には話した」

伯父は答えたが養母は戸惑っている。

「養母上、大事な事です。お答えくださいませ。親王様に話されましたか？」

「……ええ、勿論事が事です、内密にとお願いして有ります」

「それは麿も同様だ。安心して良い」

安心？　人間の口くらい信用出来ない物は無いぞ。……拙いな、親王から帝に伝わった可能性も有る。やはり危険だな。

「今直ぐ改めて口止めしてください。危険です」

二人が顔を見合わせた。納得していない。

「三好は敢えて松永弾正を使ってこちらに情報を漏らしたのかもしれませぬ。漏らした情報が何処に流れるか、誰に伝わるかを確認している虞《おそれ》があります」

二人の顔色が変わった。養母が〝まさか〟と言った。伯父が〝まさか〟と言った。

「六角も畠山も解任の事を公方様に伝えておりませぬ。朽木の祖父も伝えなかった。もしこの状況で解任の件が公方様に伝わればここから漏れたという事になる。つまりその者は親足利という事です。その者を、流れを断てば公方様を孤立させる事が出来ます。或いは生かしておいて利用する事も出来る。どちらにせよ危険です」

二人が物も言わずに立ち上がった。足早に部屋を出て行った。

間に合うか？　間に合わなければ三好はこのルートは危険だと見るだろう。帝、公方に繋がっているのだからな。繋がるだけなら良いが俺が二人を動かすと判断すれば……、三好孫四郎が俺の処断を筑前守に訴えるだろう。筑前守も危険だと見る筈だ。

最悪の場合は殺される前に出家だな。そっちで逃げるしかない。難しいかな？　ならば思い切って三好家で仕えるか……。先行きは暗いな。掌《てのひら》にびっしょりと汗をかいていた。震えている。左の手首を右手で押さえた。押さえても震えが止まらない、汗も止まらない。

「ククククク」

気が付けば笑っていた。

「やってくれるじゃないか、三好筑前守長慶。そうだよなあ、戦国なんだ。味方面して近付く奴なんて幾らでも居る。松永が俺に好意的だというのを利用したか。気に入ったよ、そうじゃなくちゃ人を陥れるなんて出来ないよな。騙す奴が悪いんじゃない、騙される奴が悪いんだ。そして甘い奴は死ぬ。あんたの親父のようにな」

今なら何の躊躇いも無くあんたを殺せるだろう。笑いながら殺せるかもしれない。そう思ったら手の震えが止まった。どうやら俺は三好筑前守長慶を殺したいらしい。嫌いじゃないんだがな、それでも殺したい。人間なんて変な生き物だ。

「クククククク、可笑しいよな、本当に可笑しい。分かっていた事だがまだまだ甘かったって事だな。あんたを甘いなんて笑う資格は俺には無いって事か。教えてくれて有難うよ。漸く戦国時代に生きているって実感が湧いたわ」

馬鹿な話だ。命を奪われるかもしれないのにやたらと可笑しかった。殺されるかもしれないと恐怖して生きているという実感が湧いた。三好筑前守長慶を殺したいと願うのも生きたいと思うからだろう。

気を取り直して朽木から届いた袋を開けた。中には二十本の歯ブラシが入っていた。ようやく出来上がったか。しかしなあ、素直に喜べんわ。三好筑前守の狙いは公方の孤立、無害化だ。そのためにに公方の目と耳を確認し潰せるものは潰そうというのだろう。そして潰せぬものは利用する。多分偽情報を流して公方を攪乱《かくらん》させるのだろうな。いや公方とは限らんな、朝廷、公家もだ。ここを切り抜ければ朽木との連絡の遣り取りも注意しなければならん。

天文二十二年（一五五三年）　十月中旬　　山城国葛野・愛宕郡　　四条通　　三好邸　　三好長慶

「では公方様は何も御存じないのでございますか？」

「この文にはそう書いてあるな、大叔父上」

朽木から齎《もたら》された文を見ながら答えると大叔父の三好孫四郎と松永弾正が顔を見合わせた。

「六角、畠山だけでは無く朽木も伝えぬとは……。腑《ふ》に落ちませぬ。竹若丸殿から朽木民部少輔殿に伝わらなかったという事でしょうか？」

弾正の言葉に大叔父が〝フン〟と鼻を鳴らした。

「竹若丸が口止めしたか、民部少輔が伝えなかったか、そのどちらかであろう」

大叔父がまた〝フン〟と鼻を鳴らした。おそらくは大叔父の言う通りであろう。止められたか、それとも自分で止めたか。その辺りは分からぬが朽木民部少輔にとっては公方よりも竹若丸の方が大事だという事なのだ。

公方は失敗したな、朽木家の跡継ぎは竹若丸にすべきであった。そうであれば民部少輔は足利のために忠義を尽くしたであろうに……。あの小僧が此方に有る限り朽木は積極的に動くまい。

「飛鳥井も動かなかったようでございます」

「民部少輔が伝えぬのだ。飛鳥井も伝えまい。日々典侍も飛鳥井左衛門督も口が固いようだ」

一貫している。となると止めたのは竹若丸なのであろう。あの小僧、やはり手強い。こちらに付け入る隙を見せぬ。上手く利用出来るかと思ったが甘かったようだな。或いは小細工をすると儂を笑っているかもしれぬ。

「大叔父上、見ての通りだ。竹若丸が公方様に与《くみ》する事は無い。安心して良い」

大叔父が不満そうな表情を見せたが口を開く事は無かった。やれやれよ、この分ではまた殺せと騒ぐだろうな。三好に仕えぬという事で一抹の不安は有ったが竹若丸が公方に与する事は無い。あれは足利の天下に不満を持っているのだ。まあ油断は出来ぬが。

「近衛《このえ》様も動きませぬ。次は如何なさいます」

弾正の問いに〝そうだな〟と答えた。右大臣近衛晴嗣《はるつぐ》、公方の従兄弟《いとこ》だが解任の件を九条を使って教えたが公方には流さなかった。朽木には父親の太閤近衛稙家《たねいえ》が居るにも拘らずだ。どうやら親子で役割を分けているらしい。公家も中々強かよ。

公方が動く事は無い。六角、畠山も動かぬ。京で蠢《うごめ》く者も居ない。となれば……、大叔父、弾正が此方を見ていた。

「丹波に兵を出そう」

二人が頷いた。丹波は摂津と共に細川京兆家が代々守護を務めた。その所為で晴元に与する者が多い。山城、摂津を安定させるためには丹波を押さえなくてはならぬ。

丹波を押さえれば晴元の力は一気に衰退する。そして山城、摂津が安定すれば誰もが三好の力を認めるというもの。公方が朽木で逼塞している間に晴元の足元を弱め三好の足元を固めねばならん。


天文二十二年（一五五三年）　十月中旬　　山城国葛野・愛宕郡　　平安京内裏　　方仁親王

お召しと聞いて常御所に向かうと帝が御独りでポツンと座っておられた。〝方仁にございます〟と声をかけて近付くと御顔を綻ばせた。

「御独りにございますか？」

「うむ、人払いをした。そなたと話したくてな」

帝が傍に寄れというように手招きをなされた。余程に他人に聞かれたくない話らしい。傍近くに座ると満足そうに頷かれた。

「竹若丸の元服の事だが何時なのかな？」

「年内にと考えているようにございますが色々と有りましたので」

「延び延びになっているか」

「はい」

帝が一度、二度と頷かれた。

「早めに元服させた方が良かろう」

「そう思われますするか？」

「そなたは如何じゃ？」

「迷っております、三好を必要以上に刺激する事にならぬかと」

帝が首を横に振られた。

「早い方が良い、宮中で育てると決めたのだ、迷うな」

「はっ、早急に執り行いまする」

帝が頷かれた。

「竹若丸には元服と同時に官位を授けよう」

「はっ」

「それなればその方が召し出しても不自然ではない」

「三好への抑えにもなるかもしれませぬ」

帝が首を振られた。

「分からぬぞ、武家はいざとなればそのような事には配慮せぬ。これまで何人もの公家が殺された。大寧寺が良い例よ。覚えておく事だ」

「はっ、御教示、忝のうございまする」

そうであった。山口では何人もの公家が殺された。その中には五摂家の一つ、二条家の人間もいる。

「これから難しくなる」

「……」

「三好の力が増した。朝廷にもその力を伸ばしつつある」

「九条でございますか」

帝が首を横に振った。

「九条は始まりに過ぎぬ。後に続く者が現れよう」

九条の養女が十河に嫁いでいる。あの当時、皆が驚いた。だが帝の仰られる通りよ、今後は驚く者は居まい。

「そうなれば足利と三好が朝廷で勢力争いをする事になる」

「……そうなりましょうか」

「なる、必ずな」

帝が断言した。静かな声であったが鳴るように耳朶《じだ》に響いた。目々との会話を思い出した。竹若丸と三好筑前守は足利の後、三好が足利にとって代わる時を話し合ったのかもしれない。となれば朝廷での勢力争いはその一つであろう。帝も足利の後の事を御考えなのかもしれない。

「実際に三好筑前守は仕掛けてきた。あれは間違いなく宮中の親足利を狙ったものであろう。幸い竹若丸の機転で我らはその危機を免れた。そうでは無かったか？」

「左様でございました」

「朕の時代は良くも悪くも足利の時代であった。足利の弱さ、頼りなさに苛立ちながらも足利を頼りにした。だがそなたの時代は足利と三好が争う時代になろう。そなたはどちらの手を取るかという判断を迫られる事になる」

「……」

「朕の命もそれほど長くは有るまい」

「何を仰《おお》せられます。そのような縁起でも無い事を」

〝言うものではありませぬ〟、そう続けようとしたが出来なかった。帝が悲しそうに私を見ている。

「永久《とわ》に生きる者などおらぬ。人は皆死ぬのじゃ。朕も人であったという事よ。それにこの乱世をただ見ているだけという苦行から解放されるのじゃ。喜ぶべき事で有って悲しむべき事ではない」

「……父上」

鼻の奥につんとした痛みが走った。

「先に言ったが、そなたは選択を迫られる事になる。朕のようにただ見ているだけというような贅《ぜい》沢《たく》は許されまい。苦しみながら歩いて行く事になる」

「……」

「判断に迷った時はこの乱世を終わらせるには何が最善かを考えよ。さすれば答えが見えてこよう」

「はっ、御教え有難うございまする」

頭を下げた。涙が零れ落ちそうになる……。

「竹若丸がそなたの進むべき道を照らしてくれればの」

「……」

父が元服を急ぐのは私のためかもしれない。私があれを召し出しては目々への寵愛のためと見る者も出よう。だが父が官位を与えておけばそういう見方を避ける事も出来る。父が〝厄介な事よ〟と呟かれた。肩にズシリとした物が圧《の》し掛かるような気がした。

元服

天文二十二年（一五五三年）　十月下旬　　山城国葛野・愛宕郡　　平安京内裏　　飛鳥井竹若丸

「これでございますか？」

「そうだ」

俺の眼の前で二十代後半くらいの女が歯ブラシを取って興味津々といった表情で見ている。ブラシの部分を親指で触っている。うむ、かなり関心が有るな。良い傾向だ。しかしこの女……。

俺が居るのは御台所、つまり食事を用意する場所だ。というわけで下働きの女達が興味津々で俺と女を見ている。その所為で俺は眼の前の女の見事な胸に眼が行きそうになるのを必死に我慢している。デカいんだ。胸にメロンでも入れているんじゃないかと思うくらいデカい。ちょっと動くとユサユサ揺れる。音がするんじゃないか、服から飛び出すんじゃないかと期待しちゃうじゃないか。

いかん、いかん。デカい乳に見とれていたなどという変な噂が流れてはいかん。養母も不快に思うだろうし春齢が煩《うるさ》い。でも大きいな。

女の名前は葉月《はづき》という。京で漆器を扱う店を経営している。それほど大きい店ではないようだが小さいわけでもないらしい。使用人もそこそこ居るようだ。今も一人連れて来ている。そいつは下働きの女達に漆器を見せている。流石だな、商魂たくましいわ。

朽木から歯ブラシを送って来た。商品開発が出来たわけだが問題は販路だ。歯ブラシは薄利多売だから大消費地に基点が要る。畿内ならやはり京だ。まあ歯ブラシは握りの部分が漆塗りだから漆器になるんだろう。というわけで養母に漆器を扱う商人を紹介してくれと言ったら養母はこの巨乳ちゃんを紹介してくれた。

「これで歯を磨く。何人かに使って貰ったが評判が良い」

葉月が〝なるほど〟と頷いた。嘘は吐いていない。しかし信じないかもしれない。何と言っても使ったのは俺の他に伯父一家、養母、春齢、方仁親王、それに帝という面子だ。使った人間は皆が大喜び。軽く石鹸を塗って使うのがコツだ。これなら歯ブラシと石鹸をセットで売れる。

「私も一つ頂いて宜しいですか？」

「一つと言わず五つほど持って行っては如何だ。何人かで使ってみて良ければ商品として売って欲しい」

女が嬉しそうに笑った。

「分かりました。五日後、改めてお話をさせて頂きます。宜しゅうございましょうか」

「構わぬ。出来れば良い返事を聞きたいものだ」

「はい、ではこれで」

女がにこやかに答えて立ち上がると使用人の方に向かった。手伝おうというのだろう。

部屋に戻って手習いの準備をしていると養母が直ぐにやってきた。

「如何でした？」

「感触は悪くありませんでした。五日後にまた来るそうです。その時に商品として扱うかどうかの返事をすると言っておりました」

養母が〝そうですか〟と言って満足そうに頷いた。

「取り扱って貰えるようなら朽木に行って貰おうと思っています」

「そうですね、朽木との文の遣り取りは今後はその者に頼んだ方が良いでしょう」

「はい、私もそう思っています」

養母と二人で頷き合った。ついでに朽木の様子も確認して貰おう。いずれは他の大名家、公家、寺社にも出入りさせよう。何か得るものが有る筈だ。すっと養母が身体を寄せてきた。うん、良い匂いがする。

「どうやら凌《しの》いだようですね」

「はい」

「朽木からは何も言って来ませぬ。公方様は何も知らぬようです」

「危うい所でした」

お互い小声だ。養母の表情は厳しい、おそらくは俺もだろう。間一髪切り抜けた、そんな思いがある。

「今回の件、皆様そなたに感謝しておりますよ」

「畏れ多い事でございます」

頭を下げると養母が満足そうに頷いた。

養母が言った皆様というのは帝、親王、右大臣近衛晴嗣の事だ。情報は養母から親王、そして帝へと流れた。帝は放置して良いのか悩んだらしい。足利には将軍解任の前科が有る。第十代将軍足利義稙《よしたね》だ。解任され足利義澄《よしずみ》が将軍になったのだが義稙は納得せずに抗《あらが》い続けた。そして大体十五年ほどかけて将軍に復帰した。朝廷にしてみればいい迷惑だ。応仁の乱で弱体化した幕府がこの混乱で更に弱まったのだからな。

帝がまた混乱するのか、三好を止めるべきではないかと悩んでいるところに登場したのが右大臣近衛晴嗣だった。この男、多分近衛前久《さきひさ》だと思う。名前が晴嗣なのは足利義晴から一字貰ったのだろう。だがこれから足利と敵対する三好が勢力を伸ばす。それで名を変えたのだと思う。

この晴嗣、朽木に滞在中の足利義藤とは従兄弟の間柄になる。義藤の母親が近衛家の人間なのだ。晴嗣の父、近衛稙家は義藤に従って朽木に居るから近衛家は公家社会でも屈指の親足利と言って良い。この男に将軍解任の話をしたのが九条稙通《たねみち》だった。稙通の養女は三好筑前守の弟の十河一存に嫁いでいる。当然だが晴嗣は信憑性は高いと見た。

晴嗣も悩んだが義藤は従兄弟であるし朽木には父親も居る。無視は出来ないと思い報せようとした。だがその前に帝に報告する必要があると判断して参内した所に親王、伯父、養母が飛び込んできたわけだ。それぞれが話し合う中で確かに危ないとなった。武家が義藤と距離を置くのに公家が親足利色の強い行動を取るのは危険だと。特に晴嗣は震え上がったようだ。なんと言っても未だ十八歳だ。晴嗣は九条が親切心で教えてくれたと思ったらしい。未熟な自分を気遣ってくれたと礼まで言ったのだとか。順調にいけば晴嗣はいずれは関白左大臣になる。だがここで躓《つまず》けばそれも白紙だ。世の中の恐ろしさを思い知ったという事だろう。

「近衛様がそなたに会いたいそうです。勿論今直ぐでは有りませぬ。今そなたと近衛様が会えば三好が真相に気付くやもしれませぬ。時機を見てです」

「分かりました」

答えると養母が〃うふふ〃と笑った。

「良い事です。今回の一件で帝も親王様も右府様もそなたを認めました」

また〃うふふ〃と笑った。なんだかなあ、最近上機嫌なんだよ。

「延び延びになっていた元服ですが来月の末にという事になりました」

「はい」

急転直下だな。いきなり決まった。

「元服と同時に従五位下、侍従《じじゅう》に任じられます。本家の雅敦殿も侍従に任じられます」

「宜しいのですか?」

養母が〃良いのです〃と言った。自信満々だな。

「そなたには早めに元服させ官位を与えた方が良いだろうと。帝の思召《おぼしめ》しです。親王様も同じお考えです」

ゲッ、そりゃ自信満々になるわ。でもね、俺が良いのかって訊いたのは雅敦の事なんだけど。向こうを先に侍従にするべきなんじゃないの。その事を聞いたら心配いらないって言われた。既に雅敦は従五位下だから同じ侍従でも上席は雅敦になるそうだ。

「ところでそなた、毎日木刀を振っていますが師は必要ありませんか？」

「それは、居れば嬉しいですが……、養母上には心当たりがお有りですか」

養母が嬉しそうな顔で頷いた。え、有るの？　俺は冗談で訊いたんだが。

「吉岡《よしおか》という者が居ります。今出川《いまでがわ》に道場を開き名人の名の高い者です。名は憲法《けんぼう》と言います」

ちょっと待て、それって吉岡憲法だろう。宮本武蔵《みやもとむさし》の話で有名だぞ。

「ただ吉岡は足利家に仕えています。公方様に兵法を教えているのです」

なるほど、そんな話を聞いた覚えが有るな。確か宮本武蔵の父親が将軍の前で吉岡憲法と試合をしたって。そうだな、武蔵の父親の時代なら将軍は足利だ。納得していると養母が話を続けた。それによるとこの話、元々は吉岡の方から伯父へ、そして養母にと伝わった話らしい。

元々吉岡家は足利義晴に仕えていたのだが義藤の代になって兵法指南役になった。そして京の今出川に道場を開き道場は兵法所と呼ばれている（この辺りから判断するとやっぱり義藤は義輝だと思う）。吉岡は将軍の剣の師と認められて嬉しかっただろう。これで吉岡流は興隆し将来は安泰だと思ったかもしれない。権力者と密接に繋がる事は旨味が多いのだ。その事は江戸時代の柳生《やぎゅう》と新《しん》陰流《かげりゅう》の事を思えばわかる。

しかし直ぐに困った事になった。肝心の弟子の公方が京に居ないのだ。三好と敵対し戦をしては都を追い出され戻って来る、その繰り返しだ。そして京では公方よりも三好の勢威が強くなりつつある……。気が付けばだ、将軍家兵法指南役として繁栄してよい道場は皆が避けるようになっていた。吉岡流は皆から避けられるようになっていたのだ。吉岡にしてみれば傀儡でも良いから京に居てくれと言いたいところだろうな。

困った吉岡が眼をつけたのが俺だ。宮中に居て毎日のように木刀を振っているというのが耳に入ったらしい。調べてみると元は武家だ。武にかなり関心が有ると判断した。将軍に比べれば格が落ちるが公家に剣を教えている、その公家が宮中で養われているとなればそれなりに宣伝効果は有ると思った。出来れば宮中に入って教えたいと思っているだろう。なるほど、強いだけでは生きていけないいか。世の中厳しいよな。

「如何します、頼みますか？」

「お願いします」

折角向こうから声をかけて来たんだ。頼もうじゃないの。

「ではこちらに来てもらいますよ」

「はい。ですが大丈夫でしょうか」

宮中で剣術修行とかって良いのかな？　そう思ったんだけど庭なら問題ないそうだ。それなら助かる。今出川の道場への行き来は危ない。定期的に通う場所が有るというのは狙い易いのだ。ホント三好って鬱陶しいよな。あいつの所為で生きるのが息苦しいわ。

剣はこれで何とかなる。後は弓と馬だな。これを何とかしないと……。


天文二十二年（一五五三年）　十一月上旬　　山城国葛野・愛宕郡　　平安京内裏　　目々典侍

「外は風が冷たいの、敵わぬわ」

ぼやきながら兄飛鳥井左衛門督雅春が部屋に入って来た。

「どうぞこちらへ」

火鉢の傍にと手招きすると兄が嬉しそうな表情を見せながら近づいて座った。手をかざしながら擦《こす》る。〝暖まるのう、極楽じゃ〟と喜んだ。

「竹若丸は？」

「春齢と遊んでおります。良く面倒を見てくれるので助かっております」

意外と面倒見が良い。その所為か春齢は竹若丸と遊びたがる。

「それは良い。少しは子供らしいところが出たかの」

「さあ、それは……」

〝そうか〟と言って兄が綻ばせかけた表情を曇らせた。

「もう直ぐ元服でおじゃるの」

「はい」

「基綱《もとつな》か」

「はい」

兄は手をかざしながら火鉢を見ている。しかしどことなく表情が虚《うつ》ろだ。

「子供らしくないのう」

「はい」

元服後は竹若丸は基綱と名乗る事に決まった。飛鳥井家の男子は名前に雅の字をつける。しかし竹若丸はそれを嫌がった。いや、それどころか飛鳥井の姓を名乗る事も避けたがった。三好が自分を敵視している。飛鳥井を名乗っては迷惑が掛かりかねないと……。

何とか説得して飛鳥井の姓を名乗らせる事になった。でも名前は駄目だった。自分は飛鳥井でも傍流という事にする必要がある。そのためには雅の字は付けないと。頑として拒絶した。そして選んだのが元綱だった。元には物事の起こり、始まりという意味がある。自分は飛鳥井の姓は名乗るが本家とは別の飛鳥井であるという事を名で表せるだろうと。そして下の綱の字は祖父飛鳥井権大納言雅綱の綱で有り父朽木宮内少輔晴綱の綱でもある。自分には相応《ふさわ》しい名前だろうと。

兄が元の字は基に変えた方が良かろう、新しい飛鳥井の礎《いしずえ》に成れと言って飛鳥井基綱になった。家紋も三つ葉の銀杏《いちょう》だ。飛鳥井家では当主は十六葉の銀杏、嗣子《しし》が十二葉の銀杏を用い一門は八葉の銀杏を用いる。本来なら竹若丸は八葉の銀杏を家紋とする。だが竹若丸は家臣に賜与《しよ》する三つ葉の銀杏を選んだ。理由は言うまでもない……。

「綾が先日訪ねて参った」

「……」

「元服の事、話したのだが怯えておじゃったの、竹若丸に。何かが常人とは違うと言っておじゃった。磨も同感じゃ、何かが違う。自分でもそう思うのかもしれぬ。だから我らに迷惑を掛けたくないと思うのでおじゃろう。あれは自分が世の中に受け入れられぬと思っているのやもしれぬ」

「かもしれませぬ」

でもそのように気遣いするという事は人としての情が有るという事だろう。その事を指摘すると兄も〝そうよな〟と頷いた。

「それだけに憐れじゃ」

少しの間、言葉が無かった。あの子は自分の力を試したがっていた。自分が何者なのか、何のために生まれて来たのか、それを知りたいと。だがその事が周囲との軋轢《あつれき》を生むとも理解している。だから出来るだけ私達に迷惑を掛けぬようにとしているのだろう。兄の言う通りだ、憐れでしかない。

兄がフーッと息を吐いて表情を緩めた。

「悩んでも仕方ないの、歯磨きはどうなったかな?」

「はい、引き受けてくれました。今頃は朽木に向かっておりましょう」

「そうか、順調だの」

「はい」

兄が可笑しそうに笑った。竹若丸が作った歯磨きを一番喜んだのが兄だった。何故これまで歯磨きが無かったのかと何度も口にしている。

竹若丸は女商人に朽木の様子をそれとなく注意して見て欲しいとも頼んでいた。民部少輔殿の文だけでは不満らしい。或いは公方の動きに不安が有るのかもしれない。その事を確認すると弱い者が生き残るには眼と耳が要ると言うだけだった。竹若丸は商人を使って情報を得ようとしているのかもしれない。歯磨きはそのための道具なのかも。

「兵法の方は如何じゃ？」

「はい、先日吉岡から人が来ました。吉岡又一郎直元《またいちろうなおもと》、先代の吉岡憲法です。道場は息子に任せて自分が竹若丸を教えると言っておりました。二人で暫く話しておりましたが又一郎は興奮しておりましたな」

兄が〝ほう〟と声を上げた。

「兵法者にでもなるつもりかな？」

「さあ。……ただ又一郎は竹若丸が兵法を変えるかもしれぬと言っておりました」

兄が眼を瞠《みは》り一瞬間を置いてから笑い出した。

「悩む暇も無いの。次は何を仕出かすやら」

「はい、楽しみにございます」

また兄が笑った。今度は私を見て笑っている。

「如何なされました？」

「そなた、竹若丸に夢中じゃの。宮中でも皆が言うておるぞ。目々典侍は養子に夢中じゃと」

「まあ」

「可愛いかの」

兄の問いに素直に〝はい〟と答えられた。そして思った。可愛いのだと。

「懸命に生きております。何かを成したいと藻掻《もが》いている。少しでも助けてやりたいと思うのです」

兄が頷いた。優しい眼で私を見ている。

「真、母親じゃの。そなたに竹若丸を預けたのは正解であった。こればかりは三好に礼を言わねばなるまい」

「左様でございますね」

もう直ぐ天文二十二年も終わる。天文二十三年には竹若丸は居ない。代わって居るのは従五位下飛鳥井侍従基綱。未だ幼いけど懸命に羽ばたこうとしている。あの子が羽ばたいた時、天下に何が起きるのか……。竹若丸は自分が何者なのかを知りたいと言っていた。私も知りたいと思う。きっと後悔はしない筈だ。

耐える

弘治《こうじ》三年（一五五七年）八月下旬　　山城国葛野・愛宕郡　平安京内裏　飛鳥井基綱

「困りましたの」

「……」

扇子で口元を隠して息を吐いているのは関白左大臣近衛前嗣《さきつぐ》だった。三年前に右大臣から関白左大臣に昇進した。十九歳で宮中の第一人者になったのだ。現在二十二歳。この男、後の近衛前久なのだから凄《すご》い、遂《つい》に朝廷もエースを出したかと言いたいんだが実は前任者が急死したから関白になったというオチが付く。

前任者は一条兼冬《いちじょうかねふゆ》というのだがこの男、関白になって一年ほどで死んでしまった。余程に年寄りなのかと言うとそうではない。二十五歳で関白になって二十六歳で死んだ。この男が長生きしていれば眼の前の男は右大臣のままだっただろう。戦国の巨人、近衛前久は存在しなかったかもしれない。そう思うと歴史って不思議だわ。歴史が人を作るのか、人が歴史を作るのか、こればかりは永遠の謎だな。

前嗣は二年前には従一位に昇叙した。従一位関白左大臣だ、位人臣を極めたのだがこの時、足利家からの偏諱『晴』の字を捨て晴嗣から前嗣に名を変えている。つまりそれほどまでに京における三好の勢威は強まり足利の勢威は弱まっているのだ。前嗣でさえそこまでやらなければ京では生きていけないと思うほどに足利の勢威は弱まっている。

俺が元服して飛鳥井基綱、従五位下、侍従に任じられてから四年経ったが朽木に逼塞した義藤は逼塞したままだ。俺も宮中に籠ったままだから似たような境遇だな。唯一義藤がやった事は三年前に名前を義藤から義輝に変えた事ぐらいだ。しかしね、公家の中には未だ義藤だと思っている人間もいる。それぐらい存在感が無いし動きが無い。いや動けない。三好の勢いはそれほどまでに強いと言える。

「困りましたの」

「真に」

相槌を打つと今度は頷いた。少し嬉しそうだな、どうやら自分の苦衷《くちゅう》を分かって欲しいという事だったらしい。なるほど、察してチャンか。面倒臭い奴だな。口が有るんだから口を使え！　困ったと言えば良いじゃないか。あ、言ってたな。俺の察しが悪いだけか。

何が困っているかと言うと金が無い事だ。朝廷に金が無いのはいつもの事だ。驚くような事ではない。しかし近々に金が必要になる状況が発生するだろう。しかもその金は相当な額だ。それで困っている。

「如何程かかりましょうか？」

「そうでおじゃるの。記録によれば……、御大喪に一千貫、御大典に二千貫と言ったところでおじゃりましょうな。まあ御大典はともかく御大葬は……」

関白殿下が溜息を吐いた。

「遅らせる事は出来ませぬ」

「そうでおじゃりますの」

御大喪、つまり葬式の事だ。先々代の帝の時は酷い事になったらしい。崩御の後四十日以上放置されたままだったという。当然だが遺体は酷く損傷していたらしい。らしいというのも皆がその事については話したがらないからだ。公家は皆が日記を書くが都合の悪い事は書かない癖がある。多分殆ど記録が無いんだろう。酷い事になったという言い伝えだけが残ったのではないかと思っている。

「あと如何程？」

小声で問い掛けると殿下が沈痛な表情で首を横に振った。長くないと見ているのだろう。……帝が死にかけている。以前から病気がちだったのだが今月の半ば頃から寝込むようになった。ここ最近は自力では起き上がれないほどになっていると聞く。亡くなれば御大葬で一千貫、これは近々に必要だ。葬式というのは結婚式とは違う、待った無しだ。式は後でとは行かない。発生すれば必要になるのは先ず金だ。これ無しでは何も動かない。

御大葬の後は御大典、つまり新天皇の即位式だ。一年間は喪に服すから来年という事になる。もっとも御大典なんて此処数代まともに行われた事は無い。二十年以上経ってから漸く儀式を行ったなんて例もある。だから先ず必要なのは御大葬の一千貫だ。だがその一千貫が出せない。

「侍従、少しでも良い、飛鳥井家で出せませぬか？」

縋るような眼で見て来た。朽木家で出せないかと言っている。公家社会では飛鳥井家は裕福で有名なのだ。朽木は利益の一割を俺に出す事になっているのだが年々その利益は大きくなりつつある。今では年に百五十貫を超えるほどになるだろう。

多分公家達はそこまでは分からないと思う。だが朽木からは相当な額、年に五十貫ほどは俺に渡っていると見ている筈だ。そしてその何分の一かは飛鳥井に流れていると見ている。十貫ぐらいかな、だがそれだって公家にとっては大金なのだ。実際には養母と飛鳥井に二十貫ずつ渡している。他にも持明院、山科、葉室と色々と渡すところがある。俺の手元に残るのはそれほど多くは無い。

それでもなんとか百八十貫ほど貯まった。現代で言えば二千万を超えるだろう。

「殿下、幕府は、公方は頼れませぬか？」

逆に問い掛けると殿下が恨めしそうな表情で俺を見た。

「それが出来るなら……」

溜息を吐いた。そう、そこが問題なんだ。本来御大葬、御大典、譲位などにかかる費用は幕府が出す事になっている。しかし応仁の乱以降、混乱に次ぐ混乱、戦乱の勃発で幕府財政は滅茶苦茶だ。とてもではないがそんな金は無い。おまけに此処近年は将軍が京に居ない事の方が多い。金など有るわけがない。朝廷から見れば足利など無責任な役立たずでしかない。殿下が晴の字を捨てるのも道理だよ。

「ならば朽木も出せますまい。公方はそんな銭があるなら三好を討つために使えと言う筈でおじゃります」

また殿下が溜息を吐いた。あんまり溜息を吐くなよ、こっちだって切なくなるだろう。それにしても自然とおじゃりますが出るようになった。もう立派な公家だな。

「困りましたな」

「真に」

振出しに戻る、そんな感じだ。しかしなあ、廟堂の第一人者が夜中に九歳の男の子の部屋で溜息を吐くって……。いや、他に愚痴をこぼせる相手がいないんだろうな。金が無いって本当に辛いわ。

俺と殿下は四年前の将軍解任事件の一件以来親しくしている。俺は吉岡流剣術を学んでいるのだが殿下も一緒に学んでいる。弓術も同様だ。吉田六左衛門《ろくざえもん》という日置流の名人に宮中に来てもらって一緒に習っている。馬術は殿下から教わるといった塩梅《あんばい》なのだ。公家に生まれるより武家に生まれた方が良かったんじゃないかと思えるところも嫌いじゃない。割とカラッとしていて粘着質なところが無いんだ。何とか力になりたいんだが……。

結局結論は出ず殿下は帰っていった。内大臣以上の地位に有る者は万一に備えて輪番で宮中に泊まっている。宮中に泊まると言っていたから今夜はそれのようだ。直ぐに養母が入って来た。様子を窺っていたらしい。ちなみに俺の部屋は養母の部屋の隣だ。時々俺の部屋に泊まっていく事もある。理由は一つ、馬鹿な女官が俺にちょっかいを出さないようにだ。カネの有る男は子供でも、いや子供の方が危ないらしい。

「如何でした」

「銭が無いという話で終始しました」

「困った事」

養母が息を吐いた。

「薬師達は何とか御容態を快方にと手を尽くしているようですが……」

要するに死なれちゃ困るんで必死に延命治療をしているという事だ。殿下も薬師達の尻を叩いていると言っていた。この時期だからな、遺体が傷むのは早い。それを避けたいという思いがある。金の工面が出来ない今、回復させるのが無理ならせめて寒くなるまで何とかしてくれという事だ。だがな、薬師達にしてみれば堪《たま》ったものじゃない。いつまで頑張るんだとぼやいているだろう。さっさと金の用意をしろと罵っているに違いない。金が無いってのは本当に辛いわ。

「殿下は朽木を当てにしているようでおじゃりますな」

「……でしょうね、可能ですか？」

「難しいでしょう」

金は出せる。一千貫なら出せる筈だ。役立たずの穀潰しが四十人近く居るが六角、畠山、朝倉らからの援助もある。御大典は無理だが御大葬は何とかなるだろう。だが殿下にも言ったが公方がそれを認めない筈だ。その事を言うと養母が唇を噛み締めた。

「侍従殿、何とかなりませぬか？」

縋るような眼だ。分かるよ、分かる。跡を継ぐのは方仁親王だ。妻としては夫を助けたいと思うのは当然だろう。多分、親王も朽木に期待しているのだろう。俺も養母を助けたい。何と言っても俺を本当に大事にしてくれる。春齢よりも俺の方を可愛がっているんじゃないかと思う時もある。しかしだ……。

「養母上、朽木に頼み込んで一千貫を出して貰う。難しいとは思いますが無理とは言いませぬ」

「では？」

養母の表情が明るい。胸が痛くなった。

「問題は出して貰った後です」

「後？　御大典の事ですか？」

「そうでは有りませぬ。三好は朽木を攻め潰しますぞ。そして我らを殺す」

養母が固まった。じっと俺を見ている。

「朽木は足利の忠義の家です。朽木が御大葬の費えを用立てれば当然ですがそれは公方の命によるものと人は見ましょう。我らが動いたとも見る筈です。そして皆が公方は頼りになると思う筈。三好が公方を朽木に留めているのは京における公方の存在感を消すためでおじゃります。ですが御大葬の費えを朽木が用立てれば公方の存在感が増す事になる。三好にとって到底許せる事ではおじゃりませぬ。まして京の直ぐ傍に公方のために一千貫の銭を出す者が居るとなれば……。それをさせる者が朝廷に居るとなれば……」

「……」

養母の視線が泳いでいる。俺の言う通りだと思ったのだろう。

「そうなれば六角、畠山も如何動くか……。畿内で大きな戦が起きかねませぬ。それを防ぐには三好と公方の和睦まで含めた形を作らなければ……」

難しいとは言わなかった。現状では無理だ。それに御大葬は突発的に起きる。和睦を結ぶような時間は無い。

「では無理ですか」

悲しそうな声だった。

「朽木を頼るのは無理です」

「……」

「……他に手が無いとは申しませぬ。ただ覚悟が要ります」

「覚悟……」

「その覚悟を親王様、関白殿下にして頂く事になります。養母上にもしていただきます。当然麿も。そうでなければこの手は使えませぬ」

養母がジッと俺を見ている。

「覚悟をすれば御大葬は無事に執り行われるのですね」

「……多分」

「御大典は？」

「確約は出来ませぬ。御大葬の首尾次第でしょう。但し、この手を使っても戦が起きる可能性は有ります」

「……」

「ただ、上手く運べば戦を起こさずに済むやもしれませぬ」

その可能性は殆ど無い。だから俺も踏ん切りがつかない。たとえ戦が起きなくても畿内には、いや天下には緊張が走る筈だ。それが何を引き起こすか……。その事を言ったが養母は微動だにしなかった。

「その覚悟とは何かを教えてください」

「……親王様にお伝えすると？」

養母が頷いた。目が据わっている。俺が覚悟するよりも養母の方が先に覚悟を決めたらしい。

「宜しいのですな？　後戻りは出来ませぬ。戦になりますぞ」

「私は、そなたを信じています」

やれやれだ。男の背中を押すのは女だな。理屈じゃない、信念、いや愛情が動かす。仕方ないな、やってみるか。


弘治三年（一五五七年）　八月下旬　　近江高島郡朽木谷　　朽木城　　朽木稙綱

「御久しゅうございますな」

「真、久しゅうございますな、民部少輔殿」

挨拶をすると相手が顔を綻ばせた。山科権中納言言継。我ら二人はどちらも葉室家から妻を娶《めと》った。いわば相婿の関係になる。朽木を訪ねてきても不思議ではない。だがこの地を自ら訪ねてくる公家など皆無、そして人払いを願っての面会、偶然ではない。京で何かが起きた。一体何が……。

「八月も末というのに暑い。ここまで来るのに大分難渋致しました」

「畏れ入りまする」

「……」

「……」

言葉が途切れた。権中納言が一つ咳払いをした。

「帝の御容態が宜しくおじゃりませぬ、御存じか？」

「いや、存じませぬ。真で？」

驚いて問い返すと権中納言が頷いた。

「御回復は難しいと聞いております」

帝が重体、その事実に驚いたが何処からもその知らせが来ない事に暗澹とした。公方様は見捨てられつつある……。

「民部少輔殿、我ら万一の場合に備えなければなりませぬ。御大葬の費えを将軍家に用立てて頂く事は出来ましょうか？」

「……」

「大凡《おおよそ》一千貫ほどでおじゃりますが」

権中納言がこちらをジッと見ている。公方様とは言うが実際には朽木が立て替える事になろう。つまりそれで此処に来たか。銭の有無を確認しに来たのだ。一千貫か、不可能ではない。しかし……。悩んでいると権中納言が息を吐いた。

「やはり無理でおじゃりますか。実は麿を此処へ遣わしたのは関白殿下と飛鳥井侍従でおじゃりましてな」

「なんと！」

竹若丸が……。

「侍従より文を預かっております」

権中納言が懐より文を差し出した。受け取って中を確かめる。公方様が反対すれば好都合と書いてある。なるほど、銭を出せば三好に攻め潰されるか。そうじゃな、確かに攻め潰されよう。飛鳥井も危ない。となると此処に来たのは公方様の顔を立てたという事、そして儂に銭を出すなという警告か……。気が付けば権中納言が儂の顔をじっと見ていた。

「文の内容をご存じかな？」

権中納言が〝如何にも〟と頷いた。

「朽木に出して貰う事は出来ぬ。いやその前に公方様が出すのは許すまい、それで良いと」

やはりそうか、権中納言が此処に来た目的は公方様の顔を立てる事か。だから儂とは相婿の仲の権中納言が来たのか。

「それで、如何なされる」

権中納言が少し躊躇う素振りを見せた。

「三好に出して貰うと」

「三好に」

「京を押さえるのは三好、おかしな事ではないと」

「……」

公方様の面子は潰れよう……。そして京では三好の勢威が上がる……。

「侍従が民部少輔殿に伝えて欲しいと言っておりました」

「……何でござろう」

「思うところは有るだろうが堪えて欲しいと」

「……」

「朽木が潰されればどの家も公方を受け入れる事に二の足を踏むだろうと。そうなっては公方は遠くを流離《さすら》う事になる。それでは足利の権威は更に落ちると」

「……」

「それに家を潰しては負けだと。今の足利に潰れた朽木家を再興する力は無いとも言っておじゃりましたぞ」

溜息が出た。その通りだ。今の幕府にその力は無い。三好家がそれを許すまい。

「そうですな、生き延びねば勝つ事も出来ませぬ」

「如何にも」

二人で顔を見合わせて頷いた。

「では公方様の下に参りますか」

「案内を願いまする」

儂が立つと権中納言も立った。足取りが重い。朽木を潰さず公方様も守る、ぎりぎりの選択ではある。だが心は晴れない。朽木も公方様も弱いのだ。弱いという事は惨めなのだと思った。それでも明日を信じて生きるしかない。

「年は取りたくありませんの」

「左様ですな」

「段々と明日を信じる事が出来なくなる。残りが有りませんからの」

「……」

答えは無かった。権中納言も年だ。儂と同じような想いをしているのかもしれぬ。あれが居ればの、もう少しは明日を信じる事が出来たかもしれぬの……。

弘治三年（一五五七年）　八月下旬　　近江高島郡朽木谷　　岩神館　　朽木植綱

「如何でおじゃりましょうか。御大葬、御大典、取り敢えずは御大葬だけでもその費用をお願い出来ましょうか」

山科権中納言が口を閉じると広間がシンとした。久しぶりの朝廷からの使者、皆が心に浮き立つ物を感じていた筈。だが待っていたのは膨大な費用の負担だった。困惑、いや迷惑だと感じている者が殆どだろう。

「権中納言様、我ら協議致します。暫く別室にてお待ち頂けませぬか」

「尤《もっと》もな事、そう致しましょう」

儂の言葉に権中納言が頷いた。小姓を呼び権中納言を別室に案内するように命じる。権中納言が小姓と共に部屋から去っても暫くの間、無言だった。公方様も積極的に討議をしようとしない。焦れて来たころ、漸く咳払いが聞こえた。

「太閤殿下、帝の御容態芳しからずとの事にございますが京から何か報せがございましたか？」

公方様と共に上座に居られた太閤近衛稙家様が〝フッ〟と笑った。

「疑っておじゃるのかな？」

「いえ、そういうわけではございませぬが……」

三淵大和守《やまとのかみ》が口籠ると太閤殿下が首を横に振られた。

「京からの報せは無い。もっとも軽々しく口に出来る事ではないのも事実じゃ。それにこのような事で嘘を吐く必要もおじゃるまい」

何人かが頷き何人かが不満そうな表情を見せた。三好筑前守が強硬な姿勢を見せてから京の公家達も公方様に余所余所《よそよそ》しい態度を取るようになった。そのため京の情勢が見え辛くなっている。本来なら関白近衛前嗣様から太閤殿下に連絡が有っても良い。しかし関白殿下から太閤殿下への連絡は殆ど無い。それほどまでに三好を憚《はばか》らなければならないのだろう。だが幕臣達の多く、公方様もその事に不満をお持ちだ。

「殿下の仰られる通り、嘘とは思えませぬ。となれば山科権中納言様が此処に見えられたという事は予断を許さぬという事でございましょう。殿下、如何程の銭が要りましょうか」

上野民部大輔が問うと殿下が〝うむ〟と唸られた。

「御大葬となれば一千貫は要る。御大典は二千貫から三千貫、合わせれば三千貫から四千貫の銭を用意しなければなるまい」

太閤殿下の言葉に彼方此方《あちこち》から溜息と〝四千貫〟と言う声が聞こえた。真、大金よ。溜息も出るわ。

「御大葬は帝が崩御されれば直ぐにも要りましょうが御大典は一年後の事にございます。先ずは一千貫、これを用意出来るかですが……」

治部《じぶ》三郎左衛門藤通《ふじみち》殿が語尾を濁しながらこちらを見た。皆が釣られたように儂を見た。公方様も儂を見ている。やれやれよ、注目されても少しも嬉しくない……。

「一千貫、用意出来ない事はござらぬ」

皆の顔が明るくなった。

「なれど今年は足利尊氏公の二百回忌を行い申した。この上一千貫も出せば朽木の金蔵《かねぐら》は空っぽでござろう。御大典の費用など到底出せませぬし皆様方にも御不自由をお掛けする事になりましょう。万々一、事が起きても軍資金としてお使い頂ける銭はございませぬ」

シンとした。皆が顔を見合わせている。今更ながらだが朽木の銭で暮らしているのだという事を理解しただろう。

誰も口を開かない、いやそれどころか視線を伏せ気味にしている。要するに出したくないのだ。だがそれを口に出せずにいる。

公方様に問い掛けた。顔を顰《しか》められた。

「如何致しましょうや？」

「……皆、如何思うか」

公方様が皆に問い掛けたが答えは無い。皆、視線を伏せたままだ。

「美作守、如何思うか？」

進士美作守が〝はっ〟と畏まった。

「畏れながら申し上げまする。お断りなさるべきかと思いまする」

公方様が頷かれ太閤殿下が〝待て〟と声をかけた。

「征夷大将軍は武家の棟梁、武家の棟梁は朝廷を守るのが役目ぞ。御大典は一年後とは言わぬ、後々《あとあと》に延ばしても良い。だが御大葬の費用は出さねばならぬ。方仁親王様も親の葬式を出せぬとなればどれほど悲しまれるか。新たに帝となられる方に公方が疎まれても良いのか？」

太閤殿下が公方様に視線を向けた。公方様が顔を歪めた。

「畏れながら申し上げまする。太閤殿下、我らは武家にございまする。武家は戦う者、戦が出来ぬとなればそれは武家ではございませぬ」

美作守が公方様を守るかのように声を張り上げた。

「何のために戦うのだ美作守？　朝廷が助けを求めているのじゃぞ。それを助けずして公方が何のために戦うというのだ。朝廷を助けぬというのなら数多《あまた》の大名達と何処が違う。公方を公方たらしめているのは朝廷を守る、その一事ぞ。それを忘れてはならぬ」

負けじとばかりに太閤殿下が声を張り上げた。

「御大葬の費用は大名達に負担させれば宜しゅうございましょう。六角、畠山、浅井、北畠《きたばたけ》、少しずつでも出せば一千貫に達しまする」

「帝が何時崩御されるか分からぬのじゃぞ、今ここに一千貫有る。これを出せばよい！　喰う物が無いというなら稗《ひえ》でも粟《あわ》でも食べよう。磨も川に行って魚を獲る。一千貫を出すのだ！」

シンとした。胸が熱くなった。出すべきだと思った。声に出そうと思った時、公方様が首を横に振られた。

「伯父上、此処は美作守の意見を取ろう」

「公方！」

太閤殿下が公方様ににじり寄ってその膝を掴《つか》んだ。

「馬鹿な事を申されるな。そなたは武家の棟梁なのじゃ。それを捨てる気か？　たとえ京に居らずとも朝廷を守るために動く、それが武家の棟梁で有ろう。それでこそ朝廷はそなたを武家の棟梁と認めるのじゃ」

「……」

公方様は動かない。太閤殿下が掴んだ膝を激しく揺すった。

「良いか、朝廷は今そなたの一挙一動を注視しているのじゃ。今こそ武家の棟梁である事を示さなければならぬ。それでこそ朝廷はそなたを信じそなたを武家の棟梁として認めるであろう。それが出来ねば朝廷はそなたを見捨てるぞ、それで良いのか？」

「……」

公方様は動かない。まるで彫像《ちょうぞう》のように固まっている。太閤殿下が項垂《うなだ》れて〝ほうっ〟と息を吐かれた。のろのろと身体を起こす。

「そうか、好きにするが良い。後悔するぞ」

殿下が立ち上がられた。足取りも重く部屋を出ていく。涙が出た、それを隠すために頭を下げた。

公方様は最初から銭を出す気は無かったのだ。出す気が有るなら儂に〝頼む〟と言ったであろう。だが言わなかった、顔を顰めただけだ。美作守はそれが分かったから出すべきではないと言っただけだ。これで公方様は美作守の進言に従っただけだと言い訳出来る。殿下もそれは分かっていた筈だ。だが朝廷のため、公方様のために翻意させようとした……。儂は家を守るために口を閉ざした……。儂と美作守、どちらが不忠であろう。……分からぬな、だが儂にはあの男を嫌う事は出来ても蔑む資格は無さそうじゃ……。

弘治三年(一五五七年) 八月下旬　　山城国葛野・愛宕郡　　平安京内裏　　山科言継

「只今、権中納言山科言継、朽木より戻りましておじゃりまする」

私の言葉に親王様、関白殿下が頷かれた。

「御苦労でしたな、それで如何であったか?」

「はっ、公方は御大葬の費用は出せぬと。各大名から都合して欲しいとの事でおじゃりました」

私と殿下の遣り取りに親王様が眉を顰めた。御不快らしい。

「親王様、想定内におじゃります」

「そうであったな」

「これで三好筑前守を頼っても不都合はおじゃりませぬ」

親王様が〝うむ〟と頷かれた。殿下は親王様の御不快を察し御宥めしたらしい。

「では麿はこれより三好筑前守の許《もと》に参りまする」

「……侍従を連れて行くのか?」

「はっ」

殿下が答えると親王様が〝気を付けて行け〟とお言葉をかけた。殿下が〝有難うございまする〟と答える。殿下と共に親王様の御前を下がった。

殿下と共に廊下を歩く。殿下が〝権中納言〟と話しかけて来た。

「父と話をされたか？」

「いえ、しておりませぬ。ですがお元気そうでおじゃりました」

殿下が頷かれた。

「朽木民部少輔殿から聞きました」

「……」

「太閤殿下は御大葬の費用を出すべきだと強く主張されたのだとか。公方に武家の棟梁としての責務を果たすべきだと何度も仰られ、民部少輔殿は思わず落涙されたとの事におじゃります」

「……そうか、……無念でおじゃろうな」

関白殿下の歩みに乱れは無い。しずしずと歩く。無念とは誰の事であろう。太閤殿下か、民部少輔か……。或いは公方か……。

交渉

弘治三年（一五五七年）八月下旬　　山城国葛野・愛宕郡　　平安京内裏　　飛鳥井基綱

少し離れた前方に黒褐色の道着を着た男が居る。手に持った木刀を八双に構えた。睨《にら》み付けるようにこちらを見ている。恐ろしいほどの威圧感だ。当然だ。相手は吉岡又一郎直元、先代の吉岡憲法であり俺の剣の師でもある。こちらは正眼に構えた。腰を落とす。腰が浮いていてはこの威圧に耐えられない。しかし、背は丸めない。怯えていないと示すのだ。

「参りますぞ」

「はい！」

スルスルスルスルと又一郎先生が近付いてきた。速い！　あっという間に姿が大きくなる。身体がブレないからだ。つまりそれだけ身体が鍛えられている。〝フン！〟という気合と共に木刀を振り下ろしてきた。逃げるな！　踏み込んで木刀で受ける！　受けると共に太刀先を下げる事で相手の木刀を流す！　身体を開いて相手を躱《かわ》し〝えい！〟という掛け声と共に木刀を相手の肩に振り下ろして詰めた。大体三センチくらいで止めただろう。

「良し！　今の呼吸を忘れないように」

「有難うございます」

礼を言うと又一郎先生が顔を綻ばせた。厳つい顔が優しそうな顔に代わる。良い親父さんだ。本当なら今の形稽古は相手の首筋に木刀を詰めなければならない。つまり真剣での立ち合いなら首を刎ねるのだ。しかしね、相手は五尺七寸を超える大男で俺は四尺五寸に満たないチビだ。当然無理という事で肩になる。

「今日は此処までに致しましょう」

「はい」

自然に額の汗を拭っていた。手にも汗をかいているし背中にも汗が流れた。又一郎先生との形稽古はいつもこれだ。終わった後は汗でびっしょりになっている。本気で来るからな、怖いんだ。もっとも打ち込み自体は手加減してくれている。そうじゃなければ受け止める事も出来ない。形稽古を始めるようになったのは半年前、最初の頃は腰が引けて木刀を受け止められなかった。受けると同時に腰が砕けてひっくり返っていた。止められるようになったのは三カ月前からだ。

稽古が終わった後はじっくりとストレッチだ。手首、腕、肘、肩、腰、足首、膝、股関節をじっくりと解《ほぐ》していく。

「侍従様は熱心でございますな」

「詰まらぬ怪我をせぬようにと思っての事でおじゃります」

又一郎先生がウンウンというように頷いた。

このストレッチは稽古の前にも行っているが朝もやっている。腕立て、腹筋、背筋、スクワットもだ。宮中に籠っているからな。ひ弱になってはいけないと思って鍛えている。

「その心がけが大事にございます。袋竹刀も防具もそこから生まれました。皆が喜んでおりますぞ」

「有難うございます」

袋竹刀を作ったよ。最初に会った時木刀じゃ怪我をするから袋竹刀を作ろうと提案した。又一郎先生は興奮してたな、木刀の代わりに思いっきり打ち合える道具を作ろうという発想は無かったらしい。結構時間はかかったが納得するものが出来た。

防具の方が簡単だったな。桶側胴《おけがわどう》と籠手《こて》、それに鉢金、面頬《めんぽお》だ。今の時代なら幾らでも有る。戦が有ればそこで戦死した奴の鎧を剥がして売る奴が居るんだ。それを買って修理する奴もいる。新品、中古品を問わず溢れている。素振りや形稽古は木刀だがそれ以外の試合形式の稽古は袋竹刀と防具で打ち合う（竹刀勝負と呼ばれているらしい）。吉岡流は時代の最先端を突っ走っているのだ。上泉信綱《かみいずみのぶつな》が知ったらどう思うかな？

「弟子達にも奨めているのですが中々身に付きませぬ。今一つ己の身を大事にしようとしない。兵法とは突き詰めれば如何に己の身を守るかという事なのに……」

又一郎先生は不満そうだ。まあストレッチなんて確かに地味で面白くは無い。やりたがらないのは仕方がないと思う。

「それに比べると侍従様は兵法の根本を理解しておいでです。筋も良い。将来が楽しみですな。御励みなされませ」

「はい、有難うございます」

俺が答えると又一郎先生は声を上げて笑った。俺を本気で兵法の達人にしたいらしい。養母にも将来が楽しみだと言っている。

気持ちは分かる。吉岡流にとって俺は流派興隆の恩人なのだ。袋竹刀と防具を導入して以来、道場は門弟が増えている。そして今年は八坂《やさか》神社で奉納試合を行った。大勢の見物人の前で吉岡憲法による模範演技、木刀を使っての形稽古、そして袋竹刀と防具を使っての竹刀勝負。竹刀勝負は高弟四人による勝ち抜き戦で三本勝負だったからかなり盛り上がったらしい。これを提案したのは俺だ。それ以来また門弟が増えていて道場を大きく改築しようという話もあるようだ。

稽古を終え部屋に戻る。盥《たらい》に水を用意してもろ肌脱ぎになるともう一度汗を拭った。拭っていると春齢がやってきたから慌てて稽古着を着た。

「拭いてあげるわ」

「なりませぬ。女王様にそのような事はさせられませぬ」

「良いじゃない、私と兄様の仲なんだから」

「そんな仲ではおじゃりませぬ」

春齢が頬を膨らませた。

九歳相応の顔だ。養母に似ている。いや、実母により似ているだろう。眉のあたりが似ているような気がする。もう四年も会っていない。持明院に嫁いだ実母には二年前に息子が生まれた。持明院家の跡取りだ。跡継ぎを産んだ母親の立場は強い。実母の持明院家での立場も盤石だろう。目出《めで》度《た》い限りだ。

「そんな顔をしても駄目なものは駄目でおじゃります」

いつもなのだ。世話を焼きたがる。養母が俺の汗を拭ってくれるので真似をしたがるらしい。本当は養母も断りたいんだが許してくれないんだ。

「私、そろそろ尼寺へ行くのですって」

顔を拭っていた手が止まりそうになったが何とか堪えた。

「女官達がそんな事を言っていたの」

「噂話でしょう。麿はそのような話は聞いておりませぬ」

実際にそんな話は出ていない筈だ。だが何時出てもおかしくない話ではある。寂しそうにしている春齢を見ていると胸が痛んだ。

この時代の皇族は憐れと言ってよい。朝廷が貧窮しているせいで後継者以外は殆どが出家だ。特に女性皇族は憐れだ。幼いうちに寺に送られる。自分が何のために生まれてきたのか、自分の存在が何なのか、疑問に思うだろう。そういう意味では俺と変わらない。養母も春齢の尼寺行の件については胸を痛めている。何度か憐れだと口にした事もある。何故女を産んだのかと自分を責める事も有る。

「ねえ兄様、私を攫《さら》って逃げてよ」

「はあ？」

眼をキラキラさせている。お前なあ、帝の娘と駆け落ちとかって……。

「良いでしょう？　娟子《けんし》内親王様の例も有るし。それに兄様はお金持ちなんだから」

金持ちって……。

「無理です。そんな事をすれば二人とも野垂れ死にでおじゃります」

また膨れっ面をした。外から〝ほほほほほほ〟と笑い声が聞こえてきた。関白殿下だ。笑いながら部屋に入ってきた。

「上手くいきませぬなあ。侍従は手強い」

春齢を見ながら殿下が笑う。口をもごもごさせながら春齢が顔を赤く染めて立ち去った。あのなあ、ちょっと冷やかされたくらいで赤くなるなよ。それなら俺に詰まらない事を言うなって。

「侍従は艶福家でおじゃりますな」

殿下が俺を見て笑う。ここにも詰まらない事を言う人間が居たよ。俺の周りにはそういう人間が多いような気がする。

無言でいると更に笑って俺の傍に座った。

「少しは相手をしてやっては如何かな。女王様も本気で言ってはおじゃりますまい」

「……意味が有るとは思えませぬ」

笑いを収めた。

「自分を思ってくれる殿御が居る。そう思いたいだけなのかもしれませぬぞ。いずれは尼寺へ行く事になるのですから」

「……」

「それでも意味がないとお思いかな？　やれやれでおじゃりますな。皆が言うておじゃりますぞ。侍従は女人に心を許さぬと。心を許すのは目々典侍だけだと」

「……」

殿下が一つ息を吐いた。なんでそんな事をするかな。養母は俺を俺として受け入れているから信頼しているだけだよ。他の女は奇異の眼で俺を見るだけだ。実母だって俺を懼れていた。春齢は……、良く分からんな。

「山科権中納言が戻りましたぞ」

「……」

「御大葬、御大典の件、公方は断ったとか。侍従の予想通りでおじゃりますな」

殿下が〃ほほほほほほ〃と笑った。ちょっと皮肉を帯びた笑い声だ。義輝とは従兄弟だが仲は必ずしも良くないのかもしれない。

「此処までは予想通り。殿下、問題はこの後でおじゃりましょう」

殿下が笑うのを止めた。お互いに相手の顔をじっと見た。

「そうですな。此処までは侍従の予想通り、問題はこの後」

そう、問題はこの後だ。だがその前に確認する事が有る。

「親王様の御心に変わりは有りませぬか？」

「有りませぬ」

殿下が頷く、俺も頷いた。つまり、次期天皇は足利を見限ったという事だ。

「殿下は宜しいので？」

訊ねると殿下が寂しそうに〃已むを得ませぬ〃と言った。

「近衛家は足利と縁を結びました。本来なら足利のために動くべきなのかもしれませぬ。なれど磨は関白の座に有ります。御大葬、御大典を恙《つつが》無く執り行わなければ……」

まあ父親が義輝の傍にいる。いざとなれば取り成してもらうのだろう。

「ならば次は芥川山城《あくたがわやま》という事になります」

「そうでおじゃりますな。……侍従、同行願えますかな？」

おいおい、俺か？

「麿は九歳でおじゃりますぞ。他に人はおじゃりませぬか？　武家伝奏は？」

殿下が渋い表情をした。

「勧修寺も広橋《ひろはし》も逃げました。両家とも昵近衆でおじゃりますからな。足利を見限るような真似は露骨には出来ぬと……」

縋るような視線で俺を見ている。廟堂の第一人者が俺を頼るって……。

「侍従が三好家、足利家と因縁の有る事は分かっております。侍従の事は麿が守りましょう。麿に力を貸してくれませぬか」

「……承知しました」

殿下が嬉しそうに頬を緩めた。仕方ないな、提案者は俺でもある。まあ貸しを一つ作ったと思おう。

「では、明日」

「明日」

殿下が部屋を出ていくと春齢がまたやって来た。

「ねえ、さっきの話、考えてくれた」

さっきの話？　春齢は眼をキラキラさせている。ああ、駆け落ちの話か。面倒だな。

「明日、芥川山城へ行く事になりました。帰ってから考えます」

「芥川山城？　良いの？　外に出ても」

首を傾げた。

「関白殿下も一緒です。心配はおじゃりませぬ」

春齢が〝ふーん〟と言った。芥川山城が三好筑前守の居城だとは分からないらしい。分かっていたら大騒ぎだろうな。


弘治三年(一五五七年)八月下旬　山城国葛野・愛宕郡　今出川通　兵法所　吉岡直光《なおみつ》

素振りの音と無言の気合が道場に響く。十人以上が木刀を振っているが技量はバラバラだ。鋭い風切り音が出る者も居れば鈍い風切り音しか出ない者も居る。……源田忠兵衛《げんだちゅうべえ》は剣先がしっかり止まっておらぬな。あれでは真剣では脛《すね》を傷付けかねぬ。素振りの形も初心者にしては悪くない。体格も貧弱とは言えぬから力が無いとも思えぬ。となると左手の使い方が甘いのかもしれぬな。薬指と小指に力を入れて木刀を締めれば少し違う筈だ。

その隣の富樫真十郎《とがししんじゅうろう》も剣先が止まっておらぬ。あれは振り下ろした時に腕がしっかりと伸びておらぬわ。その所為で手首の利きが甘くなっている。だから剣先が止まらぬのだろう。二人とも未だ入門して日が浅い。このままでは悪い癖が付きかねぬな。

「止め!」

素振りが止んだ。皆が此方を見ている。

「源田、富樫、こちらへ参れ」

声を掛けると緊張した面持ちで源田忠兵衛と富樫真十郎が来た。忠兵衛が十五歳、真十郎が十四歳だったな。

「二人とも木刀の剣先が止まっておらぬぞ。それでは真剣を使っての打ち下ろしは出来ぬ。真剣は重いのじゃ、その重さに振り回されて自分の足を斬ってしまうだろう」

二人が面目無さそうな表情をした。

「良いか、振り下ろした時にはしっかりと左腕を伸ばさねばならぬ。右腕は添えるだけで良い。左腕が伸びれば右腕も自然に伸びる。無理に右腕を伸ばす必要は無いぞ、肘を痛めかねぬ。腕が伸びるようになれば手首を使って剣先を抑える事が出来る。それと振り下ろしにそって左手の薬指と小指に力を入れよ。しっかりと締めるのじゃぞ。さすれば剣先を止める事は難しくない筈じゃ」

二人が〝はい〟と頷いた。

「そなた達は入門してまだ日が浅い。早く振る必要は無い、先ずはしっかりと振る、しっかりと止める。その事に専念せよ」

二人が〝はい〟とまた頷いた。

「他の者達も他人事《ひとごと》と思うな。素振りは基本じゃ。その基本が正しく出来ねば剣は上達せぬぞ」

皆が〝はい〟と答えた。忠兵衛、真十郎に戻るように言って素振りを再開させた。気が付くと父吉岡又一郎が道場の入り口に居た。やれやれ、見ていたか。

父が近付いて来た。

「基本が大事か、その通りじゃな」

「はい、弟子が増えたからこそしっかりと育てなければなりませぬ。数だけ多くても烏合の衆では……」

父が頷いた。視線は素振りをする弟子達に向いている。

「そうよの、他の流派の者達に笑われるだけよ」

「はい」

吉岡流は袋竹刀と防具を使った稽古を取り入れる事で弟子が増えた。今年は八坂神社で奉納試合を行う事で多くの関心を集めた。当然だがその事を快く思わない者は多い。そういう者は剣とは生死を懸けて争うもの。袋竹刀と防具でその剣の厳しさが分かるのかと露骨に嘲笑する。

決してこれまでのやり方を否定したわけでは無いのだがな。素振り、形稽古はこれまで通り行うのだ。竹刀勝負は稽古の一部でしかない。うむ、忠兵衛と真十郎がゆっくりと確かめるように素振りをしている。良いぞ、それで。焦る事は無いのだ。

「侍従様は如何でございました？」

父が顔を綻ばせた。

「大分御上達された」

やれやれ、余程に気に入っているのだな。声が弾んでいるわ。

「未だ十歳にならぬのに基本を大事にしておられる。稽古の前と後には必ず身体を解しておるぞ、熱心にな」

「ほう」

「なかなか出来ぬ事よ、用心深いのじゃな」

確かにそうだな、ちょっと信じられぬ。道場に通う弟子達にもそこまで用心深い弟子は居ない。

「稽古の方は如何です、上達されたとは聞きましたがどのような稽古を？」

益々父の表情が綻んだ。

「素振りと形稽古よ」

「袋竹刀は？」

「使わぬ」

父が私の顔を見てニヤリと笑った。

「その事に御不満も漏らさぬぞ」

「……」

「袋竹刀はもっと上達してからで良いそうだ。それよりも儂との形稽古の方が役に立つと言っておられたわ」

思わず〝それはそれは〟と言っていた。如何いう御方だ？　公家が本気で強くなろうとしている。道楽ではないのか……。

「手加減はされているのでしょうな？」

「当たり前であろう、何を言っているのだ。本気で打ち込んだら受けられぬわ。それでは稽古にならるまい」

父が呆れたように私を見ている。ちょっとホッとした。父が全力で打ち込んで受け止めているなどとなったら化け物よ。

「安心しました」

父が〝ふふん〟と笑った。

「背は余り大きくは無いが身体にはしっかりと肉がついておるぞ。大分鍛えられているようじゃ、将来《さき》が楽しみよ」

将来か、確かにそうだな。あと四、五年もすれば急激に背が伸びて来る筈だ。力も強くなる。その頃には父と竹刀試合をしているかもしれない。

父が顔を寄せてきた。

「公方様を越えるかもしれぬの」

「……まさか」

父がニヤリと笑った。本気か？　公方様は朽木で新当流《しんとうりゅう》を学んで相当な腕前と聞く。それを越える？

「そうなれば公方様も我らを無視は出来ぬ。たとえ兵法師範を免じられても弱いからとはならぬわ」

「……まあ、それは」

吉岡流は足利家の兵法師範でありながら公方様は新当流を学んでおられる。我らにしてみれば顔を潰されたような思いよ。父にしてみれば公方様に一矢報いたいという思いもあるのかもしれぬな。

ふむ、私も一度御会いしたいものだ……。

弘治三年（一五五七年）八月下旬　摂津国島上《しまかみ》郡原村《はらむら》　芥川山城　飛鳥井基綱

「大きい城でおじゃりますな」

関白近衛前嗣が感嘆の声を上げた。確かに大きい。だがそれ以上に堅固だ。北、西、南の三方を芥川で囲まれて簡単には落とせない。細川晴元がこの城を居城としていたが今では三好筑前守長慶がこの城を居城としている。要するに細川晴元、三好長慶政権はこの芥川山城を拠点に畿内を支配した。畿内の重要拠点だ。

感嘆したいのは分かるが城に入ろうよ。俺は馬に揺られて尻が痛い。馬に長時間乗る訓練をしないと駄目だな。殿下を促して門番に三好筑前守に会いたいと伝えた。まあ昨日のうちに殿下が先触れを出しておいたからな、直ぐに城内に入れてくれた。問題は此処から、此処からだよ。生きて帰れるか、上手く事を進められるか……。

養母は俺が芥川山城に向かうという事を親王から聞いたらしい。殿下が親王に報せて養母に伝わったわけだ。血相を変えて俺の部屋に駆け込んできた。危険だ、考え直せって大変だったわ。そのうち春齢も事情が分かったらしくワンワン泣き出す。うんざりしているところに伯父がやってきて更に大騒ぎだった。三人を説得するまで二刻ほどかかった。疲れて直ぐ寝たわ、気付いたら養母が添い寝していた。起きるのは悪いと思って養母が眼を覚ますまで寝たふりをしていた。

案内をしてくれる武士の後を関白殿下が、その後を俺が歩く。夏なのに背中が寒いわ、でも振り返るような無様な姿は見せられない。誰が見ているか分からないのだ。怯えていたなどと変な噂が

立つのは御免だ。殿下の背中だけを見詰めて歩いた。身に付けているのは平安城長吉《へいあんじょうながよし》、一尺五寸の脇差だ。両面に不動明王草の倶利伽羅竜《くりからりゅう》が彫《ほ》ってある。

この長吉という刀工は京に住んでいるから平安城と称しているらしい。三条派の流れを引くというから山城伝の一つだ。そして刀剣に優美な彫物をする事で名を知られている。但し長吉の名は代々引き継がれていて俺の脇差が何代目の長吉なのかは分からない。元々飛鳥井家に伝わる物で元服した時に伯父がくれた。この脇差を抜くような事態にならない事だけを願いながら歩いた。

大広間に通された。三好筑前守長慶は既に下座中央で控えていた。大広間の両端に家臣達が控えている。松永弾正久秀、三好孫四郎長逸も居た。殿下が上座に座り俺がその斜め後ろに控えた。ゆっくりと筑前守長慶が頭を上げ俺を見てちょっと吃驚したような表情を見せた。四年ぶりだ、少しは成長しただろう。そっちは男盛りだな、自信に満ちた表情をしている。

「殿下には芥川山城までわざわざのお出まし、恐れ入りまする。今日は何用にございましょうか?」

声に優越感が有った。大体のところは分かっている筈だ。それとなく九条稙通を通して報せてある。九条と近衛は仲が悪いのだが御大葬、御大典ともなれば話は別だ。九条も邪魔はしない。問題は三好がこっちの依頼にどんな条件を付けてくるかだ。

「既に存じておられようが帝が御不例におじゃります。薬師は手を尽くしておじゃりますが必ずしも御容体は快方には向かいませぬ。となれば畏れ多い事ではおじゃりますが万一の事態に備えなければなりませぬ」

殿下が筑前守をじっと見た。

「筑前守殿、万一の場合、朝廷は三好家を頼っても良いかな？　御大葬、御大典の事でおじゃるが」

筑前守が小首を傾げた。

「はて、そのお役目は公方様が果たすべきものと思いましたが……」

白々しいぞ、筑前守。家臣達の中には軽蔑したような表情をする者も居る。朝廷に金が無い事を蔑んでいるのか、それとも義輝を蔑んでいるのか。微妙なところだな。

「既に公方にはその事を伝えましたが朝廷の力にはなれないとの事でおじゃりました」

「はてさて、それは困った事」

筑前守が眉を寄せた。

「……困ったとは？」

いかんなあ、殿下。未だ若い。困ったなんて嘘なんだから無視していれば良いんだよ。どうせ向こうから勝手に喋りだす。こっちから促したら足元を見られるぞ。ほら、筑前守が笑っているじゃないか。

卓袱台《ちゃぶだい》返し

弘治三年（一五五七年）八月下旬　　摂津国島上郡原村　　芥川山城　　飛鳥井基綱

「されば、先程も申し上げましたが御大葬、御大典は本来なら公方様の御役目にございます。それを三好家が執り行う。御大葬に一千貫、御大典に二千貫。御大典は一年後でございますから費えの面では難しくはありませぬ。しかし公方様がそれを如何思われるか……」

筑前守が〝ホウッ〟と息を吐いた。なかなかの役者だな。

「おそらくは某を僭越声高に責め六角、畠山と共に三好を攻めようと致しましょう。となれば我らは朝廷のお役に立とうとして苦境を招く事になります。そうではないかな？」

筑前守が左右に控えた家臣達に声をかけると〝如何にも〟、〝その通り〟と声が上がった。あらら、殿下が困惑している。条件が厳しくなると思ったかな。実際この流れで行くと厳しくなるだろう。義輝の上を行く官位を寄越せとか言い出しかねない。

良いんだよ、官位を与えるのは。しかしね、与え方が問題だ。交換条件で与えるんじゃなく恩に着せて与える。それでこそ朝廷が強い立場に立てる。力が無いんだから権威の有り難さをしっかりと三好に叩き込まなければならないんだ。今のままじゃ無理だな。この流れを断ち切るには卓袱台返しだ。相手の作った料理なんぞ全部拒否、料理はこっちで作る。お前らは黙って喰え。

「ほほほほほほ」

扇子で口元を抑えながら笑い声を上げた。勿論流し目で三好筑前守を蔑みの視線で見る。もう公家のいやらしさ爆発だな。

「はてさて、困りましたなあ、殿下。筑前守殿にはこちらの配慮を御理解頂けぬようにおじゃります。九条様も頼りない。何のために話を通したのか、役に立ちませぬな」

軽く貶《けな》してもう一度〝ほほほほほ〟と笑い声を上げた。あらあら、皆ムッとしている。筑前守も不愉快そうだ。あのなあ、この程度で怒っちゃ公家とは付き合えないよ。天下にはとてもじゃないが届かない。俺が鍛えてやるよ。サラリーマン時代に培った技術でな。殿下、殿下も合わせろよ。視線を流すと殿下も〝真に〟と言って笑った。ふたりで〝ほほほほほ〟の合唱だ。流石に筋は悪くない。

「怒りましたかな？　いけませぬなあ、この程度で怒っては。天下は取れませぬぞ」

〝フフフ〟と今度は含み笑いを漏らした。ここが大事だよ。敢えて天下という言葉を出す事で皆の度肝を抜く。見ろ、三好の家臣達は怒りなんて忘れている。顔を見合わせている者も居る。〝良いの、そんなこと言って〟。そんな感じだ。この連中の心は俺が何を言うのか期待半分、恐怖半分だ。ホラー映画でも見ている気分だろう。

「宜しいかな？　朽木に滞在する公方に御大葬の費えを出す力が無い事など最初から分かっておじゃります。たとえ銭が有っても公方なら御大葬よりも三好討伐に使いたがりましょう。頼るだけ無駄、にも拘らず敢えて朽木に使者を出したのは何故か？」

此処で一息入れる。そして見渡す。お前ら分かっているか？　最後に筑前守を見た。

「筑前守殿、御分かりでおじゃりましょうな」

筑前守が苦笑を浮かべた。ちょっと演技が過剰かな？

「公方様を無視したわけでは無いという形を作った、そういう事ですな」

「その通り。断ったのは公方、非は公方におじゃります。それを棚に上げて僭越と言っても……。

ほほほほほ」

もう一度笑った。殿下も笑う。また合唱だ。面白くないだろうな、筑前守は。苦笑が段々深くなる。そのうち渋面になりそうだ。

「まあ筑前守殿の不安も分かります。朝廷から六角、畠山に事の経緯を説明する使者を出しましょう。今回の一件、公方が武家の棟梁としての責務を果たさないから朝廷は三好家に依頼したのだと。非は公方に有りこの件で三好筑前守を僭越と責めるのは不当であると。そして朝廷は御大葬、御大典が無事に執り行われる事を望んでいると。殿下、如何でおじゃりましょうか」

殿下がまた〝ほほほほほほ〟と笑った。

「そうでおじゃりますなあ、侍従の言う通り使者を出しましょうか。六角、畠山の他に朝倉、浅井、能登《のと》の畠山、長尾、今川、武田、北条、毛利《もうり》、大友《おおとも》、伊東《いとう》にも使者を出しましょう。あ、若狭の武田を忘れておりましたな、ほほほほほほ」

そうそう、その調子。恩に着せるのはこっちだよ。あんた達三好家は素直に感謝しなさい。

「しかし、六角、畠山を始めとする諸大名が朝廷のご意向に従うとは限りますまい。兵を挙げる可能性も有る」

三好筑前守が唸るような口調で抗議した。

「かもしれませぬなあ。しかしそれが何か？」

全員が〝えっ？〟という表情をした。顔を見合わせている。筑前守もこっちをまじまじと見ていた。そうだよな、戦にしない方法を話し合っていたと思っていたんだから。違うんだよ、もう卓袱台返しをした後なんだ。話は戦が前提だよ。

「未だお分かりになりませぬか？」

「……」

「朝廷は三好家に天下人の実が有ると判断しております。だから御大葬、御大典を恙無く執り行うようにと要請した。そしてそれを行っても責められぬだけの大義名分を与えたと言っているのです。六角、畠山、いや公方と戦おうとも三好家が一方的に僭越、下剋上と責められる事はおじゃりませぬ。いや、むしろ非は公方に有ります。不足でおじゃりますかな？」

三好の家臣達はまた顔を見合わせている。困惑だな。筑前守はジッとこちらを見ていた。

「朝廷は三好家が戦う事を、戦って勝つ事を望んでいると？」

「ほほほほほほ、そのような事は申しておじゃりませぬ。朝廷は三好家に大義名分を与えたと言っているのです。筑前守殿が大義名分を如何使うかは筑前守殿が判断する事。戦をするも良し、戦をせぬも良し。戦をせぬ我らが強要する事ではおじゃりませぬ」

言質は与えないよ。与えるのは選択肢だ。

「……断れば」

低い声だった。ここが勝負どころだな。腹の底に力を入れた。

「今一度、公方に依頼します」

「公方様が費えを出すと？」

「御大典は難しいでしょうが御大葬の費えは出しましょう。ここで費えを出せば三好筑前守殿の顔を潰せるのですから。そして将軍家の存在感を示す事になる」

「……」

彼方此方で呻き声が聞こえた。

「面白い話を致しましょう。元々公方に話を持って行った時には御大葬の費えを出さぬようにと磨が祖父に頼んだのですよ。ま、最初《はな》から公方は出すつもりが無かったようですが。御分かりでしょう？　足利が存在感を示す事など筑前守殿が許さぬと思ったのです。だから戦が起きぬように配慮しました。それが公方のためにもなりますからな。しかしそれを肝心の筑前守殿に理解して頂けぬとは、なんとも残念な事でおじゃります」

溜息を吐いて扇で顔を隠した。呻き声がまた聞こえた。分かったか？　もうここまで来たら四の五の言わずに黙って受けるしかないんだよ。

「殿下、筑前守殿に改めて御大葬、御大典の儀、依頼なされては如何でおじゃりましょう」

「そうでおじゃりますの。筑前守殿、お願い出来ますかな？」

皆の視線が筑前守に集まった。顔が渋いぞ、筑前守。そんなに睨むなよ、三好孫四郎。

「……喜んで御受け致しまする」

筑前守が畏まると家臣達も畏まった。これで話は纏まった。しかしね、喜んでる声じゃなかったな。どうせ受けるならもう少し嬉しそうな声を出せば可愛いのに。俺はお前達の立場を考えてやったんだぞ。

城を出て京へと戻る最中、従者に馬を引かせながら殿下は馬上で上機嫌だった。京への道だ、旅人、行商人が大勢歩いている。

「侍従、此度《こたび》の事、礼を言いますぞ。侍従の御陰で麿の面目も立ちます。それだけではおじゃりませぬ、朝廷も面目が立つ」

「麿も飛鳥井の姓を名乗る者におじゃります。お役に立てれば幸いというもの」

殿下がウンウンと頷く。

「それより殿下、問題はこの後」

「そうでおじゃりますな」

朽木に居る義輝が如何動くか。六角、畠山、朝倉、浅井、武田などに使者を出す……。いきなり前方で騒ぎが起こった。

道から少し離れた草叢《くさむら》で騒ぎが起きている。騒ぎじゃないな、闘争だ。刀を振るっている者が居る。

「侍従、駆けますぞ」

「殿下？」

「麿らを待ち受けたのかもしれませぬ。混乱しているうちに駆け抜けましょう」

「他の道は？」

「待ち伏せが有るやもしれませぬ。その方らは後から参れ」

従者達に言い捨てると〝行きますぞ、はい！〟と掛け声とともに駆け出した。慌てて俺も従者に後から来いと言い捨てて掛け声と共に馬腹を蹴った。馬が走り出す、身を伏せて膝で馬の腰を締めた。大丈夫かな、俺の馬は大人しいちょっと小さめの牝馬なんだが。しっかり走ってくれよ。

草叢の横を駆け抜ける時、〝待て！〟、〝逃がすな！〟と声が上がり矢が飛んできた。殿下じゃない、狙いは俺だ。幸い狙いは逸れている。鞭《むち》を入れて先を走る殿下の後を追った。三好孫四郎の顔が浮かんだ。妙に黙っていた筈だ。最初から俺を殺すつもりだったか。だが問題はそこじゃない。誰が俺を助けたかだ。そいつはかなり頼りになるらしい。後で礼を言わなければならん。

弘治三年（一五五七年）九月上旬　　山城国葛野・愛宕郡　　平安京内裏　　方仁親王

顔色が悪い。肌の色つやも悪い。眼がくぼみ頬もこけている。床に臥した帝からは生気が感じられなかった。部屋には煎《せん》じ薬の匂いが満ちている。帝の枕元に侍《はべ》り〝方仁にございまする〟と声をかけた。帝がゆっくりと眼を開けた。私を見て嬉しそうに笑みを浮かべた。力の無い笑みだ、その事に胸が痛んだ。薬師達からは長くは保《も》たないと言われている。


「参ったか」

「はい」

帝が頷き私と二人だけになる事を望んだ。薬師、女官達が去り帝と二人きりになった。

「済まぬの、忙しかろうに」

「はい、思ったより帝の仕事は忙しゅうございます。早く良くなって頂かねば困ります」

帝が力無くお笑いになった。

「そなたは難しい事を言う。朕の命はもう保つまい」

「何を仰せられます」

否定しようとしたが帝が首を横に振られた。

「一人では起き上がる事も出来ぬ有様じゃ、もう保たぬ」

「……」

帝が私を見た。

「御大葬の準備は出来たか」

「父上！」

また帝が首を横に振られた。

「大事な事ぞ。そなたは前《さき》の帝の事を覚えておるか？」

「……御祖父様の事でございますか？」

「そうじゃ」

「幼い頃、可愛がってもらった覚えは有りまする」

帝が頷かれた。

「あのお方は御大葬で酷く御苦しみになられた。御自身の父なる帝の御大葬で銭の工面が付かなかったのじゃ。その所為で御遺体が酷く傷んだ。口には出されなかったがその事を随分と悔やんでおられた。熱心に仏に縋られていたが理由はそれではないかと思っている。そなたにはそのような思いはさせたくない。御大葬の費えが工面出来ぬのなら無理はするな。質素に葬ればよい」

涙が零れそうになった。

「御心配には及びませぬ。関白と飛鳥井侍従が用意致しましてございます。なれど私はその準備が無駄になる事を願っておりまする」

声が震える。途切れそうになるのを懸命に堪えた。

「そうか、そなたは臣下に恵まれたようじゃ。これで朕も安心して死ねるのう」

「父上！」

「怒るな、漸く朕は苦行から解放されるのじゃ。そなたは親孝行じゃの」

「父上……」

父が穏やかな表情で私を見ている。堪らなかった。涙が零れ出た。

「覚えておるか、判断に迷った時は……」

「はい、この乱世を終わらせるには何が最善かを考えまする」

帝が頷かれ手を伸ばしてきた。痩せた、枯れた手。握りしめた。昔はもっと大きくもっと厚みが有った。そして温かかった。

「頼むぞ、方仁」

「はっ、必ずや」

何を頼まれたのか、直ぐに分かった。この乱世を終わらせよという事、そのために力を尽くせという事だと……。


弘治三年（一五五七年）　九月初旬　山城国葛野・愛宕郡　持明院大路　持明院邸　持明院

基孝

宮中から戻るといつものように妻の綾が出迎えてくれた。

「お帰りなさいませ」

「うむ」

妻がもの問いたげな表情をしている。どうやら知っているらしい。目々典侍殿が報せたのかもしれぬ。

「白湯を貰えるか」

「申し訳ありませぬ、直ぐに用意を致します」

「そなたの分もな、少し話す事が有る」

「はい」

妻がそそくさと去るのを見て自室へと向かった。

良い妻だと思う。美しいだけでなくしとやかな優しさも有る。それに子も産んでくれた。安王丸《やすおうまる》、持明院家の跡取りだ。互いに再婚だが気にならなかった。妻には十分に満足している。出来る事ならあと一人、いや二人ほど子が欲しいものよ。一人では不安だ。

自室に入ると寛《くつろ》ぐ間も無く妻がやって来た。私の前に白湯の入った椀を置く、そして自分の前に椀を置いた。一口飲んで喉を湿らせた。

「帝がお亡くなりになられた」

「はい」

「知っていたか」

「はい、妹より報せが」

「そうか」

この妻を娶ってから宮中の内情が良く分かるようになった。

「直ぐに御大葬の運びとなろう」

「あの……」

妻が不安そうな表情をしている。

「費えか?」

問うと〝はい〟と答えた。

「心配いらぬ。三好筑前守が用意するようじゃ。御大典もな」

「まあ」

妻が眼を瞠っている。この表情が好きだ。童女めいた表情であどけなさが漂う。

「関白殿下と飛鳥井侍従が三好と交渉したようだ。侍従の働きが大きかったと聞いている。殿下が大分感心しているらしい」

「そうですか」

妻の表情が曇った。侍従の事を話すといつもこうなる。

「目々典侍殿からは聞いていなかったか」

「はい、何も」

「そうか……」

妻と目々典侍殿の仲は決して悪くない。帝の崩御の事も報せて来たのだ。どちらかと言えば緊密に連絡を取り合っていると言える。しかし侍従の事は別らしい。妻は侍従の事に関わりたがらない。以前、この邸に侍従が遊びに来たときも余所余所しかった。そして今では侍従からくる文に返事をするのは私の役目だ。情愛が無いとは思えない。安王丸の事は眼に入れても痛く無いほどに可愛がっているのだ。それだけに疑念が湧く。

侍従に問題が有るのかと思ったが接した感じではおかしなところは無かった。歳より大人びているとは思ったが苦労しているのだから当然かとも思った。養母の目々典侍殿は侍従に夢中で他の女《おな》子《ご》が近付く事を許さぬほどだと聞く。夜も時に添い寝しているらしい。宮中では有名だ。

「以前から聞きたかったのだが嫌なら答えなくてもよい」

「……はい」

「そなた、侍従が嫌いなのか？」

妻の身体がビクリと震えた。多分、この問いが来るのを恐れていたのだろう。出来る事なら問わずに済ませたかった。だが関白殿下は侍従を高く評価している。これから宮中において実力者になるかもしれぬ。となれば問わずにはいられない。

「分かりませぬ」

「分からぬ……」

「あの子にどう接してよいのか分からぬのです。あの子は私を必要としていませんでした……」

呟くような声だった。しかし必要としていなかったとは……。

「変わった子でした。甘えるという事が有りませんでした。いつも一人で何かを考えていました。私も、前の夫も、あの子をどう扱って良いのか分らなかった……」

妻が首を振っている。可愛げが無かったという事か？

「前の夫が死んだ時、私は泣きました。でもあの子は泣かなかった。悲しむ事も無かった。誰よりも冷静で、誰よりも落ち着いていました。その事が不気味でした」

「……」

「私がこの家に嫁ぐ時も落ち着いていました。行くなとも連れて行けとも言いませんでした。良い縁だと言って薦めました。あの時分かりました。この子は私を必要としていないのだと。夫の事も必要としていなかったのだと。だから、取り乱す事もなく冷静だったのだと……」

妻がほろほろと涙を流した。言葉がかけられなかった。侍従は親を必要としなかった？　そんな事が有るのか？　私は父を大寧寺の変で失った。陶隆房《たかふさ》の謀反に巻き込まれて死んだのだがそれを聞いた時には涙を流し陶を憎んだ。厳島《いつくしま》で陶が滅んだと聞いた時には喜びの声を上げたほどだ。

「私はあの子の親になれなかったのです。親でなければ如何接して良いのか、私には分かりませぬ」

妻が顔を覆った。嗚咽《おえつ》が漏れる。傍によって妻を抱き寄せた。

「分かった、もう言わなくてよい。済まぬな、辛かったであろう」

妻の嗚咽が激しくなった。

「侍従にはこれまで通り、私が対応しよう。そなたは安王丸を愛してやれ。あの子はそなたを必要としている」

妻が泣きながら頷いた。或いはその事で持明院家は不利益を被るかもしれぬ。それでも良い。妻を守れるのは私だけなのだ。

もっと子を作ろう。妻の周りを子供達で囲んでやろう。妻が常に笑顔でいられるように……。


弘治三年（一五五七年）　十月中旬　　山城国葛野・愛宕郡　　平安京内裏　　飛鳥井基綱

「此度の御大葬、御大典の献金、侍従が良くやってくれました」

関白殿下の言葉に新帝が満足そうに〝うむ〟と頷いた。場所は清涼殿の中にある常御所。つまり帝の居住空間だ。俺は〝畏れ入りまする〟と言って頭を下げた。それを左大臣西園寺公朝《きんとも》、右大臣花山院家輔《かざんいんいえすけ》、内大臣広橋兼秀《かねひで》が満足そうに見ている。殿下は左大臣を西園寺公朝に譲って関白だけになった。つまりそれだけ地位が安定したのだろう。御大葬、御大典の御陰だ。殿下が俺を褒めるのもおかしな話じゃない。他にいるのは九条稙通、二条晴良《はるよし》、飛鳥井の祖父と伯父、それに勧修寺、山科らだ。ちなみに俺は初めて此処に来た。ちょっと緊張している。

皆喜んでも良さそうだが九条と二条は必ずしも嬉しそうな表情ではない。今回の御大葬、御大典は俺と関白殿下が主導する形で費用を工面した。当然だが新帝の関白、俺への信頼は高まりつつあると養母が教えてくれた。だがこの二人は近衛の勢力が強まるのが面白くないらしい。そして俺は関白の懐刀と認識されつつある。そんなつもりは無いんだけどな。

九月初旬、帝が崩御した。直ちに方仁親王が践祚《せんそ》し新たな帝となった。御大葬は支障なく行われた。三好筑前守は御大葬の費用一千貫、御大典の費用二千五百貫を即座に献金した。三好の財力を天下に示そうという事らしい。流石は三好筑前守だな。ぱっと切り替えて最善の選択をした。六角や畠山も三好の財力には背筋が凍っただろう。

朝廷も各大名に使者を出した。三好筑前守は豪《えら》い！　流石！　お金持ち！　朝廷のために一生懸命尽くしてくれる頼りになる男！　さあ皆も三好筑前守を讃《たた》えよう！　と持ち上げたわけだ。大名達からは三好筑前守に様々な文が届いたらしい。これまで碌に手紙なんて寄越さなかった連中が文を寄越したんだ。噂によると三好筑前守もまんざらじゃないそうだ。

「此度の侍従の働きによって朝廷は面目を保つ事が出来ました。侍従には何ぞ恩賞を与えるべきかと臣は愚考致しまする」

殿下の言葉に帝が〝もっともである〟と頷いた。取引条件無しで献金をさせた俺の功績は大きい。つまりこの場は俺への恩賞を如何するかという協議の場なんだ。なんでこんな事をしているかというと俺が従五位上左近衛少将への昇進を断ったからだ。本家の雅敦より上に行くのは拙いだろう。でもね、朝廷が出せる恩賞なんて官位しか無いんだ。だから困ってこうして集まっている。

「何か望みはあるか？　望みの物を取らせよう」

「はっ、臣は若年にして未熟。侍従の職責も満足に果たせませぬ。昇進は辞退致しまする」

「……」

この時代の公家なんて実権は何もない。官位の昇進しか楽しみは無いんだ。その分だけ出世争いは激しい。昇進を断られるのは困惑だろうな。

「ただ、叶う事ならば春齢女王様を我が妻に頂きたく、これをお許し頂ければこれ以上の喜び、望みはございませぬ」

〝なんと!〟、〝控えよ〟という声が上がった。九条と二条だな。帝は困惑している。

「勿論、身分を弁《わきま》えぬ想いという事は分かっております。その上での願いにございます。何卒《なにとぞ》」

頭を下げて頼んだ。これしかないんだ。春齢を尼寺行きから救うにはこれしかない。俺への恩賞として与える。こういう形をとるしかない。しかしなあ、十歳にならない子供がお嫁さんが欲しいって……、溜息出そう。

〝ほほほほほ〟と笑い声が上がった。関白殿下だった。

「筒井筒の恋でおじゃりますな。なんとも微笑《ほほえ》ましい」

〝殿下〟、〝関白〟と咎《とが》める声が上がった。

「麿は春齢女王様を臣籍に降ろし侍従の許に降嫁させるべきかと思いまする」

「……」

皆が殿下を見詰める。殿下がその視線を跳ね返すかのように一人ずつ視線を合わせた。視線が合った人間は皆視線を逸らした。やるねえ。

「此度、御大葬が滞りなく行われ御大典も明年には支障なく行われましょう。嘆かわしい事ではおじゃりますがここ数代の御代では無かった事におじゃります。それだけに皆が帝の治世は素晴らしいものになるに違いないと喜んでいるのです。そのような時に帝に言葉を翻させるような事をしてはなりませぬ。綸言《りんげん》汗の如《ごと》し、一度発せられた言葉は守られてこそ重みを増しましょう。それこそが帝の権威を高めるというもの、そして帝にも御自身の言葉の重みを御理解して頂かねばなりませぬ。そうではおじゃりませぬか？」

皆無言だ。反論は無い。

「関白の申す通りである。朕は朕の言葉を守ろう。春齢を侍従に娶せる。左様心得るように」

皆が畏まった。俺も〝有難うございまする〟と礼を言った。

「侍従、娘を頼むぞ」

「はっ、この御恩決して忘れませぬ。非才ながら懸命に努めまする」

本当だよ。元の世界だったら女王と結婚なんて有り得なかった。公家になって天皇の女婿になったんだから一生懸命頑張るさ。

部屋に戻って一人でいると殿下が入って来た。

「先程はお力添え有難うございました」

礼を言うと〝ほほほほほほ〟と笑いながら座った。

「此度の事、侍従は日々典侍の恩に報いたいと思っての事ではおじゃりませぬかな？」

「……」

「外見とは違いますな、意外に情に厚い」

「……」

俺って冷たく見えるのかな。そっちの方が心外なんだけど。

「答えませぬか。まあ良い、侍従にはこれからも協力してもらう事になりますからな」

「……麿に出来る事ならば喜んで尽力致しまする」

殿下が満足そうに頷く。そして顔を寄せてきた。

「侍従には強力な護符が要りましょう」

小声だ。互いに相手の顔をジッと見た。

「帝の女婿ともなれば愚かな事を考える者も居なくなる筈」

なるほど、それでか。流石だな、内では帝を戒め外では三好孫四郎を戒める。そして俺には恩に着せるとは……。

「侍従、御大葬が無事終わり次は御大典。なれどその前に一つ片付けねばならぬ事が有ります」

殿下の視線が痛い。分かるか？　と確認している。

「御代が替わった以上、こちらも替えねばなりませぬ」

殿下が満足そうに頷いた。合格らしい。

「こちらの方が御大葬、御大典より厄介かもしれませぬぞ」

そうかもしれないな。こっちは一つ間違えると大戦になる。如何したものかと考えているとバタバタと走って来る音がした。〝侍従殿！〟、〝兄様！〟と声が聞こえる。殿下がクスッと笑った。

「侍従、これからも頼みますぞ」

ポンポンと扇子で俺の肩を叩いて立ち上がった。え、ちょっと、行っちゃうの。もう少しお話しようよ。ちょっと……。

「侍従殿！」

「兄様！」

扇子で顔を隠した。溜息が出そう。

改元

弘治三年（一五五七年）　十月中旬　　山城国葛野・愛宕郡　　平安京内裏　　飛鳥井基綱

「この度は女王様と御婚約されたと聞きました。心よりお喜び申し上げます」

「有難う」

にこやかに挨拶したのは葉月だ。相変わらず巨乳ちゃんは健在だ。ゆさゆさしている。

「これはほんの形ばかりの物ではございますが御笑納頂ければ幸いにございます」

「済まぬな、気を遣わせたようだ」

祝いの品は刀だった。木の箱に入っている。中には拵袋《こしらえぶくろ》に入っている刀が有った。二尺六寸五分、銘は藤次郎久国《とうじろうひさくに》、粟田口《あわたぐち》派の刀工らしい。かなりの名刀のようだ。良いのかな？　こんなの貰っちゃって。高いんじゃないの？　って訊いたけど気にせず受け取ってくれって言われたから有難く頂いた。後で脇差の長吉と見比べてみよう。

「それにしても宜しいのでございますか？」

葉月が部屋の中を見回した。

「構わぬ、色々と話したい事が有るのでな。こちらに来てもらった」

いつもは台所で話すんだが今日は俺の部屋だ。自室に巨乳ちゃんを連れ込む。でも俺まだ十歳。何か虚《むな》しい。

「商いの方は如何かな？」

「はい、儲かっております。有難い事で」

葉月が嬉しそうに答えた。まあそうだろうな、朽木と直接取引する事で漆器の他に歯ブラシ、石鹸、綿糸、干し椎茸、澄み酒も扱うようになった。要するに総合商社になったのだ。葉月の店、桔《き》梗《きょう》屋は急成長らしい。

「どの辺りまで人を出しているのだ？」

「人でございますか？　畿内が中心でございます。もっとも東海道にも店を出して商売の幅を広げようとは思っております」

東海道か……。

「尾張か？」

葉月が嬉しそうに〝はい〟と言った。

「あそこの織田《おだ》弾正忠《だんじょうちゅう》様は関を廃しております。楽市楽座を行っておりますし私共には有難い事で」

「そうだな、織田は津島《つしま》を持っているし常滑《とこなめ》の焼き物も有る。金は余っているだろう。あそこに食い込めれば美味《おい》しい」

「はい、良くご存じで」

知っているよ。勉強したからな。

「何時頃店を出すのだ？」

「二、三年後かと」

「……来年頃出せないか？」

葉月が笑みを消した。

「何か、御有りですか？」

「織田、今川、松平《まつだいら》の動きを知りたい。ここ二、三年の内に大きな動きが有る筈だ」

「……」

「そうそう、礼を言わねばならぬな」

葉月がまた笑みを浮かべた。

「礼でございますか？　先程……」

「太刀の礼ではない、命の礼だ。芥川山城の帰り、助けてくれたのはそなた達だろう？」

笑みが消えた。

「……何故にそう思われます」

「手だ」

葉月が〝手？〟と言って小首を傾げた。ちょっと仕草が可愛いな。

「初めて会った時、女子らしくない手だと思った。自分で剣術を習うようになってその手が武器を持つ手だと分かった。少なくとも算盤《そろばん》を持つ手ではない。違うかな？」

葉月が困ったように笑った。

「手でございますか、気付きませなんだ」

葉月が〝手〟と言って自分の手を見た。また困ったように笑っている。うん、益々可愛いぞ。

「そなたが何者とは問わぬ。互いに協力出来る範囲で協力出来ればと思っている」

「……」

「尾張の件、頼めぬか？　代償はこれだ」

懐から紙を出し葉月に渡した。本当は助けてくれた礼に渡すつもりだったんだけどね。葉月が受け取って読み始める。直ぐに顔を上げた。

「これを？　真で？」

「うむ、硝石の作り方だ。四、五年で作れる」

材料はヨモギ、ニガクサ、シヤキ、サヤクなどのあくの強い草だ。そこに大量の人馬の糞尿《ふんにょう》……。

「……」

「鉄砲は金がかかる。金の有る大名なら鉄砲の価値は分かる筈だ。硝石の価値もな」

「……織田様ですね」

「そうだ。儲けられるぞ」

葉月がにっこり笑みを浮かべた。

「分かりました。尾張へ店を出しましょう」

「頼む」

「……侍従様、三好孫四郎様は侍従様を殺すつもりは無かったようでございますよ」

「……」

「脅すのが目的だったとか」

「脅す？」

問い返すと葉月が〝はい〟と頷いた。

「筑前守様が小さい頃からずっと傍におります。筑前守様の面目を潰した侍従様を許せぬようで。でも筑前守様に止められております。それで脅そうと」

「……」

「思い入れが強いようでございます」

「なるほどな」

面目ねえ、初対面の時の事だろうが筑前守は何とも思っていないぞ。それなのに……。

「いずれ、私どもの長《おさ》が侍従様の許を訪ねるかと思いまする」

「分かった。楽しみにしている」

「はい」

葉月が〝ホホホホホホ〟と笑った。なるほど、笑うと揺れるんだな。

弘治三年（一五五七年）十月中旬　　山城国葛野・愛宕郡　　平安京内裏　　飛鳥井基綱

「では改元は三好筑前守殿と話し合うと？」

問い掛けると殿下が頷かれた。

「御大葬、御大典で朝廷を助けたのは三好筑前守、公方は武家の棟梁としての務めを果たしておりませぬ」

つまり武家の棟梁としては認められないという事か……。

いや、想定はしたんだよ。御大葬、御大典、改元はワンセットだ。三好に御大葬、御大典を頼んだ以上、改元も三好に頼む事はおかしな事じゃない。しかしな、御大葬、御大典、改元は武家の棟梁が関与するべきものだ。御大葬、御大典は公方が断ったから三好に頼んだという言い訳が立つが……。

「御怒りでおじゃりますか？」

関白殿下が頷かれた。まあ、そうだよな。父親の葬式に協力してくれと頼んだのに断ったんだ。それじゃもう頼まないとなるわ。新帝はかなり御怒りのようだ。

「しかし御大葬、御大典は最初から三好に頼むと決めた筈では？」

想定通りなんだ。そんなに怒る事もないと思うんだが……。

「そうではありません。しかし納得しがたいものが御有りなのでしょう。足利は無責任だと」

無責任……。

「この乱世を終わらせようという意思を感じられぬと」

「なるほど」

そんなものは無いだろうな。清和源氏ってのは猜疑心《さいぎしん》が強くて僻《ひが》みっぽくて嫉妬心の強い連中が揃っている。要するに自分が一番じゃなきゃ納得しないのだ。天下のためなんて考えるとは思えん。まず考えるのは自分のためだろう。

「しかし改元を三好と話し合えば公方は面子を潰されたと騒ぎましょう。戦になるやもしれませぬ」

殿下が扇子で顔を隠した。多分顔を顰めているだろうな。もっとも否定はしない。頼る相手が三好なのだ。義輝の面子を潰すだけじゃない、敵対行為に等しいだろう。御大葬、御大典は三好に頼み改元は義輝にという手も有ると思うんだけどな。それなら戦は起きない。その事を言うと殿下も頷かれた。

「磨もその事を言上致しました。なれど何時までも足利の我儘を認める事は出来ぬと」

「……」

「今のままでは武家の棟梁として認められぬと天下に公表すべきだとの事におじゃります」

なるほど、義輝個人に対する不快感だけではないか……。

「戦になるかもしれぬとお伝えしましたので？」

殿下が頷かれた。

「その点については御心を悩ませておいでです」

ちょっと安心。無責任じゃ困るよ。義輝を非難する資格は無い。

「侍従、良い方法は有りませぬか？」

「はあ？」

思わず声が出た。殿下が呆れたように俺を見ている。そんな顔をするなよ。いやね、一緒に考えようというなら分かるよ。最初から俺に投げるのはちょっと……。帝が俺に話せと言ったのかな？それとも殿下が俺に考えさせましょうと言ったのか……。

「戦はどのくらいの可能性で起きましょう？　十の内……」

殿下に視線を向けた。先ずは意識合わせからだ。殿下が俯かれた。

「……左様、十の内八、いや九を超えましょう」

答えてから殿下がこちらを見た。

「公方は朽木に逼塞してから殆ど動きは有りませぬ。やった事と言えば名を義藤から義輝に変えた事、足利尊氏の二百回忌を行った事くらいです。京でもその動向に関心を払う者は殆どおりませぬ。その事は公方も分かっておりましょう」

「麿もそう思います。強い危機感を抱えておりましょう」

二人で頷いた。

「九でも甘いかもしれませぬな」

「はい、十に限りなく近い九、そうみるべきかと思いまする」

現代風に言えば可能性九十九パーセントだ。殿下が息を吐いた。無理難題を抱え込んだ、そんな感じだ。関白って朝廷の第一人者なんだけどな。これじゃ中級管理職だわ、ちょっと可哀そう。

「殿下、戦を防ぐ事は難しいかと思いまする」

「……」

「むしろ戦が起きる事を前提とし我らの手で制御する方向で考えるべきでは有りませぬか？」

「制御？」

殿下が困惑した表情を見せた。

「はい、応仁・文明の乱のような大戦にせず、小競り合いに留め終結させる」

「……」

全面戦争にせずに限定戦争で終結させる。要するに義輝の面子を立てれば良いわけだ。そして朝廷、三好の面子も立てる。その落としどころを俺と殿下で考える。まあ現代で言うクライシス・マネジメントだよ。

「如何でおじゃりましょう」

殿下が〃ほほほほほほ〃と笑い声を上げた。

「面白い、その話、聞きましょう」

いや、聞くじゃなくて二人で考えるんだけど……。

弘治三年（一五五七年）　十月下旬　山城国葛野・愛宕郡　平安京内裏　飛鳥井基綱

刀を抜いた。粟田口藤次郎久国、葉月から貰った刀だ。二尺六寸五分だから大体八十センチほどある事になる。今の俺では使いこなすのは無理だな。観賞用に見るのが精々だ。御爺から貰った道誉一文字も二尺六寸五分だからこっちも観賞用だ。もう少し短い物、二尺二寸から三寸くらいの刀が欲しいな。出来れば反りの強い奴が良い。その方が抜き易いし斬る時の衝撃も少ない筈だ。

良い刀だな。反りも強いし全体的な姿が優しげだ。そのせいかな？　ちょっと細いような気がする。女性にたとえると長身でスレンダー、儚《はかな》げな美人だ。乱暴に使うのは気が引けるな。

刀剣鑑定を生業《なりわい》にする本阿弥光二《ほんあみこうじ》に教えて貰ったんだが藤次郎久国というのは鎌倉時代初期の刀鍛冶らしい。京の粟田口で粟田口国家《くにいえ》という人物が刀工として活動した。国家には六人の息子が居た。粟田口六兄弟と言われ、いずれも刀鍛冶として活動し粟田口派と呼ばれる刀工集団になった。国友《くにとも》、久国、国清《くにきよ》、国吉《くによし》、有国《ありくに》、国綱《くにつな》、六人兄弟の次男が藤次郎久国だ。藤次郎久国は粟田口派の刀工でも随一と言われるほどの刀工らしい。だが俺が知っている粟田口派の刀工は骨喰藤四郎《ほねばみとうしろう》で有名な藤四郎吉光《よしみつ》だけだ。藤四郎吉光は藤次郎久国よりも後の時代の刀工だ。

「兄様」

春齢が廊下から覗いているから刀を鞘に入れた。拵袋にしまう。〝また見てたの〟と言いながらつかつかと入ってきて傍に座った。溜息を堪えた。何時になったら俺は兄様から卒業出来るのだろう……。

「良い刀なの？」

興味津々と言った表情で拵袋に入った刀を見ている。

「良い刀でおじゃります。藤次郎久国は御番鍛冶だったのですから」

春齢が〝ふーん〟と言った。

「御番鍛冶って後鳥羽院《ごとばいん》が鎌倉幕府を滅ぼすために集めた刀鍛冶でしょ」

「まあ、そう言われていますね」

多分嘘だろう。承久《じょうきゅう》の乱を起こした後鳥羽院は源 実朝《みなもとのさねとも》に好意的だった。後鳥羽院が幕府に対して硬化するのは実朝が暗殺されてからだ。多芸多趣味の人だから刀にも関心を持った。自分でも刀を作っている。これは菊御作《きくごさく》と呼ばれている。倒幕を実行する時になって刀を配った、そんなところだろうな。承久の乱なんて起こすから何でもかんでもそれに結びつけられた。可哀そうに。

藤次郎久国は後鳥羽院から高く評価されたらしい。御番鍛冶として召し出されただけじゃなく大隅権守という受領名を授かり師徳鍛冶を拝命した。要するに御番鍛冶の師に任命されたのだ。御番鍛冶には福岡一文字派の祖である菊一文字則宗《のりむね》も居たのだから相当の腕だったのだろう。だが極端に作刀数が少ないらしい。俺が知らなかったのもその所為だろう。作らなかったのか、鎌倉から室町の間に起きた戦乱で失われたのか……。

「兄様の持っている道誉一文字とどちらが上？」

「さあ、どちらでしょう。磨には分かりかねます」

春齢が不満そうに頬を膨らませた。真面目に答えていないと思ったのかもしれない。しかし実際に良く分からない。道誉一文字は福岡一文字派の刀だ。ハバキ下中央に「一」と切りつけられているだけで銘は無い。しかし一文字派の刀工は銘を切らない事が多い。無銘であるからと言って出来が悪いというわけではないのだ。何より佐々木道誉が所持していたというだけで名物として価値は有る。その事を言うと春齢がまた〝ふーん〟と感心した。

金銭的に価値が高いのは道誉一文字かもしれないな。いや希少価値で藤次郎久国かな？　しかし葉月達は何処から入手したんだろう。それが謎だ。まさかな、本阿弥光二は太田道灌《おおたどうかん》が江戸で久国を寄進した神社が有ると言っていたがそれじゃないよな。

刀を木箱に入れ地袋に仕舞うと文机に向かった。ここ最近忙しかったからな、手習いが疎かになった。少しは励まないと。墨を磨《す》っていると春齢がいきなり後ろから抱き付いてきた。

「墨を磨っているのです。ふざけるのは止めてください」

春齢が〝やだ〟と言ってより強く抱き付いてきた。あのなあ、こんなの見られたら問題だろう。それに〝やだ〟ってなんだよ。子供じゃ……、子供か。

「御身分に関わりますよ」

「良いの」

如何説得すれば良いのだろう、考えていると春齢が〝兄様〟と言ってきた。

「何です」

「有難う」

小さな声だ。耳元で囁いてきた。動けなくなった。

「私ね、諦めてたの。もうお寺に行くんだ、尼になるんだって。毎日御経を読むだけの一生になるんだって。私何のために生まれて来たのかな、何で女に生まれて来たのかなって毎日思ってた。女王じゃなく別の家に生まれていればって」

「……」

何のために生まれて来たのか……。俺と同じだと思った。

「でも兄様が助けてくれた。有難う」

「……麿の妻になるより尼になった方が良かったと思うかもしれませぬよ」

春齢が〝そんな事無い〟と言って首を横に振った。

「兄様はちょっと意地悪でそっけないけど本当は優しいから好き。それに兄様と一緒なら色んなものが見られると思うの。きっと面白いと思うし楽しいと思う」

そうだと良いけどな。こればかりは分からん。

「私ね、日記を書いているの」

俺はもう書いているぞ。月日、天気、出来事、自分の所見をな。後世の資料になればと思っている。基綱日記とか呼ばれるだろう。戦国の第一級資料だ。

「兄様が何をしたか、書いているの。御大葬、御大典の事も書いたわ」

止めろ、それじゃストーカーだ。

「何時かね、それを私と兄様の子供達に見せてあげるの」

「……」

子供？　気が早いな。先ずはお前が大人になれ。

「そしてね、貴方達のお父様は本当に優しくて本当に頼りがいが有って素敵だったって……」

春齢が泣き出した。

「……兄様、……有難う」

「……うん」

泣き止むまでこうしていよう。何か言わないと、春齢を元気付ける何か……。

「春齢」

「何？」

「大事にするから」

失敗した、泣き声が大きくなった。困ったな、これじゃ人が来る。あ、ちょっと、苦しい、頸動《けいどう》脈《みゃく》が絞まる、力を緩めろ……。

弘治三年（一五五七年）　十月下旬　　摂津国島上郡原村　　芥川山城　　三好長慶

松永弾正が人払いの上での面会を望んできた。常にない事では有る。そして表情も硬い。幾分緊張しているようだ。

「人払いとは穏やかではないが如何した？」

穏やかに問い掛けると弾正が〝はっ〟と畏まった。

「御傍に寄らせて頂きまする」

「うむ」

随分と用心しているな。どうやら余程の話らしい。

「昨夜、堀川《ほりかわ》の我が屋敷に関白殿下の使者が参り内々にて屋敷に来て欲しいと呼び出しを受けましてございます」

「……」

内々にて？　関白殿下が我が家臣を呼び出した？　しかも夜？　穏やかならぬ事では有る。どういう事か……。

「尋常ならざる事にございます。殿の御許しを得てからと思い夜も遅いので改めてこちらからお訪ねすると使者に伝えますと……」

弾正が言葉を濁した。言い辛そうだな。はて、弾正の応対はおかしなものでは無いが……。

「如何した？」

「はっ、飛鳥井侍従様もお待ちである。芥川山城への報せは無用に願いたいと」

「なんと！」

思わず声を上げると弾正が〝殿、御声が〟と儂を窘めた。

「済まぬな。それで？」

「はっ、使者は天下の大事なれば迷わず来て欲しいと」

「それで行ったか」

「已むを得ず」

思わず息を吐いた。容易ならぬ事態では有る。常日頃宮中から出ぬ侍従が動いたとは……。

「関白殿下の御屋敷では殿下と侍従様が御待ちでございました」

「うむ」

「先ず、御大葬、御大典への献金についてお二方より丁重な御礼の言葉を頂きました。殿にも感謝していると伝えて欲しいと。帝も大変御喜びであると」

「そうか」

御大葬、御大典か。こちらの思い通りには行かなかったな。公家、いや侍従の強かさにはしてやられたわ。だが悪い結果では無かった。三好の立場は御大葬以前と以後では全く違う、格段に強化された。六角、畠山から来る文も以前に比べれば明らかに遠慮が有る。

「その際でございますが帝が践祚された以上改元の事を考えねばならぬと関白殿下が申されましてございます」

「改元か、なるほど、確かにそうだな」

「……」

何だ？　弾正が儂をジッと見ているが……。まさかな……。

「弾正、天下の大事というのは改元の事なのか？」

確認すると弾正が〝はっ〟と頷いた。はて、如何いう事か？　訝しんでいると弾正が〝殿〟と呼びかけてきた。

「本来なら改元の事は朝廷と武家の棟梁である公方様の間で調整する事にございます。両者の合意によって元号を決める。しかし公方様は此処数年京に居られませぬ」

「うむ、その場合は朝廷が決め公方様に報せる。それで改元がなされる。そうではなかったか？」

弾正が首を横に振った。

「常の場合は、……此度朝廷は殿と元号を定めたいと仰られております」

「何だと？」

思わず声が高くなった。〝殿〟と顔を顰める弾正に慌てて〝済まぬ〟と謝った。

「それはどういう事か、弾正」

「はっ、公方様は御大葬、御大典にも関心を払われませぬ。朝廷では公方様は征夷大将軍の職にあれど武家の棟梁に非《あら》ずと」

「……」

「それ故殿と改元について話し合いたいと」

「何と……」

言葉が続かない。今更では有るが朝廷の公方様に対する不満の強さが分かった。公方様を武家の棟梁に非ずとは……。征夷大将軍と武家の棟梁はこれまでは同一のものであったがそれが別の物に成ろうとしている……。

「その話、間違いないのだな？　帝の御意思なのだな？」

念を押すと弾正が〝はっ〟と畏まった。

「関白殿下、飛鳥井侍従様が帝の御意思を確認したと」

「申されたか」

「はっ」

大きく息を吐いた。容易ならぬ事よ、朝廷は儂を武家の棟梁と認めつつあるという事か。

「こうなってみると朝廷への献金、纏めて行ったのは正解か」

「かと思いまする」

弾正が頷いた。公方は誤ったな。御大葬の費えだけでも献金するべきであった。親の葬儀を満足に出来ぬ事ほど子にとっての無念はあるまい。公方が断った事で帝は公方を忌避した。

三好家内部には御大葬の費えだけを献金し御大典の費えは来年改めてという意見も有った。だが三好家の財力を誇示するという効果が有る。そう思って纏めて献金した。帝がそれを如何思ったか、足利と比べて如何思ったか。予想外の事では有ったが此度の改元の事、それが影響しているのは間違いない。弾正が〝殿〟と儂を呼んだ。気が付けば拳をきつく握り締めていた。慌てて緩めた。

「関白殿下が戦の準備をと」

「……」

「改元が朝廷と殿の間で行われれば必ずや公方様は兵を挙げるだろうと」

「……」

「たとえ兵が集まらなくても兵を挙げる。そうなれば六角、畠山も嫌々ながらも兵を挙げるやもしれぬと」

「……かもしれぬな」

公方が改元を認める筈が無い。それは儂を武家の棟梁と認める事、自らが武家の棟梁に非ずと認める事になる。戦は間違いなく起きる！　思わず天を仰いだ。

「圧してくるのう」

「殿？」

弾正が訝しげに儂を見ていた。

「儂に天下を取る覚悟が有るかと問うているのよ。このまま畿内の実力者で終わるか、征夷大将軍にならずとも天下人になるか」

「……」

弾正の眼が揺らいだ。

「ククククク、怖いのう。身体が震えるわ」

〝真に〟と弾正が大きく頷いた。

「力が無いなどと公家を侮れぬ。我ら武家を翻弄しよる」

戦の準備と言っているがその本心は勝てるかという問いであろう。勝つ自信が無いのなら辞退しろと言っておる。あの時と同じよ、朝廷は三好に十分な配慮をしている。恩賞は天下人の座だと。それを受けるか否かは三好次第、朝廷はどちらでも構わぬと。

「侍従様が」

弾正が躊躇いがちに口を開いた。

「侍従が？　何か申したか？」

弾正が頷いた。

「公方様は新たな元号は使わず古い元号を使い続けるだろうと申されました。それに与する者も居るだろうと」

「そうであろうな」

弾正が儂をジッと見た。

「その時は公方様、それに与する者を朝敵として討てと」

「！」

弾正を見た。弾正は微動だにせず座っている。

「朝廷が定めた元号を使わぬという事は朝廷に従わぬという事。つまり朝敵である。武家の棟梁ならば朝敵を討つのは当然の事であると申されました」

喉元に白刃を突き付けられたような気がした。ここでも儂を圧してくるか。

「道理では有る。しかし……」

言葉を濁すと弾正が頷いた。

「某も道理とは思いますが実際に出来るかと言えば難しいかと思いまする。万一、公方様を討てば三好家は主殺しと非難されかねませぬ」

「そうよな。大義名分としては使えても実際には主殺しは出来ぬ」

名前だけの公方だがそれだけに扱いが難しいわ。

「その事を侍従様に申し上げますと侍従様は朝廷が六角、畠山に公方様を朝敵にしてよいのかと説得すると申されました」

「……」

「そして六角、畠山に公方様と三好家の和睦を周旋させると」

「なるほど、そのためにも強く出ろという事か」

弾正が〃はい〃と頷いた。

朝廷は三好に与した以上和睦を扱う事は出来ぬという事だな。しかし六角、畠山が乗るか？ 乗らなければ……、公方が朝敵として死ねば如何なる？ 次の公方は？ 公方には弟がいるが朝敵の弟では征夷大将軍は難しかろう。……となれば平島公方家か！ なるほど、六角も畠山もそれは認めまい。となれば乗る可能性は有る！

「和睦の条件には必ず新しい元号を使い続ける事を入れよと。その事が三好筑前守が新たな天下人になったという宣言になると申されました」

「うむ」

そうだな、新たな元号を定めその元号を守る。その事こそが儂が天下人である証《あかし》よ。他には儂や弟達、それに家臣達の家格も上げる。それによって幕府の実権を握れば……。朝廷は儂を天下人と認めたのだ。天下人として押し上げようとしている。三好の天下が見えてくる！

「殿」

「何か？」

いかぬな、声が弾んでいる。弾正が可笑しそうにしている。儂も照れ隠しに〃ハハハ〃と笑った。

弾正も笑った。困ったものよ。

「話は変わりますが公にはされておりませぬが侍従様と春齢女王様の婚約が成されたそうにございます」

「なんと！」

帝の女婿となったか。此度の恩賞という事であろう。となると……。

「大叔父上を抑えねばならぬな」

弾正が無言で頷いた。弾正は大叔父が執拗に侍従を殺そうとするのを苦々しく思っている。大叔父本人は脅しだと言っているが三好のためにならぬと見ているのだ。だからだろう、大叔父は邪魔した者は弾正ではないかと疑っている。だが弾正は否定している。となると何者かが侍従を助けた事になる。はて、訝しい事よ。或いは朽木かもしれぬが……。

「折角三好の天下が見えて来たのだ。詰まらぬ事をされては天下がするりとこの手から逃げかねぬ。たとえ脅しでもな」

己《おの》が手を見た。未だ天下は見えぬ。だが間違いなくこの手に天下が有るのだ。

「某もそう思いまする」

「大叔父上には儂が話す。弾正は侍従に祝いの品を持って行ってくれ。祝いの品は……」

そうだな、祝いの品はあれが良かろう。喜んでもらえる筈だ。


弘治三年（一五五七年）十一月上旬　　山城国葛野・愛宕郡　　平安京内裏　　帝

「主上《しゅしょう》、関白、飛鳥井侍従が拝謁を願っております。如何なされますや」

権右中弁甘露寺経基《かんろじつねもと》が訊ねて来た。

「両名を此処へ通せ、皆は席を外せ」

近臣達が不本意そうな表情を見せた。ふむ、関白に対する不満では有るまい。侍従に対する厚遇が過ぎると思っているのやもしれぬ。

近臣達がぞろぞろと立ち去ると関白と侍従が姿を現した。二人が座り頭を下げた。

「畏れながら他聞を憚る事なれば御傍に寄らせて頂きとうございまする」

「苦しゅうない、許すぞ」

関白と侍従が頭を下げ背を丸めながら傍に寄って座った。

「三好より使者が麿の屋敷に参りました。筑前守は朝廷の御役に立てる事は真に名誉、帝の思召しに沿いたいとの事でおじゃりました」

関白の言葉は小声だったが耳に響いた。もう後戻りは出来ぬ。足利では無く三好を選んだ。だが公方に武家の棟梁としての自覚が無い以上已むを得ぬ事では有る。

「分かった。では次は六角と畠山か」

「はっ、戦を大きくせぬためには彼らを朝廷側に引き付けなければなりませせぬ」

戦、その言葉が重く響いた。

「成算有り、であったな」

問い掛けると関白と侍従が顔を見合わせた。

「畠山は必ずしも家中が収まっておりませせぬ。無理は好まぬのではないかと思いまする。三好に反発は有るやもしれませぬが今回の事は三好の増長では無く公方の怠慢が原因、非は公方に有ると説得致しまする」

畠山が自らを納得させ易くする……。

「六角は如何か？」

「六角は近年伊勢に兵を出し勢力を伸ばそうとしておりまする。必ずしも畿内で三好と戦う事を望みますまい。特に単独では……、ただ公方が朽木に居ります。六角を頼りにするのは間違いありませぬ。六角としても頼られれば無下には出来ぬというところは有りましょう」

畠山よりも六角の方が厄介か……。

「六角には侍従が説得に向かいまする、所領の事もございますれば」

侍従が頭を下げた。

「微力を尽くしまする」

「そうか、苦労をかける」

侍従がまた頭を下げた。

戦を望んでいるわけでは無い。だが足利の天下では世の混乱が収まらぬのではないだろうか？公方には武家の棟梁としての自覚は無い。ただ三好に反発しているだけだ。そこには天下を安定させようという意志は無い。筑前守が武家の棟梁としての器量が有るかどうかは分からぬ。だからこそ試さなければならぬ……。

帰還

弘治三年（一五五七年）　十一月中旬　山城国葛野・愛宕郡　平安京内裏　目々典侍

兄と二人、部屋で白湯を飲んでいる。十一月になると流石に寒い。温かい白湯が身体を温めてくれる。

「驚いたの」

「はい」

「百貫か」

「はい。三好、六角がそれぞれに」

兄がホウッと息を吐いた。そして〃有り得ぬ事よ〃と呟いた。

確かに有り得ぬ事では有る。この半月ばかりの間に三好家、六角家が侍従に所領を進呈してきた。名目は春齢との婚約祝い。合わせて二百貫。三好が進呈すると遅れてはならじとばかりに六角家が進呈してきた。押領が珍しくない今、大名が侍従に所領を進呈するとは……。

もっとも侍従は醒めている。帝に進呈する事で禁裏御料としその代官を春齢とした。自分の所領なら取り上げ易い、そう臭わす事で圧力をかけられるが禁裏御料となれば、そして春齢が代官となれば簡単には取り上げ難《にく》い。それが理由だった。侍従は簡単には三好、六角の意のままにはならぬと言っている。帝も侍従の意の有る所を十分に理解している。

「婚約への祝いと言っておじゃるが……」

「口実でございましょう。内実は侍従と繋がりを持ちたいという事だと思います」

兄が頷いた。表情が渋い。兄はこれまで正面から私を見ようとしない。顔を伏せながら頷くかボソボソと話すだけだ。

「磨もそう思う。となれば三好、六角は侍従を宮中の実力者と認めたという事になる。御大葬、御大典での動きを重く見たという事よ。敵に回したくないという事でおじゃろうな」

「はい」

「侍従は未だ十歳にならぬのだが……」

「もはや誰も侍従を子供とは見ませぬ」

養子を認めているのは三好、六角だけでは無い。宮中にも関白殿下を始めとして少なからず居る。

「万里小路《までのこうじ》が大分侍従の事を気にしておる」

「……」

「分かるであろう？」

「はい」

万里小路は先帝、帝と二代に亘《わた》って外戚の地位を占めた。帝にとっては最も信頼出来る家と言って良い。だが侍従の働きによって帝の飛鳥井への信任が強まりつつあるのも事実。万里小路にとっては面白くは有るまい。

「広橋もじゃ」

「例の件でございますか？」

兄が〝うむ〟と頷いた。

「連中が手を組むやもしれぬ、そうなれば厄介よ。気を付けた方が良い。侍従だけでは無い、女王様、そなたもじゃ」

「左様でございますね。改元の事もございます、気を付けましょう」

兄が顔を上げた。顔を顰めている。

「それを口にしてはならぬ。秘中の秘じゃ」

「申し訳ありませぬ」

帝は公方を武家の棟梁と認めていない。そして三好から条件無しで御大葬、御大典の献金を引き出した侍従を高く評価している。改元の事でも帝は関白と侍従を傍に呼んで相談していた。宮中に於《お》いて侍従の重みは日に日に増している。確かに兄の言う通りだ。身辺に注意しなければ……。

「朽木には何と？」

「分かりませぬ。文を出したようでは有りますが……」

「民部少輔殿と雖《いえど》も公方を抑える事は出来まい。必ず戦になる。一つ間違えば朽木も攻められよう。一体どのように収めるつもりなのか……」

兄が溜息を吐いた。

「見殺しにするとは思えませぬ。侍従は心優しい男にございます」

「そうでおじゃるの。そうでなければ女王様を妻にとは言うまい。昇進を望んだ筈じゃ」

漸く兄の顔が綻んだ。

「女王様は如何御過ごしか？」

「喜んでおります。今まで以上に侍従の傍に居たがるようになりました」

兄が眼を瞠り〝ホホホホホ〟と笑い声を上げた。

「年が明ければ皇族の籍を抜ける事になりますが気にならぬようです」

「それは良い。侍従は？」

「春齢に自分の待遇の事で帝に我儘を言ってはならぬと。他にも妻として心得て欲しい事を教えております」

また兄が笑い声を上げた。

「侍従は才は有るが野心や欲とは無縁のようじゃ。あの若さであの才ともなれば皆が畏れようが野心と欲が無ければ一安心というものよ。後は皆がそれを知ってくれればの」

「はい」

少しずつ、少しずつあの子が周りを動かしてゆく。いいえ、そうではない。皆があの子を必要としてゆく。未だ九歳、十年、十五年後は……。

弘治三年（一五五七年）十二月上旬　近江蒲生郡《がもう》　観音寺城《かんのんじじょう》　飛鳥井基綱

六角氏の居城、観音寺城の書院では騒《ざわ》めきが起きていた。当主の六角左京大夫義賢《よしかた》は沈痛な表情をしている。

「改元を公方様とではなく筑前守殿と行うと申されるか」

「その通りにおじゃります」

さっき言ったよね、それ。だから皆騒めいているんでしょ。

ちなみに皆と言うのは後藤但馬守賢豊《ごとうたじまのかみかたとよ》、進藤山城守賢盛《しんどうかたもり》、蒲生下野守定秀《しもつけのかみさだひで》、三雲対馬守定持《みくもつしまのかみさだもち》、平井加賀守定武《ひらいさだたけ》、目賀田次郎左衛門尉忠朝《めがたただとも》の六人だ。六角家でも重臣中の重臣で六角六人衆と称されている。それにしても寒い、京も寒いが近江も寒いわ。おまけに山城だしな。なんか碌でもない仕事ばかりさせられているような気がした。これじゃサラリーマンと何も変わらんわ。

「御大葬、御大典で公方様はお役に立てなかった。侍従殿、帝は公方様に御不満をお持ちなのかな？」

「有るかと思いまする。但し、公方に対する不満は御大葬、御大典の事だけではおじゃりませぬ」

左京大夫が〝と申されると？〟と訊ねて来た。

「公方は征夷大将軍に就任以来、その殆どを京に居りませぬ。京都警固の任を果たせずにいるのです。当然ではおじゃりますが京に於いて公方の存在感など無きに等しい。しかしその事で不都合が有るわけでもおじゃりませぬ。となれば公方とは何ぞや？　何のために有るのかという疑念が生じましょう。違いましょうか？」

あらら、左京大夫が渋い表情をしている。でもね、京じゃ義輝の事なんて誰も気にしない。名前を義藤から義輝に改名した事だって気付ていない奴が居るくらいなんだ。

「六角家は何度も公方を京に御戻しになられた。にも拘らずこの有様におじゃります。左京大夫殿の御苦労を思うと……」

扇子で顔を隠して切なそうに溜息を吐いた。『苦労したよね、六角の皆さん。朝廷はその苦労を分かっているよ。分かっていないのは朽木で酒を飲んで遊び惚けている義輝なんだ。彼奴《あいつ》は本当に困った奴だよ』そんな感じの溜息だ。うん、皆切なそうな、遣る瀬無さそうな顔をしている。そう、六角家にとって朝廷は理解者なんだ。敵対者じゃない。

「左京大夫殿、教えて頂きたい事がおじゃります」

「何でござろう」

「改元が行われれば公方は如何致しましょう。麿は公家なれば武家の事は分かりかねます。御教示願いまする」

シンとした。あらら、皆が顔を見合わせている。

「但馬、如何思うか？」

後藤但馬守が〝はっ〟と畏まった。頼りがいのある壮年の男だ。観音寺騒動で殺されちゃうんだよな、この人。

「公方様は必ずや兵を挙げましょう」

彼方此方で頷く姿が有った。

「そうよな、兵を挙げるだろう」

左京大夫が憂鬱そうに肯定した。何を考えたかは分かる。兵を出せと迫られると思ったのだ。

「兵を挙げる、困った事におじゃりますな。……左京大夫殿、重ねてお訊ねしますが公方は新しい元号を使いましょうか？」

左京大夫の表情が渋くなった。

「使うとは思えぬ」

また頷いている奴が居る。義輝って分かり易いんだな。殿下や俺も使わないと判断した。読まれ易いって必ずしも良い事じゃない。

「困りましたな。朝廷の定めた元号を使わない、そして兵を挙げる、それは朝廷に従わないという事でおじゃります。朝廷は公方を朝敵と判断せざるを得ませぬ。公方が朝敵になる、そうなれば世は混乱し公方の権威は更に失墜致しましょう」

「……」

「困った事におじゃります」

俯いて悩んでいるような素振りをした。周囲は見ない。見ないが困惑しているのが分かった。

「侍従様」

問い掛けて来たのは平井加賀守だった。四十前後の品の良い男だった。この男だよな、人質だった浅井長政《ながまさ》を預かったのは。

「改元は何時頃行われましょうか？」

「左様、年が明けてからになりましょう。正月は色々と有りますから二月になると関白殿下より伺っております」

〝二月〟と呟く声が聞こえた。

「朝廷としては公方を朝敵にする事を望んではおじゃりませぬ。まして討たれる事もです。それでは天下は混乱致しましょう。しかし公方が頼りにならぬのも事実、頼りにならぬ者を頼る事は出来ませぬ」

「……」

何人かが頷く。戦国乱世を生き抜いてきた男達だ。頼りにならぬ者を頼った者がどうなるかは分かっている。破滅だ。

「左京大夫殿」

「何でござろう」

「未だ二月まで時はおじゃります。公方を朝敵にせぬため、世を混乱させぬため、朝廷に御力添えを頂きたいと思います」

「……」

「勿論、無理なお願いは致しませぬ。六角家がこれまで天下のために御苦労されてきた事は良く分かっております。朝廷はそれを踏み躙《にじ》るような事は致しませぬ」

左京大夫が頷いた。声をかけた時には身構えたんだけどな。多分公方を抑えろと言われると思ったのだろう。

「お心遣い、忝のうござる。我らにどれほどの事が出来るかは分かりませぬが朝廷の御意に沿いたいと思いまする」

うん、まあ出来る事と出来ない事が有るよという事だな。まあ初回の会合としては十分な成果だ。これから時々来るからね、ゆっくりと相談しよう。

弘治三年（一五五七年）　十二月上旬　近江蒲生郡　平井丸　平井小夜《さよ》

兄、猿夜叉丸《さるやしゃまる》様と共に外から戻ると母に急いで身形《みなり》を整えるようにと言われた。

「如何したのです、母上」

「お客様がお見えです。御挨拶するのですよ」

母が兄に答えると猿夜叉丸様が困ったような御顔をされた。

「私もですか？」

「ええ、猿夜叉丸殿もです。あちら様が会いたいと仰られています」

三人で顔を見合わせた。兄と私だけでなく猿夜叉丸様も？　人質の猿夜叉丸様に会いたいなんて如何いう御方なのか……。

「一体どのような御方なのです？　母上」

兄が問うと母がちょっと困ったような顔をした。

「京の御公家様、飛鳥井侍従様です。粗相の無いようにするのですよ。さあ、早く支度を」

急かされて衣装の乱れを直し髪を整えた。母から〝手も洗うのです〟と言われて慌てて石鹸で手を洗った。それにしても飛鳥井侍従様？　朝廷の御方？　一体どんな御方なのかしら。

母が私達を連れて行ったのはお客様の宿泊用の部屋だった。どうやらお客様はお泊まりになるらしい。

「美緒《みお》にございまする。子らを連れて参りました」

〝入るが良い〟と父の声が有って母が襖《ふすま》を開けた。母が私達を見る。中に入れという事のようだ。兄が入り次に私が、最後に猿夜叉丸様が中に入った。

「……」

「……」

「……」

呆然としているとお客様がクスクスとお笑いになった。

「申し訳ありませぬ。侍従様に御挨拶をしなさい」

父が面目無さそうにしている。慌てて三人で〝御無礼を致しました〟、〝申し訳ありませぬ〟、〝はしたない振舞いを致しました〟と謝罪した。お客様が今度は声を上げてお笑いになられた。

「気にしてはおりませぬ。麿は飛鳥井基綱と言います。会えるのを楽しみにしておりました」

「平井弥太郎高明《やたろうたかあき》にございまする」

「妹の小夜にございまする」

「浅井猿夜叉丸にございまする」

私達が挨拶するとお客様、飛鳥井侍従基綱様が頷かれた。でも本当にお客様なの？　眼の前で座っているのは私と同年代の子供なのだけれど……。

「それぞれ御歳は幾つかな？」

三人で顔を見合わせた。

「倅弥太郎は十五歳になりまする。今年元服を致しました。娘は十歳、猿夜叉丸殿は十三歳になりまする」

「ほう、では麿が一番年下でおじゃりますな。麿は九歳になります」

九歳？　では私より一つ下？　でも落ち着いていてずっと大人びて見える。如何いう御方なのだろう？　父に視線を向けた。父が困ったような表情をしている。気が付けば兄も猿夜叉様も父を見ていた。また侍従様が御笑いになられた。父が困る姿を見て面白がっている？

「加賀守殿、麿の事を知りたがっているようですぞ」

父が一つ咳払いをした。

「侍従様は御若いが宮中では帝の御信任厚く関白殿下の懐刀と称される御方だ。今回も大事な御役目で観音寺城にお見えになられた」

本当に？　背だって私より低いと思うんだけど……。

「信じられませぬか？」

侍従様が問い掛けてきた。答えられずにいると侍従様が〝構いませぬよ〟と仰られた。

「正直に言うと麿にも信じられぬのです。帝の御信任が厚い、関白殿下の懐刀、何かの間違いではないかとしばしば思います」

「間違いではございますまい。帝の姫君との婚儀も決まっております。それに六角家への使者となられたのも御信任の証ではございませぬか」

「そうですね。でも信じられませぬ」

侍従様が御笑いになった。帝の姫君と婚儀？　凄い、本当に御信任が厚いのだと思った。

「弥太郎殿は御嫡男かな？」

「はい」

兄が答えると侍従様が頷かれた。

「元服を済ませた嫡男と愛らしい御息女、加賀守殿、将来が楽しみでおじゃりますな」

父が〝畏れ入ります〟と答えた。愛らしいって私の事？　頬が熱くなった。

「猿夜叉丸殿は浅井家の嫡男でおじゃりましたな？」

「はい」

「十三歳というともう直ぐ元服でおじゃりますかな？」

猿夜叉丸様が困惑している。父に視線を向けた。

「浅井家からは未だそのような話はございませぬ。なれど順当にいけば来年から再来年にはそのような話も出て来るかと」

父が答えると侍従様が頷かれた。

「左様でおじゃりますか、元服なされれば小谷《おだに》へ戻られるのでしょうな。浅井下野守殿もさぞかし喜ばれましょう」

猿夜叉丸様の表情が曇った。猿夜叉丸様は下野守様の事を余り御好きではない。御母上様への仕打ちで恨んでおられる。戻りたくないとお考えなのかもしれない。私も戻って欲しくない、戻ってしまったらとても寂しい。

「六角家としても畿内が騒々しい今、浅井家との強い結び付きは何よりも大切な筈、猿夜叉丸殿に期待する所は大きいのではおじゃりませぬか」

侍従様が父に問い掛けると父が〝それはもう〟と頷いた。猿夜叉丸様の頬が赤い。期待されて嬉しいのだと思った。私も嬉しい。でも畿内が騒々しいってどういう事かしら。戦が起きたとは聞いていないけど……。

永禄元年（一五五八年）　五月上旬　　近江高島郡朽木谷　　岩神館　　朽木稙綱

「京の孫から文が届きました。それによれば改元が行われ新たな元号は永禄になったそうにございます」

皆の前で告げるとそれまで和やかな雰囲気だった部屋がシンと静まった。

「永禄だと？　如何いう事だ、それは。予は何も聞いておらぬぞ」

上座の公方様が首を傾げておられる。状況が分かっておられぬらしい。左右に控えた幕臣達の中にも首を傾げている者が居る。倅達も同様だ。だが何人かは顔が強張っている。何が起きたか、理解したらしい。

「民部少輔殿、それは改元が行われたので報せて来た、公方様にも伝えて欲しいという事でござろうか」

上野民部大輔殿が顔を引き攣《つ》らせながら訊ねて来た。

「そうではござらぬ。孫からの文は時候の挨拶でござる。そろそろ田植えの時期だ、朽木の山々は緑で美しかろうなどと書いてありましたな。筍《たけのこ》の事も書いてありました。改元の事はついでですな」

実際長閑《のどか》な文だった。流麗な字で末尾に改元が二月に行われたとさり気なく書かれていた。何時の間にか綺麗な字を書くようになった。もう、飛鳥井の人間じゃな、寂しい事よ。

「改元は何時行われたのです？」

細川兵部大輔が訊ねて来た。この男も顔が強張っている。懐から文を取り出し広げた。

「これによれば二月に行われたと書いてある」

彼方此方から呻き声と〝二月〟という呟きが聞こえた。

「馬鹿な、今は五月だぞ。予は何も聞いておらぬ！　何故朝廷は報せてこぬ。改元とは如何いう事だ！」

公方様が声を荒らげた。誰も答えない、いや答えられない。苛立った公方様が〝伯父上〟と太閤近衛稙家様に声をかけた。

「麿も今初めて知った。息子からは何の報せもない」

太閤殿下が首を横に振ると皆が顔を見合わせた。皆、顔色が悪いわ。廟堂の第一人者である関白が報せてこない。その異様さを噛み締めている。

「如何いう事だ、改元は朝廷と武家の棟梁である公方様の協議によって行われるのが慣例。公方様が京に居られぬ時は必ず報せが有った」

ブツブツと呟く声がする。荒川治部少輔晴宣《はるのぶ》殿が首を振りながら呟いていた。

「大体朝廷は誰と改元の事を話し合ったのだ？」

治部少輔殿の呟きに皆が顔を見合わせた。何度も窺うように顔を見合っている。

「まさかとは思うが……」

「いや、しかし……」

「だが他には……」

ぶつぶつと歯切れの悪い会話に溜息が出そうになった。公方様も顔を強張らせるだけで無言だ。どこまで眼をそらし続けるのか……。

「三好でおじゃろう」

指摘したのは太閤殿下だった。

「御大葬から御大典と費用を用意したのは三好筑前守であった。朝廷が筑前守を頼るのは当然の事、改元の事も相談したのであろう」

「馬鹿な！　殿下は朝廷が筑前守を武家の棟梁と認めたと仰られますのか」

喰ってかかるような口調で問い掛けたのは上野民部大輔だった。殿下が息を吐かれた。

「朝廷がどう考えたのかは知らぬ。だが他に相談する相手が居るか？」

問い返すと民部大輔が口籠った。

「山科権中納言が来た時、麿が言った事を聞いていなかったのか？　朝廷は公方の一挙手一動に注目していると。公方が武家の棟梁としての務めを果たさぬ以上、代わりを求めるのは当然の事じゃ。それが三好でも不思議はない」

静まった部屋にバシッと音が響いた。公方様の手に圧し折られた扇子が有った。

「認めぬ」

「……」

「予は永禄など認めぬぞ」

押し殺した声だ。

「予の与《あずか》り知らぬ元号など認める事は出来ぬ！　永禄など許さぬ！　元号は弘治じゃ！　それ以外は認めぬぞ！」

公方様が皆を睨むように見渡した。

「元号は弘治じゃ！」


朽木城に戻り自室で暗澹としていると長門守がやって来た。気遣わしげな表情をしている。

「如何でございました」

「永禄など認めぬ、元号は弘治じゃと叫ばれた」

「……左様で」

「その後はいつもの事よ」

長門守が溜息を吐いた。

『予は征夷大将軍である、武家の棟梁である！』

『朝廷は何故三好のような悪逆の者を頼るのか！』

『六角、畠山は何故予の命に従わぬ！』

『何故皆予を無視するのだ！』

泣きながら幕臣達に訴える。そして幕臣達も泣きながら公方様を慰める……。熱くは有るがそこに頼もしさは無い。孫を思い出してしまう。冷徹で小動《こゆるぎ》もしなかった竹若丸を……。蔵人、左門、五郎衛門、新次郎、皆が竹若丸に従った。そこには同情や憐憫《れんびん》など無かった。

「せめて御大葬だけでも費用を出していれば……」

長門守が〝父上〟と儂を窘めた。

「それが出来ぬ事は父上もお分かりでしょう。三好がそれを許しませぬ。朽木は滅ぼされますぞ」

「そうじゃな」

山科権中納言が訪ねて来た時、公方様が御大葬の費用を出す事は無いと思った。公方様のためを思えば出すべきだと説得するべきだった。だが滅ぼされぬために口を噤んだ……。

「弟達は如何でした？」

「驚いておった。知らぬという事は憐れよな」

長門守が息を吐いた。

「已むを得ませぬ。弟達は公方様の御傍に居ます。嘘を吐き続けては苦しいでしょう。報せるべきではないという父上の御判断は間違っておりませぬ」

きっぱりとした口調だった。少しずつだが長門守は当主に相応しくなりつつあると思った。

「これからどうなりましょう？」

「兵を挙げる事になろう。そういう声が有った。美濃の斎藤《さいとう》の件も有る。公方様が健在であることを天下に示さねばならぬと」

「……我らは如何します？」

長門守がジッとこちらを見ている。

「兵は出さぬ」

「……」

「その代わりに銭を出す」

「承知しました」

後で平九郎を呼ばねばならぬ。多少は奮発せねばなるまい、公方様を欺いた罪滅ぼしよ……。

永禄元年（一五五八年）　十二月上旬　　近江高島郡朽木谷　　朽木城　　飛鳥井基綱

眼の前に朽木城が有った。懐かしいと素直に思えた。此処を去ったのは二歳の時だが俺はこの城に十分過ぎるほどに愛着を持っていたらしい。不思議なものだ。夢にも見た事が無いというのに……。

「竹若丸様！」

俺を呼んだのは日置五郎衛門だった。相変わらずのゲジゲジ眉毛だ。変わっていないと思ったが良く見れば眉毛に少し白いものが見える。八年の歳月は決して短くなかったのだと思った。

「五郎衛門か、久しいな」

「竹若丸様、御立派になられて……。いや、もう竹若丸様では有りませぬな、侍従様とお呼びせねば」

「竹若丸でも構わぬぞ、五郎衛門」

五郎衛門は眼を拭う素振りを見せた。困った奴、久しぶりの再会なのに湿っぽくするな。

「御隠居様、殿がお待ちでございます。さあ、中へ」

「うむ」

五郎衛門の案内で城の中に入った。次から次へと人が現れた。五郎衛門の息子の左門、宮川新次郎、新次郎の息子の又兵衛、荒川平九郎、田沢《たざわ》又兵衛、守山《もりやま》弥兵衛《やへえ》、長沼新三郎《ながぬましんざぶろう》……。皆それぞれに歳をとった。

大広間では御爺、長門の叔父、大叔父の蔵人、蔵人の息子の主殿が俺を待っていた。俺が座る、五郎衛門達も座る。挨拶を交わし援助の礼も言った。少しの間沈黙が有った。

「早いものよ、十歳になったか。眉と眼が宮内少輔に似ておる」

御爺が俺の顔を見ながらしみじみとした口調で言った。皆が頷いている。そうだな、俺は母にも養母にも飛鳥井の伯父にも似ていない。間違いなく顔は朽木の顔だ。

「しかし、外に出てよいのか？」

御爺が心配そうに訊ねてきた。

「大丈夫だ。三好筑前守が孫四郎を抑えた。孫四郎も俺を殺せば三好家にとって厄介な事になると理解している。当分は大丈夫だろう」

不思議だった。口調が昔に戻っていた。懐かしい顔を見て昔に戻ったのか……。

「当分か」

「先は分からぬ」

「そうだな」

次に危ないのは三好筑前守が死んだときだろう。だがまだ先の筈だ。

「女王様との婚約が効きましたか？」

大叔父が問い掛けて来た。

「そうだと思う」

春齢は臣籍に降って源春齢になった。もっとも変わったのは名前だけで生活が変わったわけではない。何の不満もないようだ。

「婚儀は何時かな？」

「三年後だ、御爺」

十三で結婚だ。この世界だと特に早くは無いが元の世界だと有り得ない事だ。ちょっと違和感がある。

「そうか、ならば何としても出席せねばの。それにしても儂の孫が帝の女婿か、如何にも信じられぬの」

御爺が皆を見まわすと皆が頷いた。

「俺も信じられぬ」

ドッと笑い声が起きた。いや、本当だよ。とても信じられない。

「朽木は豊かになったな。此処に来る途中だが領民の表情が明るかった」

「侍従様の御陰にございます」

「そんな事は無い。確かに俺は幾つか助言した。それによって朽木の産物が増えたのは確かだろう。だが叔父上が領民を粗雑に扱えば領民の顔は暗かった筈だ。領民の表情が明るいのは叔父上が良い領主だからだ」

シンとした。長門の叔父が眼を瞬かせている。領主としてやり辛かったのだろうな。

「竹若、いや侍従。公方様はどうなるかの」

皆の視線が俺に集まった。

「さあ、如何なるか。京には戻ったが傀儡だろう。帝は公方を武家の棟梁と認めていない。そして三好筑前守は公方を信じていない」

「……」

「本人がそれに耐えられるかどうか」

彼方此方から溜息が聞こえた。

「挨拶に行ったのか？」

「いいや、行かぬ。飛鳥井家の者は誰もな。御大葬、御大典の事も改元の事も俺と関白殿下が動いた事を皆が知っている。公方も京に戻ったのだから知っているだろう。俺が行っても喜ぶまい」

「……」

御爺が寂しそうにしている。俺が足利のために動いてくれれば、そう思っているのかもしれない。しかしなあ、京で足利のために動くというのは危険過ぎる。飛鳥井も朽木も。

「叔父御達には済まぬ事をした。さぞかし公方、幕臣達に嫌味を言われただろう。御爺も疑われたのではないか？」

御爺が笑った。

「心配は要らぬ。儂とその方が緊密に連絡を取り合っているのは秘中の秘よ。幕臣達は誰も知らぬわ。桔梗屋が仲立ちをしているとは気付くまい」

「それは良かった」

本当に良かった。公方の周囲には三好の手の者が居る。俺と朽木の連絡手段を気付かれたくない。工夫しているんだよ、時候の挨拶や何気ない手紙は伯父に頼んで出している。極秘の情報は葉月に頼んで届けて貰っている。足利と三好の攻防はこれからも続く。困った事に朽木も飛鳥井もそれに捲き込まれ易い立場なんだ。緊密に協力していかなければ両方とも滅びかねない。そして義輝は必ず将軍としての実権を取り返そうとする筈だ。その事を言うと皆が頷いた。

……改元が行われたのが今年の二月の末だった。新たな元号は永禄。『群書治要』という唐代の書籍の一部に有る『能保世持家、永全福禄者也』から取られた。意味は家を保持して永く福禄を全う出来た者という事だ。日本史では結構重要な元号になるのだが改元は朝廷と三好筑前守の間で決定された。そして義輝には報せなかった。

偶然でもなければ忘却したのでもない。帝は義輝を武家の棟梁として、いや正確には統治者として認めなかったのだ。京に居るより地方に亡命している事の多い将軍なんてうんざりだったのだろう。御大葬、御大典の件では何度も役に立たないと帝が吐き捨てるのを俺は聞いている。義輝が改元の事を知ったのは五月になってからだった。

本来なら改元は朝廷と公方の間で決めるものだし改元したのなら公表する前に公方に報せるべきものだ。それを無視された事で義輝は面目を失した。そして激怒、いや恐怖した。このままでは皆から忘れ去られてしまう。自分の存在を皆に知らしめるには兵を挙げるしかないと……。

義輝は兵を挙げ六角左京大夫義賢がそれに協力した。当初は互角に戦っていたが次第に三好側が優勢になった。六角左京大夫義賢が武力による三好打倒は不可能と判断し和睦へと方針を転換したため義輝も已むを得ず和睦を受け入れた。まあ義輝も本気で三好打倒が可能だとは思っていなかっただろう。兵を挙げ一時的にしろ互角に戦った事で自分の健在ぶりをアピール出来た、最低限の目的を達成したと思った筈だ。和睦を結ぶといそいそと京に戻って来た。

でもね、義輝は知らないだろうけどそういう風に持って行ったんだよ。三好に改元の事を相談した後、昨年の暮れ頃からだが六角と畠山に朝廷から使者を出して改元の事、非は義輝に有るという事を何度も伝えた。そして御大典が有るから戦は避けてくれとね。戦になれば義輝は朝敵になるぞとも伝えた。畠山は了承してくれた。問題は六角だった。義輝は直ぐ傍に居るからな、支援を求められれば無視出来ないと悩んでいた。勝てるという確証もなかった。正直に言えば義輝の存在は迷惑だっただろう。六角を説得するために俺も何度か近江に行ったから六角の立場は良く分かった。

という事で朝廷が三好の後押しをした。実は美濃の斎藤新九郎高政《たかまさ》が治部大輔への任官を三好長慶を通して願っていた。この男、後の一色義龍《よしたつ》だ。高政が義輝ではなく三好長慶を頼ったのは斎藤氏が下克上の家で新九郎高政が父親の道三《どうさん》を殺したからだろう。高政は義輝が自分に好意を持たないと考えたのだ。そして三好長慶なら六角を牽制出来る自分を高く買うだろうと計算した。

なかなか強かな男だ。こいつを利用した。朝廷が高政を改元の二日前に治部大輔へ補任したのだ。これで六角は腰が砕けた。そして三好長慶は面目を保った。当然だが朝廷に感謝した。この件でも義輝は激怒したらしい。官位の申請は武家の棟梁である将軍が行うものだ。それを無視されたと。

時系列的に言えば官位の件で激怒して元号の件で確信したわけだ。朝廷は自分を無視していると……。しかしね、五月に改元の事を知ったという事はそれまで六角も畠山も義輝に何も言わなかった事になる。義輝も薄々六角、畠山の冷たさを気付いていただろう。兵を挙げたのはその辺りも関係していると思う。六角、畠山がどの程度自分を支持してくれるか試したのだろう。

御爺も辛かっただろうな。御爺には葉月を使って改元の事、六角、三好との調整の事を伝えた。五月になるまで知ることが出来なかったという事には衝撃を受けたようだ。朽木は軍費として一千五百貫を義輝に提供したらしい。義輝は泣いて感謝したのだとか。御爺にとっては罪滅ぼしのようなものかもしれない。

後は朝廷が書いたシナリオ通りに動いた。適当に戦って和睦。義輝にしてみれば六角が義輝のために戦ったという事実が有れば良いんだから適当なところで終わらせようと六角、三好を説得したのだ。六角も三好もすんなり納得したし感謝された。三好にしてみれば先ずは天下を安定させる事が最優先課題だったのだろう。朝廷はそこまでで手を引いた。和睦の条件は三好と六角で纏めた。義輝には事後承諾だ。これをみても義輝に力が無い事が分かる。

「明年には三好筑前守は相伴衆に任じられる」

また溜息が聞こえた。そうだな、三好家は数年前までは陪臣だったのだ。それが幕府でも最高の身分になった。溜息も出るだろう。

「そして公方は知るまいが従四位下、修理大夫に任じられる」

今度も溜息だ。でも今度の方が大きい。六角左京大夫義賢だって従五位下だ。父親の管領代が従四位下だから官位の上では長慶は管領クラスと朝廷は判断したという事になる。

「公方様は傀儡か」

御爺が痛ましそうな表情をしている。

「政所執事の伊勢伊勢守が三好筑前守に協力している。筑前守は幕府を押さえた。公方が京に戻れたのも筑前守には幕府を動かすのは自分だという自信があるからだ。公方もその事を知ることになるだろう」

我慢出来んだろうな、その事が永禄の変へと繋がる。三好筑前守は天下人になったと思っているかもしれん、天下は三好の物だと。だが乱世はこれからが本番だ。三好の天下は崩れ織田が台頭する時が来る。先ずは桶狭間《おけはざま》だな。

武家の子

永禄二年（一五五九年）一月中旬　　山城国葛野・愛宕郡　　平安京内裏　　飛鳥井基綱

「さて、困りましたの」

本当に困っているのかな？　そんな口調で困ったと言ったのは二条晴良だった。関白近衛前嗣が不愉快そうにしている。お前少しは当事者意識を持てよ、そう思ったのかもしれない。俺も不愉快だ。何で此処に俺が居るの？　俺は従五位下侍従のぺーぺーだよ。常御所で、帝の御前で関白、太閤なんて偉い人と一緒に居るなんておかしいじゃないか。俺は春齢と『あっち向いてホイ』で遊んでいたんだぞ。それを無理矢理攫いやがって。

この時代、じゃんけんというものが無い。という事で三年ほど前に俺がじゃんけんと『あっち向いてホイ』を春齢に教えた。そして春齢はそれを女官達に教えた。今ではじゃんけんと『あっち向いてホイ』は爆発的に広まっている。大叔父の山科言継もこれが大好きで地方の大名家に行ってはこれで大名達と遊んでいる。時々朝廷への献金を賭けて行う事も有るらしい。そして勝つ！　強いんだよ、あの爺さん。朝廷は『あっち向いてホイ』を重要な遊戯として認めつつある。そのうち大叔父は『あっち向いてホイ』の宗家とかになりそうだ。次はオセロだな。春齢も囲碁に比べれば簡単に出来て喜ぶだろう。

この場には左大臣西園寺公朝、右大臣花山院家輔、内大臣広橋兼秀、そして祖父の権大納言飛鳥井雅綱もいる。左大臣と右大臣は神妙な表情だが内大臣は時々俺と祖父をきつい眼で見る。五十を過ぎた爺が子供を睨むなんて大人げないぞ。でも祖父も結構きつい眼で内大臣を見ているからお互い様か。まあ分からないでもない。宮中では日野《ひの》家の跡目相続を巡って鎬《しのぎ》を削る争いが起きているのだ。不本意だがその渦中に俺も居る。

事の発端は日野家の当主であった権大納言日野晴光《はるみつ》が死んだ事だ。三十代後半で死んだというからまだ若かった。子供は一人いたのだが晴光よりも先に死んだため日野家は跡継ぎのいない状態になった。これが今から四年前の天文二十四年に起きた。それから四年間、日野家は跡継ぎを巡って混乱し当主の居ない状態が続いている。江戸時代の大名家だったら取り潰しだな。

現在日野家の後継者候補は二人いる。一人は広橋兼保《かねやす》、つまり内大臣広橋兼秀の孫だ。もう一人は飛鳥井資堯《すけたか》、これは祖父飛鳥井雅綱の息子だから俺にとっては叔父にあたる。名前を見れば分かるが雅の字が無い。まあ祖父も期待していなかったという事なのだろう。妾腹《しょうふく》の出で飛鳥井の邸には居なかったから会った事もないという叔父だ。本来なら寺に送られるところだ。

「日野家は広橋家にとっては本家筋、本家が途絶えた以上分家の広橋家から養子を迎えるのはおかしな事ではおじゃりませぬ。それに飛鳥井家は羽林の家格、名家の日野家に養子を入れるには些か不適格ではおじゃりませぬかな？」

まあそういう見方は当然ある。分家から本家を継ぐのは自然だし養子縁組は同じ家格の方がスムーズに行き易い。内大臣の言う通り羽林は武官で名家は文官だ。進むコースは全然違う。羽林は近衛少将から近衛中将、参議、そして中納言だが名家は弁官から参議、中納言へと進む。飛鳥井の人間に文官としての素養が有るのかという事だな。あらら、飛鳥井の爺さん顔が真っ赤だな。咳払いまでした。

「権大納言殿が亡くなられた時、兼保殿は未だ赤子でおじゃりましたな。そして広橋家には兼保殿以外に男児が居なかった。となれば誰もが兼保殿は広橋家の嫡男、跡取りと見ましょう。それゆえ当家の資尭を養子にという話でおじゃりました。それを昨年次男が生まれたからと言って兼保殿を日野家の養子にとは……。随分と人も無げなやりようでおじゃりますな」

今度は内大臣が顔を朱に染めた。

そうなんだ、当初広橋家は兼保を日野家にとは言っていなかった。兼保は権大納言日野晴光が死んだ年に生まれている。ちゃんと育つかどうかも分からないのに養子になんか出せる筈がない。広橋家が兼保を推し始めたのは去年になってからだ。つまり後から割り込んできたという事になる。祖父がふざけるなと言うのももっともなのだ。

何故広橋家が去年になってから兼保を推し始めたか？　次男が生まれたという事も有るが足利義輝の京への帰還も絡んでいる。日野家は烏丸《からすまる》家、広橋家、飛鳥井家、勧修寺家、上冷泉《かみれいぜい》家、高倉《たかくら》家、正親町《おおぎまち》三条家と共に昵懇衆なのだ。そしてかつては代々に亘って御台所を出した親足利の家でもある。義輝にとっては大事な家だ。そして義輝の乳母、春日局《かすがのつぼね》は死んだ日野権大納言晴光の妻だった。

この女が義輝に働きかけて日野家に飛鳥井なんてとんでもない、広橋家の兼保をと泣きついだわけだ。そして義輝は大いに張り切って広橋に兼保を日野家の養子にしろと命じた。公家の当主が死ぬと面倒なんだよ。家督そのものは帝が承認し領地は将軍が保証する事になる。義輝には家督の決定権が無い。やきもきしているだろう。

あ、今度は広橋の爺さんが大事なのは最も適切な人を養子に選ぶべきだと言った。飛鳥井の爺さんが五歳の子供が適切な人材なのかと嘲笑した。広橋の爺さんが〝なにを！〟と声を荒らげて飛鳥井の爺さんが身構えた。二条晴良が〝まあまあ落ち着いて〟と広橋の爺さんと飛鳥井の爺さんを宥めた。何で止めるかなあ、トコトンやらせればいいのに。

同じ昵懇衆なのだから何もそんなに飛鳥井を嫌わなくてもと思うんだが実は飛鳥井資堯を日野家の養子にと推しているのは三好筑前守長慶なんだな。なんで三好筑前守が飛鳥井資堯を推したのか？　どうもね、飛鳥井家というのは昵懇衆なのだが将軍に必ずしも忠勤を励んでいるというわけではないらしい。

俺の件が有って距離を置いているのかと思ったがそれ以前から、祖父の雅綱の頃から同じ昵懇衆からは足利への忠勤が足りないと非難されるような事も有ったようだ。三好筑前守にとっては取り込み易いと思ったのかもしれない。道理で義輝が親足利の日野家を三好と組んだ飛鳥井家に渡すわけにはいかないと息巻くわけだよ。何と言っても御大葬、御大典、改元とコケにされまくったからな。京に戻って将軍としての存在感を示すためにも譲れないと周囲に言っているらしい。面倒な奴だな。

ということでだ、日野家の養子問題は広橋（足利）対飛鳥井（三好）という、両者引くに引けない戦いになっている。そして義輝は昵懇衆に広橋を応援しろと命じた。積極的に応じたのが高倉家だ。高倉家と広橋家は縁戚関係にある。それに権大納言高倉永家《ながいえ》の養女は朝廷に出仕して勾当内《こうとうのない》侍《し》になっている。勾当内侍というのは宮中における事務方のトップだ。帝と宮中内外との取次を担当している。広橋にとっては強力な味方だな。

そこに養母と飛鳥井の勢力伸長を面白く思わない万里小路出身の新大典侍が加勢した。このあたり、俺が嫌われているのか飛鳥井が嫌われているのか、ちょっと知りたいな。そして俺の実母が嫁いだ持明院家の娘が新内侍として出仕している。こいつは当然飛鳥井の味方だ。公家だけじゃなくて女官達も参戦して仁義無き戦いが始まったわけだ。

飛鳥井にとって不本意なのは三好からはあまり援護射撃が無い事だ。義輝の顔を潰し過ぎても拙いんじゃないという判断も有るのだろうが広橋の娘が松永弾正に嫁いでいるんだな。この広橋の娘だが前関白一条兼冬の妻で兼冬の死後、弾正に嫁いだ。その頃は日野家の問題がこんな大事になるとは思わなかった筈だ。この女も日野家の家督を兼保にと弾正にプッシュしているらしい。あのなあ、お前は広橋と三好を繋げるために嫁いだんだろう。なんで三好を混乱させるような事をする。弾正も困っているという噂がチラホラ聞こえているぞ。筑前守にとっては重臣の妻が騒いでいるんだ、無視は出来ない。飛鳥井は大ピンチだ。という事で祖父は俺を此処に連れ出した。勘弁してほしいよ……。

永禄二年（一五五九年）　一月中旬　　山城国葛野・愛宕郡　　平安京内裏　　近衛前嗣

「権大納言殿、御控えなされよ。公家の家督相続は帝御一人の専権事項にございますぞ。武家と組んでそれを恣《ほしいまま》にしようとは僭越ではおじゃりませぬかな」

「妙な事を仰られる。武家と組んで横車を押そうとしているのは内府ではおじゃりませぬかな」

また睨み合った。困ったものよ。二条、西園寺左府、花山院右府は白けたような表情だ。どちらでも良いと思っているのだろう。

厄介な問題よ。公方は必死よ、後に引くまい。それに比べれば三好筑前守はそれほどこの問題を重視していないフシが有る。来月には従四位下修理大夫に昇進する。此処で公方に譲っても構わないと考えているのかもしれない。となればここは公方の顔を立てるという手もある。

その場合、問題は飛鳥井よ。御大葬、御大典で侍従が良く働いた。これは春齢女王の降嫁で恩賞を与えたから良い。しかし改元でも働いてもらった。そして三好、六角が侍従に進呈した所領は禁裏御料となっている。これを無視は出来ぬ。飛鳥井はともかく侍従の顔は潰せぬ。権大納言もそれを考えてこの場に侍従を連れて来たのであろう。つまり権大納言は劣勢だと認識している……。もっとも侍従本人は関心が無さそうだ。二条達と同様、どちらでも良いと思っているのだろう。あまり強欲な人物ではないのだ。

もう一つの問題は帝よ。一体如何お考えなのか。そのあたりが聞こえてこない。表情を消しておられるが……。

「麿は正しい形にしようとしているだけの事、疚《やま》しい事はおじゃりませぬ。武家と組んで私腹を肥やしているのは飛鳥井家ではおじゃりませぬか」

「何を仰られる！」

「三好、六角から所領を得ておりましょう。違いましたかな？　朽木家からも相当な財を得ている筈」

内府が露骨に嘲笑した。西園寺左府、花山院右府が頷く。二百貫か、皆面白くは有るまい。そして朽木家、小身だが豊かだ。公方にも相当な銭を献じたと聞く。

「三好、六角からの所領は禁裏御料となっております。飛鳥井家は私しておりませぬ。そして朽木家からの財は麿が今後の暮らしに不自由せぬように毎年幾ばくかの財を渡すという、飛鳥井家に戻る時の約束でおじゃりました。飛鳥井家が武家と組んで私腹を肥やすなどという事はおじゃりませぬ。内府、取り消して頂きましょう」

静かな声だった。だが座の空気が固まった。侍従が強い視線で内府を見ている。内府が顔を強張らせた。誰かが音を立てて唾を飲んだ。

「出来ませぬか？」

侍従が〝フフフ〟と笑った。侍従は侍衛の任を持つために脇差を帯びている。その脇差に侍従がゆっくりと左手を添えた。

「子供と見て甘く見ましたか？　麿は武家の出でしてな。謂《い》われ無き侮辱を受けた時は躊躇わずに相手を討ち果たせと教えられております。まして御前にございます、許せませぬ」

「ま、麿は内大臣でおじゃるぞ！」

悲鳴のような声だった。腰が逃げている。これでは威圧にならない。侍従がまた〝フフフ〟と笑った。

「内大臣になると命が二つになりますのか？」

「……」

「そうでないなら取り消すか、念仏を唱えるか、選ばれませ」

「……念仏」

今度は声が震えている。周りも蒼白だ。帝も。

「この脇差には倶利伽羅竜が彫って有りましてな。以前からこの竜に血を吸わせてみたいと思っておりました。血を吸った竜がどうなるのか、……フフフ、感謝致しますぞ、内府」

「じ、侍従」

「選びませぬか、ならば参りますぞ」

侍従が右手を柄《つか》にかけた。腰を浮かせ片膝を立てた。

「そこまでじゃ、侍従」

侍従が動きを止めた。だが右手は柄にかけたままだ。無言で内府を睨んでいる。そして内府は露骨にホッとしたような表情を見せていた。

「内府、取り消されよ」

「……」

「次は磨も止めませぬぞ！」

「と、取り消しまする。御前にも拘らず詰まらぬ事を言いました。御許しを」

慌てて内府が取り消し帝に謝罪した。それを見て侍従が座り直した。漸く座の空気が和らいだ。

「畏れながら言上仕りまする」

侍従が身体を帝に向け畏まった。

「うむ、申せ」

「はっ、日野家の跡目でございますが臣はこれを許さず日野家を取り潰すべきかと思いまする」

座が騒めいた。皆が顔を見合わせている。

「本来ならば我ら公家は帝の御為、朝廷のため、日ノ本のために心を一つにして仕えねばならぬ立場におじゃります。なれどそれを忘れたがために此度のような事になりました。これは公家だけでなく女官達も同様でおじゃります。このままでは朝廷は有って無きが如し、帝を敬う者も誰一人として居ない状況になりましょう。さればこれを正し綱紀を引き締めねばなりませぬ。臣は日野家を取り潰し一の罰を以《も》って百の戒めと為すべきかと思いまする。何卒御賢察を願いまする」

侍従が平伏すると帝が頷くのが見えた。また座が凍り付いた。

「二条は如何思うか？」

帝の問いに二条が〝はっ〟と畏まった。

「侍従の意見はもっとももながら日野家を取り潰すのは如何なものかと……」

二条の意見に左府、右府、内府、権大納言が頷いた。侍従が二条に視線を向けた。〝二条様〟と声をかけると眼に見えて二条が怯むのが見えた。

「二条様は昨今の朝廷の乱れを看過なされますのか？」

「そうは言わぬ。ただ取り潰しは行き過ぎではないかと申しておる」

「なるほど、朝廷の乱れを看過は出来ぬとお考えなのですな。ならば代案を出すべきかと思います。代案無しでは帝も御困りでしょう。そうは思われませぬか？」

「……」

二条が狼狽《ろうばい》している。厳しいわ、事無かれでは済まさぬと迫った。帝も二条を見ている。気付いたのだろう、二条の顔が強張った。

侍従が西園寺左府に視線を向けると左府は露骨に視線を避けた。花山院右府も同様だ。視線を合わさぬように彷徨《さまよ》わせている。

「関白殿下は如何思われますや？」

皆の視線が麿に集まった。やれやれよ。

「そうですな、日野家の跡目は取り潰しも視野に入れた上で検討すべきかと思いますぞ」

内府、権大納言の顔が強張った。予想外の事態であろう。

「良く分かった。関白の申す通りよ。昨今の風紀の紊乱《ぶんらん》、些か目に余る。日野家の跡目は取り潰しも視野に入れて検討しよう。皆ご苦労であった、下がれ」

皆が平伏した。そして退出しようとすると〝近衛は残れ〟とのお言葉が有ったので座に留まった。帝と二人だけになると帝が〝寄れ〟と手招きをされたので遠慮せずに寄った。帝が顔を綻ばせた。

「胸がすく思いよ」

「はっ」

「公方も筑前めも勝手な事ばかりする。真、胸がすく思いよ」

帝が軽やかな笑い声を上げられた。なるほど、表には出さなかったが不愉快で有られたのだ。

「武家は怖いのう。真、広橋を斬るかと思ったぞ」

「臣も思いました」

「二条も西園寺も花山院も頼りにならぬ。侍従に迫られても皆視線を逸らすばかりであった」

「真に」

「そなたは違ったの」

帝が面白そうにこちらを見ている。

「侍従の申す事、もっともと思いました」

帝が頷かれた。

「日野家の事、如何なされます」

帝がジッとこちらを見た。

「潰す事は拙かろう」

「では跡目は？」

「……横車では有る。だが広橋の方が収まりが良かろう」

飛鳥井を入れては落ち着かぬか。かもしれぬ。

「では飛鳥井は？」

帝が〝そうよな〟と仰られて小首を傾げられた。

「難波《なんば》家を再興させては如何か？」

なるほど、難波家は飛鳥井家の本家筋、広橋には本家筋の日野家を継がせ飛鳥井には難波家を再興させるか。

「良きお考えかと思いまするが難波家の所領は如何なされます」

「日野家の所領の一部を難波家の物としよう」

「公方が認めますまい」

帝が視線を強めた。

「日野家の跡目相続を認めるのは難波家の再興を見届けた後じゃ。それ無しでは認めぬ」

なるほど、日野家の相続は認めるが公方の好き勝手にはさせぬか。頭を一つ叩いておこうという事か。

「……ならば今暫くは日野家を潰すべきかと御悩みなされた方が宜しゅうございます。難波家の再興も暫くは伏せられたほうが」

帝が眼を瞠られ〝ホホホホホ〟とお笑いになられた。

「公方の肝を冷やすか」

「はい」

また帝がお笑いになられた。潰すという噂が流れれば公方も頭を冷やそう。その分だけ譲歩を強いやすくなる。

鬼子

永禄二年（一五五九年）一月中旬　　山城国葛野・愛宕郡　平安京内裏　飛鳥井基綱

「兄様、皆が兄様を怖がっているわよ」

春齢が覗き込むように俺を見た。

「兄様ではおじゃりませぬ。侍従です」

一応婚約者なんだからさ、兄様は良くないだろう。何度も注意しているんだが少しも直そうとしない。困った娘だ。

「広橋内府を殺そうとしたって」

「……」

「それに日野家を潰せと言ったのでしょう？　飛鳥井侍従は矯激《きょうげき》だって皆が言ってるわ」

「……」

「ねえ、兄様。矯激って何？」

思わず春齢の顔を見た。分からないで使ってたのかよ。

「矯激と言うのは言動が激しい事です」

教えると〝ふーん〟と言った。これと結婚するの？　大丈夫かな？

「磨と結婚するのは不安ですか？」

春齢が首を振って〝全然〟と言った。

「兄様は頼りがいが有って優しいし、それに見ていて面白いから好き」

面白い？　優しい、頼りがいが有るは誉《ほ》め言葉だけど面白いは結婚理由になるのか？

「ねえ、見せてよ」

春齢が俺の股間を覗き込んだ。慌てて身を引くと頬を膨らませた。何考えてんだ、このバカ娘。

「見せてくれたって良いでしょう。どんな竜か見たいの」

そっちかよ、どっと疲れた。

「なりませぬ。刀はむやみに抜くものでは有りませぬ。抜く時はそれなりの覚悟をした時です」

春齢が〝ケチ〟と毒づいた。フン、何とでも言え。

日野家の相続問題は現在継続中だ。しかし以前と違って騒ぐ人間は居ない。俺が日野家なんて潰してしまえと言った事に帝が頷いていた事で帝がこの問題に不快感を抱いているという噂が宮中で広まった。騒ぐのは拙いと思ったわけだ。まあそれでもしつこく迫る人間は居る。勾当内侍が帝に日野家の相続について話そうとしたらしいが帝が自分の仕事をしろ、余計な口出しはするなと勾当内侍を叱責した事で皆がこの問題を口にするのは拙いどころか危険だと認識したらしい。今では日野家の事に触れる人間は居ない。

「だから怖がられるのよ。兄様って本当に人を斬りそう」

あのなあ、刀ってのは人を斬るために有るんだぞ。飾りじゃないんだ。

「女官達なんて兄様を見ると隠れるわよ」

「面白がられるよりはましでおじゃります」

不本意なのは俺が怖がられている事だ。春齢の言うように女官達は俺を見ると隠れる。何で？　悪いのは広橋内大臣だろう。

あの阿呆がこっちを誹謗《ひぼう》するからだ。俺がどれだけ周囲に気を遣っていると思っている。昇進は断っているし領地も献上した。命も狙われているんだぞ。それでも御大葬、御大典、改元と頑張った。それなのに悪く言われる。そんなに足利の命令が大事か？　日野家が大事か？　ふざけんな！　少しは役に立ってみろ！

「新内侍も兄様の事を怖がっているし」

「……」

「御免なさい」

「気にしてはおりませぬ。持明院の母は麿を怖がっておじゃりました。新内侍は母から何か聞いたのでしょう」

春齢がしょ気ている。頭をポンポンと叩いてやると余計にしょ気た。困った奴。気にする事は無いんだよ。実母との不仲は誰もが知る事実だからな。

俺が宮中に入ってから持明院の母とは殆ど交流は無い。特に母に子供が出来てからは文を送っても返事が来る事は稀《まれ》だ。新内侍も俺とは会おうとしない。俺は母に援助しているのだがそれに対する礼は持明院基孝から来る。こういう話は直ぐ宮中に伝わる。その所為で俺は実母からも恐れられる鬼子だと言われているらしい。

まあ仕方ないさ。俺は父親の死を悲しまなかったし泣く事も無かった。父親を恋しがることも無かった。母が再婚する時も止めなかった。良いのかと問う母に飛鳥井家で伯父の厄介者になるよりはずっと良いと言って送り出した。あの時言われたよ。お前には情が無いって。母は何処かで俺が止めるのを、悲しむのを期待していたのだろう。俺は最善の道を選んだだけだ。それが情が無いと言うのならその通りなのだろう。

実際飛鳥井の祖父も俺の事をきついと言っているらしい。祖父は俺が日野家の養子問題で積極的に動く事を期待していた。だが俺がやった事は日野家を潰せと帝に進言した事だった。あの後祖父がもう少し飛鳥井家のために協力しろと言っていたな。それにも日野家は潰した方が良いと答えた。激怒した祖父を宥めたのは同席していた伯父と養母だった。

〝侍従様〟と声が掛かった。女官が部屋の入り口でこちらを見ている。何だかなあ、そんなに恐々見る事ないのに。不愉快な。

「何か？」

思わず声がきつくなった。女官が明らかに怯えている。

「き、桔梗屋が参っております」

「分かりました」

立とうとすると春齢が頬を膨らませている。

「如何なされました？」

「……あの人嫌い」

焼き餅か？　〝仕事です〟と言って部屋を後にした。さあ、巨乳ちゃんの所へ行こう。足取りが軽いわ。

台所に行くと葉月が笑みを浮かべながら会釈をした。和むよなあ。傍に行くと小声で〝内密に〟と願った。見れば女官が五人ほど居る。仕事をしているが明らかにこちらを意識している。俺が視線を向けると動きがぎこちなくなった。やれやれだ。

「外に出ましょう」

「はい」

葉月を連れて外に出る。俺が前、葉月が後ろ、暫く歩くと葉月が〝侍従様〟と声を掛けてきた。

「尾張に動きがございましたぞ。尾張の織田弾正忠様が上洛なされます」

足が止まりそうになるのを堪えた。歩きながら話を続けた。

「何時？」

「来月の頭には京に」

「……」

「供回りは百に満たぬそうにございます」

なるほど、史実通りだな。それにしても百に満たぬとなれば極秘事項の筈だ。それを探り出すとは……。

「美濃の動きに気を付けてくれ。織田殿が小勢で動いたと分かれば刺客を出すかもしれぬ」

「有りそうな事でございます。注意しましょう」

史実では刺客を出した。この世界でも出す筈だ。

「葉月は織田殿と面識は有るのかな?」

「はい、桔梗屋は織田家にしっかりと食い込んでおりますよ」

「そうか、織田殿に会いたいのだが」

「謁見の前でございますか?」

「いや、後で構わない。場所を用意して欲しい。そちらに出向く。但し麿の名は伏せて欲しい」

「分かりました。用意致しましょう。その折、我らの頭領にもお会い頂きます。宮中ではなかなか、フフフ」

「そうか、楽しみだな」

「はい」

葉月が〝ホホホ〟と声高に笑った。多分揺れているんだろうな。見たいと思ったけど振り返るのは我慢した。

「如何した?」

「侍従様の仰られた通り、東海道に動きが出ましたな」

「……東海道が荒れるのはこれからだ。来年は今川が動く。駿府《すんぷ》に行けば武器、兵糧が売れるだろう。今から喰い込んでおくと良い」

「構いませぬので？　侍従様は織田様を贔屓《ひいき》にしておられると思っておりましたが」

ちょっと揶揄《やゆ》を感じた。

「葉月が売らなければ他の者が売る。それだけの事だ」

「……左様でございますな」

また葉月が〝ホホホ〟と笑った。そして〝侍従様は手強い〟と言った。そうかな？　普通だと思うんだが。

「追って来るものがおりますぞ」

「……」

さり気無い口調だったが背中にザワッとするものが有った。

「そこの角を曲がって頂けますか」

少し先の角を曲がると二人で身体を壁に寄せた。誰が来る？　足音がした、小走りに近付いて来る。音が小さい？　忍んでいるのか？　脇差に手を掛けて身構えた。葉月も身構えている。念のためだ、念のため。

現れた！　小さい？

「兄様？」

「春齢？」

現れたのは春齢だった。顔を見合わせていると葉月が〝ホホホホホホ〟と笑い出した。

「何をしているのです」

「……」

「何をしているのです」

幾分声を強くすると春齢が〃御免なさい〃と謝った。

「兄様がその人と外に出たって聞いたから……」

溜息が出た。焼き餅かよ。

「供も無しでですか？」

「御免なさい」

また溜息が出た。

「葉月、先程の件、頼みます。磨は春齢姫と部屋に戻ります」

葉月が〃分かりました〃と答えて頭を下げた。

「二度とこういう事をしてはなりませぬ。御身分に関わりますよ」

葉月と別れ歩きながら言うと春齢がこくりと頷いた。

「桔梗屋には色々と頼む事も有るのです。養母上もその事は御存じです」

「御免なさい」

こうしていれば殊勝なんだけどな……。

「兄様、他にも兄様を追っている人が居たわよ」

「……」

「多分、長橋《ながはし》の女官だと思うけど……」

「その事、口外してはなりませぬ」

春齢がこくりと頷いた。長橋というのは勾当内侍に与えられた居室の事だ。勾当内侍が俺を探っているという事か。問題はどの筋が俺を探らせたかだな。高倉か、広橋か、或いは足利か。用心が必要なようだ。


永禄二年（一五五九年）二月上旬　山城国葛野・愛宕郡　室町第　織田信長

「殿、如何でございましたか？」

謁見が終わって控えの部屋に戻ると馬廻《まわ》りの蜂屋《はちや》兵庫頭頼隆《ひょうごのかみよりたか》が心配そうに問い掛けてきた。隣では金森五郎八可近《かなもりごろうはちありちか》も同じように心配そうに俺を見ている。

「宿に戻るぞ」

二人が何も言わずに頭を下げた。不首尾だったと分かったのだろう。宿で待っている者達もがっかりするだろうな。気の重い事よ。

尾張守護にとは言わぬ。だが尾張の諸侍への指揮権を頂ければと思ったのだが……。そうなれば岩倉《いわくら》の織田伊勢守信賢《のぶかた》に対しても有利に立てると思ったのだがな。やはり岩倉は独力で滅ぼさねばならぬか。……公方も吝《しわ》いわ。三好に押されている今ならこちらの歓心を買おうと多少は奮発するかもしれんと思ったのだが……。

室町第を出ると寒風が身に沁みた。早く宿に戻って暖を取りたいものよ、そう思っていると〝織分かる女だ。

田様〟と声が掛かった。女の声だ。視線を向けると見覚えのある女が居た。遠目にも胸の豊かさが

「桔梗屋か」

「はい」

女がにこやかに頷いた。そういえば桔梗屋は京に本店が有ると言っていたな。妙な所で会うものよ。

「御用は御済ですか？」

「うむ」

返事が渋いものになった。

「ならば少し御時間を頂けませぬか」

「……」

「織田様にお会いしたいという方が居られます」

なるほど、偶然では無かったか。俺を待っていたというわけだ。

「誰だ、それは」

「私の口からはそれは……。ただ会って損の無い御方です」

桔梗屋は笑みを浮かべている。ふむ、相手が俺と会った事を公にはしたくないという事か。何者かは知らぬがもったいぶる事よ。京にはもったいぶる者が多いな。まあ良い、このままでは何の土産も無しで尾張に帰る事になる。会ってみよう。

「案内を」

桔梗屋が〝はい、こちらでございます〟と答えて歩き出した。蜂屋兵庫頭と金森五郎八が〝殿〟と言ったが無視して歩き出した。桔梗屋は尾張で十分潤っている。俺を謀《たばか》る恐れは無い。それに供は二十人居る。着いたら残りの者を呼べば良いわ。

桔梗屋が案内したのは室町第からそれほど離れていない所にある家だった。屋敷では無い、だがそこそこの大きさは有る。商人の住まいかもしれぬな。直ぐに供の者が内《なか》を検《あらた》めた。桔梗屋は黙ってそれを見ていた。

「屋内は調べておりませぬがおかしな所は有りませぬ。人を伏せた形跡も有りませぬ」

「分かった、俺は中に入る。五郎八は供をせい。兵庫頭はここで待て、使いを出して残りの者を呼べ」

二人が〝はっ〟と畏まった。

桔梗屋の後を五郎八が、その後を俺が歩く。五郎八は左右に目を配りながら歩いているようだ。桔梗屋が或る部屋の前で膝を突いた。

「葉月にございます。織田様を御連れしました」

「有難う、手数を掛けた。入って貰ってくれ」

桔梗屋が戸を開けた。五郎八が中を見た、そして脇に控えた。危険は無いという事らしい。中には大きな火鉢で手を焙《あぶ》っている直垂《ひたたれ》姿の子供がいた。十歳ほどか。〝こちらへ〟と中に誘った。桔梗屋を見た。笑みを浮かべながら〝どうぞ〟と言った。会わせたい人物というのは中の童子らしい。中に入ると身体が暖かい空気に包まれた。〝供の方も入られよ、葉月も遠慮するな〟と童子が言った。五郎八が躊躇《ちゅうちょ》している。俺が頷くと中に入って来た。桔梗屋も〝失礼致しまする〟と言って入って来た。

「外は寒い。さ、こちらへ。火鉢にあたられると良い」

童子が笑みを浮かべながら誘ってきた。躊躇わずに前に進み童子の前で座った。手を火鉢で焙る。暖かいと思った。

「供の方もあたられよ」

五郎八が躊躇っていると童子が笑った。

「身体が、特に手が悴《かじか》んではいざという時に動けまい。私が織田殿を害そうとしたら何とする。遠慮せずに此処に座られよ」

童子が自分の横を指し示した。五郎八が〝失礼いたしまする〟と言って横に座った。直ぐに手を焙り出す。なるほど、寒かったらしいな、そう思うと可笑しかった。

「葉月も此処へ」

童子が反対側の座を指し示した。

「宜しいのでございますか?」

「男三人で火鉢を囲んでもな、身体は暖まっても心は寒いわ」

桔梗屋が〝あらあら〟と笑いながら席に着いた。妙なものよ、何時の間にか童子に操られて四人で火鉢を囲んでおる。身分などというものは何処かに飛んでしまったな。

「お招き忝い。ところでお主、何者だ」

童子が眼で笑った。こいつ、何者だ？

密談

永禄二年（一五五九年）二月上旬　山城国葛野・愛宕郡　織田信長

「何者、か……」

「……」

「それが分からなくて困っている」

「名が無いと言うのか？」

「名は有る。飛鳥井基綱。十一歳で従五位下、侍従という大層な位階を貰っている」

思わず息を呑《の》んだ。五郎八も眼を瞠っている。飛鳥井基綱と言えば関白近衛前嗣の懐刀といわれる宮中の実力者ではないか。未だ子供だと聞いてはいたが眼の前で手を焙っているこの童子がそうなのか？　帝の姫君の婚約者でも有る。しかし、真か？　桔梗屋に視線を向けると艶然と笑った。

「しかし自分がこの乱世に何故生まれたのか分からない。自分が何を為すべきなのかも」

侍従が〝困った事だ〟と言って笑った。

「何故俺、いや某を此処へ」

「俺で構わぬ。火鉢を囲んで手を焙っていると言うのに肩肘張る事に意味は無い。違うかな？」

「そうだな」

自然と苦笑が出た。この火鉢の前では身分など意味は無いか。それにしてもこの童子、如何見ても本当に童子だが真に童子か？

「何故俺を呼んだのだ？」

「会いたかったから」

会いたかった？　俺とか？　どういう事だ？　五郎八も訝しげな表情をしている。

「織田殿は幕府を、公方を如何思われた？」

「……京に戻られ有るべき形になったと思うが」

侍従が皮肉な笑みを浮かべた。

「真にそう御思いか？　言葉を飾る必要など無いのに」

「……」

「この京では何か揉め事が起きれば幕府では無く三好筑前守殿に裁定を求めるようになっている。幕府など有って無きが如し。それが京の現状。私も御大葬、御大典、改元、全てを幕府では無く三好家と話し合った」

「……」

「むしろ幕府も将軍も邪魔だな。いちいち気を遣わねばならぬ。鬱陶しいだけよ」

侍従が頬を歪めた。圧倒される思いが有った。幕府の無力を嘲笑《あざわら》う声は聞いた事は有る。だがここまであけすけに幕府を否定する言葉を聞いた事は無かった。五郎八も眼を剥いている。侍従が五郎八を見て〝驚いたかな〟と言って笑った。アワアワしながら五郎八は助けを求めるように俺を見た。それを見て侍従が更に笑った。

「織田殿も今日の謁見で実力など無い癖に勿体ぶると不愉快に思われなかったかな？」

「……そういう思いは有る」

やたらと勿体ぶって鼻持ちならぬと思った。俺には力が有るのだ。何故その力を認めぬのかと思った。

「残念だがこの天下は足利の作った天下だ。役に立たぬのに足利の権威が世の中を縛る。誰かがこの呪縛を解かぬ限り、あの連中は勿体ぶる事を止めないし世の混乱が収まる事も無い」

侍従がジッと俺を見ていた。気圧されるような眼だ。足利の世など潰してしまえと言っている。

「そうは思われぬか」

「……かもしれぬ」

侍従が〝フッ〟と笑った。

「まあ織田殿にとっては天下の事よりも尾張の方が大事だな。私の言葉など所詮は領地を持たぬ公家の戯言《ざれごと》だ」

「……」

そうとも言い切れぬ。領地が無いから天下という物を考える事が出来るのかもしれぬ。となれば我ら武家は何処かで領地に縛られているから天下を見る事が出来ぬ、いやそこまで行かなくても疎かになるのではないか。

「急いで尾張に戻った方が良い。岩倉を潰して今川を迎え撃つ態勢を整える事だ」

「そうだな、此処に居ても無駄か」

侍従が頷いた。

「無駄だ。公方が、幕府が織田を厚遇する事は無い。それよりグズグズしていると今川が動く。今川の狙いは津島と常滑だ。それを奪われたら織田に未来は無い」

侍従がまたジッと見ている。

「動くか？」

「動く。そう思ったから織田殿は京に来たのではないのかな。尾張で岩倉の織田伊勢守よりも有利な立場になるために幕府を頼ろうとした」

その通りだ。そして失敗した。それにしても随分と詳しい。余程に俺の事を調べている。しかし何故だ？

「今川戦に勝算はお有りか？」

「……分からん。有るとすれば今川勢を引き寄せ隙を突いて今川治部大輔の本隊を攻撃する、それくらいしかない。正面からぶつかっては兵数の差で勝てぬ」

五郎八の前だが気にならなかった。侍従が頷いた。

「そうだな、今川は大軍だが治部大輔は一人だ。本隊を突けば勝算は有る。問題は本隊の位置か」

「うむ」

「三河《みかわ》の松平を使えば良い」

「無理だ、次郎三郎《じろうさぶろう》は駿府に居る。それに女房子供も居る。寝返らせるのは難しかろう」

侍従が〝フッ〟と笑った。

「次郎三郎では無い、三河の松平だ」

三河の松平？……なるほど、そういう事か。

「恐い事を考えるものよ、……上手く行くかもしれぬ」

「そう思うなら早く戻って岩倉を潰す事だ」

「うむ、馳走になった。御陰で身体が暖まった」

「気を付けて帰られるが良い。美濃から刺客が出ているやもしれぬ」

美濃から？　無いとは言えぬ。

「注意しよう、また会えるかな？」

「その日を楽しみにしている」

侍従が眼で笑った。また会えるかもしれぬ。そんな気がした。その時俺は今川を退けているだろう。となれば或いは……、まさかそのために俺と？　侍従をもう一度見た。相変らず眼で笑っている。そうか、そのためか。胸に高揚するものが有った。立ち上がると五郎八、桔梗屋が立ち上がった。〝馳走になった、御免〟と言い捨てて部屋を出た。


永禄二年（一五五九年）二月上旬　　山城国葛野・愛宕郡　　飛鳥井基綱

葉月が信長を送って戻って来た。

「宜しいのでございますか？　美濃の刺客の事。出ておりますよ」

「構わぬ。忠告はした。それで十分」

「今川の件、動きますか？」

「それも無用だ。ただ見届けてくれれば良い。織田殿の手並みをな」

葉月が俺を見ている。が無視して手を焙った。葉月が長を呼んでくると言って立ち去った。

信長か。肖像画によく似ている。細面で鼻筋が通っている。そして美男だ。羨ましいくらいだな。だが声はそれほど高くは無い。或いは叫ぶと高く聞こえる声なのかもしれないな。大分不満のようだったな。信長の上洛は不首尾だった。当然だ、上手く行く筈が無い。小説や漫画では上首尾に終わるという物も有る。しかしそんな事は有り得ない。上首尾に終わったのなら信長はそれを宣伝して対岩倉戦を有利に戦おうとした筈だ。だがそんな事実は無い。織田は下剋上の家なのだ。そんな家を幕府が好意的に見る筈が無い。そして信長は尾張を統一したわけでもない。国内が乱れているのだ。兵力も当てに出来ないとなれば義輝、そして幕臣達の信長を見る目は厳しかっただろう。何をしに来た？　とでも思ったかもしれない。

幕府が信長に注目するようになるのは信長が桶狭間で今川を打ち破り三河の徳川《とくがわ》と同盟を結んでからだ。あの同盟で信長は東の安全保障を確立した。美濃の斎藤を何とかすれば西へと兵を進める事が可能になったのだ。そして義昭が信長を頼るのは美濃を攻め獲った後だった。

信長が上洛したと言う事は今年が一五五九年という事だ。来年は一五六〇年、桶狭間の戦いと野《の》良田《らだ》の戦いが起きる。この桶狭間を切り抜ければ信長は天下に名乗りを上げる事が出来る。問題は信長も言っていたが義元《よしもと》の位置を特定出来るかだ。これ次第だ。

桶狭間で義元の首を獲ったのは偶然だったと言う説が有る。信長は攻撃した部隊に義元が居たとは知らなかったと。だが俺はそれに同意しない。父親の織田信秀《のぶひで》の死後、織田家は混乱する。その混乱を収めて信長が織田家を掌握した時、今川の勢力は三河から尾張へと浸透していた。具体的には鳴海《なるみ》城《じょう》、笠寺城《かさでらじょう》、大高城《おおだかじょう》、沓掛城《くつかけじょう》が今川の物になった。この四城は尾張の中心部と知多《ちた》半島を遮断する位置にある。

この時代の知多半島には農業生産力は殆ど無い。だが海運が盛んで常滑の焼き物が有った。そして尾張西部にある津島という湊《みなと》、これも織田の重要な財源なのだがこれとも密接に絡んでいた。つまり米は生産しないが銭は生産したのだ。織田の財力は知多半島の焼き物と船、そして津島が支えたと言って良い。信長が尾張で勢力を拡大出来たのも知多半島と津島の生み出す銭が有ったからだ。今川義元の狙いはこの知多半島だ。これを押さえれば信長を干上がらせる事が出来る。そうなれば信長は国内での優位を確保出来ず信長自身が今川への服属を選択せざるを得ない状況になったかもしれない。そうなれば尾張は今川の物になっただろう。知多半島の、それを尾張中心部から遮断する位置にある鳴海城、笠寺城、大高城、沓掛城の重要性が分かるだろう。

この状況下で信長は笠寺城を奪還し鳴海城、大高城の周辺に砦を築いて締め上げた。補給線を分断し兵糧攻めにしたのだ。義元は当然鳴海城、大高城を守るために兵を出す。守りきり織田の逆襲を撥ね除ければ知多半島に残る織田派の国人も織田に見切りを付けて今川に乗り換えるだろうと義元は考えた筈だ。となれば義元が兵を惜しんだとは思えない。駿河、遠江《とおとうみ》、三河の三国で約七十万石、二万は出しただろう。武田、北条も援軍を出したというから二万五千前後は動員したのだと思う。

信長もこうなる事は分かっていた筈だ。何の策も無しに鳴海城、大高城を締め付けたとも思えない。如何すれば今川を押し返せるか？　いくら銭が有っても兵力では劣勢だ。となれば狙いを絞っただろう。今川を退かせる最善の手、つまり義元の本隊を襲う、そう考えたのだ。

『信長公記』には信長が義元の居場所を知らなかったように書いてある。そして多くの学者達は『信長公記』は信頼性が高いとして義元の首を獲ったのは偶然だとする。しかしな、『信長公記』は信長の家臣、太田牛一《おおたぎゅういち》が書いた。当然だが信長に配慮しただろう。書かなかった部分、書けなかった部分が有る筈だ。それが桶狭間だと思う。

何故書けなかったか？　俺は徳川が絡んだからだと思う。義元の本陣の位置を信長に教えたのは三河松平だ。家康《いえやす》では無い。今川時代の家康は人質という事で酷い事をされたと見られがちだ。だが家康は義元の姪と結婚し今川の親族として扱われている。待遇に不満が有ったとは思えない。それに父親の広忠《ひろただ》死後、今川が幼い竹千代《たけちよ》を三河に戻していたらどうなっただろう？

幼い竹千代を誰が擁するかで三河松平武士団は混乱、分裂、対立しただろう。そうなれば竹千代自身の命も危なかった筈だ。そんな例は戦国時代には幾らでも有る。家康も自分が無事に成人出来たのは今川の御陰だと理解していただろう。家康に繋ぎを付けても無駄だ。奴が義元を裏切る事は無い。だから三河松平武士団に繋ぎを付ける。皮肉な話だが三河松平武士団が纏まったのは竹千代が三河に居らず今川が三河を治めたからだった。三河松平武士団は今川を恨む事で、竹千代の帰還を信じる事で纏まったのだ。

松平は戦では先鋒を命じられるのだ。義元の本隊の位置を教えれば信長の眼はそちらに行く。その分だけ前線に居る自分達は安全になる。そう判断すれば家康には内緒で信長に通じた可能性は有る。信長は松平勢が丸根砦《まるねとりで》に攻めかかった時点で兵を出し熱田《あつた》神宮に行く。松平勢は丸根砦を攻略した後、任務成功の使者を義元に出す。織田の忍びはその後を追う。場所を特定した忍びは熱田神宮に行き信長に義元の居場所を教える。……これでは太田牛一は真実を書けない。書けば家康をコケにすることになる。

義元が竹千代を三河に戻さなかったのはそれが今川のためだと思ったのだろうが竹千代に対する憐れみも有ったからだろう。……甘いよ。そんな事やってるから今川は滅んだ。俺なら竹千代を戻して松平家を滅茶苦茶にする。多分竹千代は殺されるだろう。その後で兵を出して三河を併合する。三河武士に恨まれずに済むし一本釣りで自分の家臣にすれば喜ぶだろう。その気になれば十年前に出来た事だ。

「侍従様」

何時の間にか葉月が入り口に戻っていた。一人の男を伴っている。これが長か。

「我らの長、黒野《くろの》重蔵《じゅうぞう》にございます」

「御初に御目にかかりまする。黒野重蔵にございまする」

商人の身形をしているが筋骨逞《たくま》しい男だ。顔立ちに特徴は無い、だが眼には鋭さを感じた。

「遠慮は要らぬ。こちらへ」

重蔵が〝では、失礼します〟と言って入って来た。

永禄二年（一五五九年）二月上旬　山城国葛野・愛宕郡　黒野影久《かげひさ》

侍従様が火鉢の前で手を焙っておられる。火鉢から少し離れた所に座ると侍従様が首を横に振られた。

「そこでは遠い。もっと前に」

葉月に視線を向けると頷いた。遠慮なく前に進んで火鉢を挟む形で侍従様の前に座った。侍従様が〝葉月〟と声を掛けて御自身の斜め前の席を手で叩いた。此処に座れという事らしい。葉月が苦笑しながらそこに座った。

「これまで随分と助けて貰った。礼を言う、この通りだ」

何と！　侍従様が深々と頭を下げられた！

「畏れ多い事にございまする。頭を上げて頂きとうございまする」

「いや、頭を下げるのは当然の事だ。畏れ多いなどと言うのは止めて欲しい」

侍従様が頭を上げられた。妙な御方よ。一体如何いう御方なのか。

「我ら侍従様の御陰で随分と儲けさせて頂いております。我らこそ礼を言わねばなりませぬ」

「何、こちらにも利は有るのだ、気にしないで良い」

侍従様が此方をジッと見た。

「そなた達、何者だ？　おそらくは忍びの者だな。商売をしながら情報を得ているのだろうが主は居るのか？」

我らに対する不信感、不安感は無さそうだ。忍びに対する嫌悪感も無いと見た。ただ訝しんでいる。益々不思議な御方よ。葉月も自分を警戒する様子が無いと訝しんでいたが……。

「我らは鞍馬《くらま》忍者にございまする。主は居りませぬ」

侍従様が〝鞍馬忍者〟と呟かれた。

「伊賀《いが》や甲賀と繋がりは有るのか？」

「ございませぬ。向こうは我らの事など知りますまい」

「どういう事だ？」

「忍びとは世の陰に生きる者にございます。なれど我ら鞍馬忍者は世の闇に沈みました」

侍従様が俺と葉月を交互に見た。

「我らは九郎判官《くろうほうがん》殿に御仕えした者の末裔にございます」

葉月の言葉に侍従様が眉を顰めた。

「九郎判官？……では元は山伏だな。判官殿に武芸を教えたのは天狗《てんぐ》だったと聞いているがこの世に天狗など居る筈もない。山伏であろう。判官殿御自身も忍びの技を身に付けていたのではないか。八艘飛《はっそうと》びは忍びの技だと磨は思うのだが」

「御明察にございます」

正直驚きが有った。九郎判官殿の名を出すだけで我らの素性を察するとは……。

九郎判官殿亡き後、上方に逃げた鞍馬忍者は九郎判官殿、奥州藤原氏に近いと見られ主を持つ事は出来なかった。鎌倉に幕府が有る限り世に出る事が出来ぬと見た先祖は後鳥羽院の倒幕に参加した。だが負けた。一族は丹波の山に逃げた。そして逼塞した。せざるを得なかった。承久の乱に勝った事で幕府の力は一層強まり敵対する勢力は無かった。

世の中が動いたのはそれから百年も経ってからの事だった。後醍醐帝が鎌倉の幕府を倒した時、我ら一族は足利に味方した。我らを重用したのは尊氏公の執事であった高師直《こうのもろなお》、師泰《もろやす》兄弟だった。働いた、倒幕から後醍醐帝との決裂、南北朝の動乱で数多の功を立てた。だがその事も高一族が族滅に近い扱いを受けた事で無に帰した……。我らの話を聞き終わった侍従様が溜息を吐かれた。

「なるほど、それでは鞍馬忍者の名は聞かぬな」

「はい」

「不運としか言いようが無い。勝ち馬に乗っても気が付けば負け馬になるとは……。しかし今は乱世であろう。世に出ようとはしないのか？」

「出たいと思いまする。そうでなければ何のために技を鍛えて来たのかが分かりませぬ。我ら何のために鞍馬忍者として生まれて来たのか……」

隣で葉月が深く頷いた。そう、葉月だけでは無い、鞍馬流忍者百五十名、一族総勢四百名の想いでも有る。

「なれど中々良き主に出会いませぬ。そんな時に侍従様に出会いました」

「……」

「偶然でございました。葉月が宮中に呼ばれ侍従様の御用を務めた。葉月は朽木に行って意外なほどの豊かさに驚きました。それからでございます、侍従様の事を調べました。驚きましたな、外からは見えませぬ。ですが侍従様は朽木を動かし朝廷を動かし公方を、いや三好すら手玉に取っておられる」

侍従様が苦笑を漏らされた。

「手玉に取るなど……、必死に生きているだけだ」

「我ら鞍馬忍者、侍従様に御仕えしとうござる」

侍従様がジッと俺を見た。

「麿は公家じゃ、領地も無ければ銭も無い。その方らを雇う事など出来ぬ」

「分かっております。雇って欲しいとは申しておりませぬ。お仕えしたいと願っております」

「……」

「それに銭なら商売で儲けております。いずれは硝石も出来ましょう」

侍従様が御笑いになられた。

「見返りを求めぬというのか？　酔狂にも程が有るぞ」

「かもしれませぬ。我らは平家全盛の時に九郎判官殿に仕えた者達の末裔にござる」

侍従様が俺と葉月を交互に見た。

「……良いのか？」

「はい」

我らが声を合わせて答えると〝フフフ〟と侍従様が御笑いになった。

「重蔵、葉月、いずれな、いずれ面白い物を見せてやろう」

「はっ」

「所詮この世は仮初《かりそめ》の宿よ。ならば思う存分楽しむとするか」

「はっ」

侍従様が声を上げて笑った。葉月も笑う、俺も笑った。

この日を忘れる事は決して無いだろうと思った。そしてこの日を懐かしみながら俺は死ぬ事になるだろうと思った。悪くない、そういう一日を持てただけで生まれた甲斐が有ったというものよ……。


永禄二年（一五五九年）二月下旬　　山城国葛野・愛宕郡　　平安京内裏　　飛鳥井基綱

ここで跳ねてそのまま上で点を打つ。筆先の曲がりを直して次の字を書く。今日は弓術の稽古でちょっと右腕を痛めたから辛いが我慢だ。上《うえ》に上《あ》げてそのまま下に一直線に下ろして跳ねて下から上に抑えの線を入れた。うん、てへんが出来た。次は歩くを書かねばならん。これで捗《はかど》るという字になる。書き終えて筆を置くと養母が満足そうな笑みを見せた。

「随分と上達しましたね」

「有難うございます、養母上」

「侍従殿は飛鳥井家の人間なのですから書が下手では困ります。まだまだ頑張らなければなりませぬよ」

「はい」

もっともな言葉だ。飛鳥井家は書道、和歌、蹴鞠と才能豊かな家なのだ。困った事に俺は和歌は全然駄目だ。だから書道と蹴鞠は一生懸命頑張っている。その甲斐あって書道と蹴鞠は養母も伯父も認めてくれるほどには上達した。

剣術、弓術、馬術も学んでいるのだから俺は結構熱心に勉強していると言える。他にも四書五経を学んでいるし今は『貞観政要』を読んでいる。次は武経七書だな。その辺りは伯父も感心していて従兄弟の雅敦にも見習えと言っているらしい。その所為で雅敦も一生懸命頑張っているそうだ。

分からない所は清原枝賢《きよはらしげかた》という人物に訊いている。伊勢権守で明経博士《みょうぎょうはかせ》の地位にある。明経博士というのは五経を中心とした儒学を教えるのが仕事だ。当代の名儒学者と言われているらしい。今回の改元でも帝は枝賢に相談したようだから帝の信頼も厚いのだ。ついでに言うと三好長慶とも親しいらしいから世渡りが上手いのだろう。

あらあら伯父が現れた。表情が硬いな。日野家の事が決まったかな？　言っておくがもう俺は日野家の事には関わるつもりは無いぞ。

「如何なされました、兄上」

「幕府から使者が来た。細川兵部大輔じゃ」

「まあ」

「公方が侍従に会いたがっているらしい。室町第へ来て欲しいと言っている」

二人が俺を見た。

なるほど、呼び出しがかかったか。何時かは来るんじゃないかと思っていた。早かったのかな？　それとも遅かったのか……。しかしこのタイミングで呼び出しか。日野家の事かな？　広橋が動いた？　それとも御大葬、御大典、改元か。或いは全部？　幕臣達の間では評判悪いだろうな。居心地の悪い会見になりそうだ。

養母が〝如何します〟と問い掛けてきた。不安そうな表情だ。伯父も不安そうにしている。少し胸が痛んだ。だがこれは断れない。

「行きます」

会ってみよう、足利義輝がどんな男か。御爺からの文で大凡は知っている。しかしこの眼で確認出来る良い機会だ。

我、事に於いて後悔せず

永禄二年（一五五九年）　二月下旬　山城国葛野・愛宕郡　室町第　朽木成綱

「飛鳥井侍従様を御連れ致しました」

細川兵部大輔殿が部屋の手前の廊下で片膝を突いて言上すると眼に見えて部屋の空気が硬くなった。来たのか……。表情が動きそうになるのを必死に堪えた。私だけでは有るまい。右兵衛尉直綱、左衛門尉輝孝、二人の弟も同じように堪えているに違いない。兵部大輔殿が〝侍従様、こちらへ〟と案内すると甥が姿を現した。

立烏帽子《たてえぼし》に直垂姿だ。脇差を差している。あれが広橋内府を脅したという倶利伽羅の脇差か。甥が立ち止まり室内を見回した。十一歳にしては体付きがしっかりしていると思った。直垂姿が良く似合う。薄い青の衣服に銀杏の葉の模様があしらってある。銀杏は飛鳥井の家紋だ。そこから入れたのだろう。あれから八年か。幼い頃の面影は無い。だがその所為で亡くなった兄に似ていると思った。

甥が何事も無いように部屋の中に入った。大したものだ、室内には二十人以上の人間が居る。その殆どが敵意を露《あら》わにしている。御大葬、御大典、改元、その全てで公方様は煮え湯を飲まされた。その全てに甥が絡んでいる。そして日野家の事、甥は広橋内府を脅し帝に日野家を潰せと進言したという。この場には春日局も居る。彼女も憎々しげに甥を見ている。その所為で我ら兄弟は微妙な立場にある。

甥が前に進み座った。私の位置からは背中しか見えない。思ったよりも肩幅が有ると思った。剣術を学んでいると聞いているが余程に鍛えているのだと思った。

「飛鳥井基綱にございまする。お召しにより参上仕りました」

「うむ。予が義輝である」

挨拶の後、二人がジッと見合った。

「ふむ、朽木の顔だな。長門守に良く似ておる」

「叔父甥の間柄でおじゃりますれば」

「そうよな」

「……」

「……」

会話が続かない。また見合った。

「殿下から聞いた」

「……」

「御大葬、御大典、改元、その全てでそなたが動いたと。足利を無視する形になったが已むを得なかったのだと。そなたは帝のため、朝廷のために動いたのだと。決して足利憎しで動いたのではないと。三好に命を狙われる事も有ったのだと。それだけは分かって欲しいと言われた」

「……」

公方様の言葉が流れる。甥は微動だにしなかった。

「そなた、本当に予を恨んでおらぬのか？　予が長門守を朽木家の当主にと言ったばかりにそなたは朽木家を追われた」

空気が硬くなった。

「恨んでいような、無念であっただろう。予には分かる。予は武家の棟梁でありながらその地位を奪われつつある。予が無念と思うのだ、そなたが無念と思わぬ筈が無い。どのような仕打ちを受けようと予にそなたを責める資格は無い。済まぬ事をした。許せ」

公方様が頭を下げた。それを見て〝公方様！〟、〝大樹！〟と言う声が上がった。

「頭をお上げ下さい。それでは話が出来ませぬ」

公方様が頭を上げた。

「恨みましたし無念でもおじゃりました。余計な事をすると思いましたな」

〝侍従様！〟と咎める声が上がった。だが甥は意に介さなかった。

「朽木家の当主として生きようとしたその時に、朽木家の当主として生きる道を断たれたのです。何かをして失敗したのなら納得出来た。でもそうでは無かった。何もしていないのにその道を断たれた。理不尽以外の何物でも有りますまい」

静かな声だった。公方様が悲痛な表情を見せた。もう甥を咎める声は無い。皆押し黙って聞いている。

「あの時、祖父が自分が掛け合う。お前を当主にと頼んでみると言いました。迷いましたな。しかし朽木は負け戦の後で幕府との関係を損ないかねない事は避けねばならないと思い直しました。自分の我儘で朽木を、朽木の領民達を危険にさらす事は出来ないと。だから、当主は長門の叔父で良いと言いました。腸の煮えくり返る思いでおじゃりました」

あの時の事は覚えている。淡々としているように見えた。だがそうでは無かったのか。自分の無念を捻《ね》じ伏せて兄を当主にと言ったのか……。自分達が余計な事を言わなければ……。

「その後は京に戻りました。叔父のため皆には言いましたが本心は違います、自分のためでおじゃります。自分の無念、恨みに囚われたくないと思ったのです。間近で当主として振舞う叔父を見れば如何してもそうなる。それよりも自分に何が出来るのか試したいと思った……」

「そうか……、そなたは強いな」

「そして公家になりました。妙な公家になりましたな。しかしこれも悪くありませぬ。当主の事はもう恨んでおりませぬ。貴方様に対して遺恨も無い。お気になされますな」

「そうか……、済まぬ」

甥の肩が動いた。一つ息を吐いたのだと分かった。

「もう宜しゅうございますか」

「今一つ訊きたい」

「……何でございましょう」

「そなたが朽木家の当主であれば如何した。予に忠誠を尽くしてくれたか？」

「……」

甥は答えない。暫くの間公方様と見合っていた。

「いいえ、麿は朽木のために生きたでしょう。朽木を守るために、朽木を豊かにするために、朽木を強くするために生きた筈です。そのために貴方様を利用する事は有っても貴方様のために忠誠を尽くす事は有りませぬ」

〝侍従様〟、〝御口が過ぎますぞ〟という声が上がった。

「だから貴方様が長門の叔父を当主にしたのは正しかったのです。これ以上思い悩むのはお止め為されませ」

甥が〝失礼致しまする〟と言い一礼して立ち上がった。

永禄二年（一五五九年）二月下旬　山城国葛野・愛宕郡　室町第　飛鳥井基綱

義輝が俺を見ている。俺に詫《わ》びを、或いは俺を憐れんでいる眼だ。何考えているのかね。自分の方が憐れまれる立場だろうに……。気分悪いわ、さっさと帰ろう。踵《きびす》を返して歩き始めた。両脇に控えた幕臣達が俺を見ている。どう見ても好意的な眼じゃない。叔父御達もやり辛いだろう。職場環境は最悪だな。俺なら転職を考えるところだ。

「死ね！」

廊下に出たところで声と共に何かがぶつかって来た。慌てて避けるとそいつがつんのめりそうになるのを堪えて身を翻した。子供？　俺より小さいガキだ。そのガキが両手で短刀を持っている。眼には敵意一杯だ。このガキ、俺を殺そうとしたのか？

「何の真似だ。磨を飛鳥井侍従基綱と知っての狼藉《ろうぜき》か」

なんか時代劇みたいだな。そう思うと可笑しかった。

「煩い！　死ね！」

また突っかかって来た。いかんな、相手を見ていない。闇雲に突進しているだけだ。握りから見て右利きだろう。左に躱して脇腹に膝を入れた。〝ぎゃっ〟と言って崩れ落ちた。転がり落ちた短刀を拾った。ガキの背中に膝を乗せ左手で髪の毛を掴む。首を上げさせると短刀を喉に当てた。

「何事！」

「これは！」

どやどやと幕臣達が現れた。遅いよ。俺が睨むと困惑した表情を見せた。

「いきなり襲われました。磨を此処へ呼んだのは殺すためですか。暗殺は足利のお家芸でおじゃりましたな。子供同士の争いで片付ける算段かな」

嗤《わら》うと〝無礼な〟という声が聞こえたからガキの頭を引き上げ短刀を強く当てた。ガキが呻いた。

「それ以上寄るな、離れろ。容赦せぬぞ」

「……」

幕臣達が後ずさった。うん、凄味が出たな。でもどうする？　殺せるのか？　人を殺した事なんて無いんだけど……。

「何者だ？　誰に頼まれた？」

「摂津糸千代丸《いとちよまる》だ。殺せ！」

摂津？　ざわめきが起きた。〝摂津〟、〝中務大輔殿〟という声が聞こえる。なるほど、そんな幕臣が居たな。だとすると子供、義輝の小姓か。

「もう一度だけ聞く、誰に頼まれた？」

「誰にも頼まれておらぬ！」

〝お待ちを！〟と切迫した声が上がって幕臣達をかき分けて一人の初老の男が姿を現した。

「糸千代丸！　どういう事じゃ、これは」

「父上」

こいつが父親か。随分歳が行っているな。謁見の場に座っていた。結構上座に座っていたな。なるほど、名前を聞いて慌てて前に出て来たか。男がいきなり平伏した。

「某は摂津中務大輔、その者の父にございまする。倅の無礼、万死に値しまするが某にとっては唯一の男子、お許し頂ければそのご恩、決して忘れませぬ。何卒」

「予からも頼む。糸千代丸を助けてやってくれぬか」

いつの間にか義輝も来ていた。しかしね、人にものを頼むのに頭の上からって何だよ。こいつ、全然分かってないな。

「何の騒ぎです、これは」

また誰か来た。今度は女だ。うんざりしていると〝慶寿院様《けいじゅいん》〟という声が上がって幕臣達がバラバラッと散った。庭に降りている者も居る。摂津中務大輔も庭に降りた。あらあら、結構大物だな。義輝が〝母上〟と言った。現れたのは初老だが威厳のある女性だった。後ろには二人の若い女性が居た。身形からして付き人だろう。

慶寿院が俺を見て義輝を見た。

「公方様、これは何の騒ぎです」

「それが……」

義輝が言い辛そうに話し始めた。俺が飛鳥井基綱であり室町第に話をしたら帰りに糸千代丸が俺を殺そうとした。今助けてくれと頼んでいるところだと。話し終わると慶寿院が溜息を吐いた。そして俺の前に座った。

「侍従殿、私は慶寿院と言います。公方の母です。真に申し訳ありませぬ。御腹立ちとは思いますが見ればその者、未だ幼い。許してやってくれませぬか。この通りです」

慶寿院が頭を下げると〝慶寿院様！〟という声が上がった。義輝よりも母ちゃんの方がしっかりしてるな。庭では摂津中務大輔が〝何卒〟って頭を下げている。うんざりしてきた。さっさと殺しておけば良かった。でも殺せたかな？

「分かりました、命は助けましょう。但し、けじめは付けさせて頂きまする」

慶寿院が〝けじめ？〟と言ったが無視して短刀を渡した。恐々と受け取る。その時になって袖の一部が裂けているのに気付いた。ゾッとした。初めて恐怖が湧いた、そしてガキに対する憎悪を感じた。このガキのせいで死ぬところだった。何故命乞いするのだ？　俺が死んだら如何するつもりだったのだ？

ガキの背中から降りて引きずり上げた。俺を敵意に満ちた眼で見ている。可愛くなかった。

「聞いたな、命は助けてやる。だがけじめは付ける。手荒いぞ」

ガキが初めて怯えを見せた。もう遅い。腹に膝をぶち込んだ。〝ぐうっ〟と呻いてくの字になるガキの後頭部を力任せに叩いた。崩れ落ちたガキの腕を固めて髪の毛を掴む。床に思いっきり叩きつけた！　悲鳴が上がった！　一回、二回、三回、ガキが嫌がる度に腕を決め悲鳴を上げさせてから頭を床に容赦なく叩きつけた。女の悲鳴が聞こえた。慶寿院だろう。

五回まで叩きつけてガキを引き摺り上げた。鼻が潰れ顔中血だらけだ。ぐったりしている。歯も折れてるかもしれない。しかし生きている。ガキを庭に蹴り落とした。偶然だが摂津中務大輔の傍に落ちた。中務大輔がガキを介抱し始めた。

「中務大輔殿、御子息に伝えて頂きたい。次は容赦せぬと。どなた様の御口添えが有ろうと必ず殺すと」

中務大輔が俺を見ている。無言で頭を下げた。不満は有るだろう。だが生きているのだ。不満を口にする資格は無い。

周りを見た。幕臣達が不満そうな表情を見せている。どうしようもないほどに怒りを感じた。阿保共を睨みつけたまま左手を脇差に添えた。親指を鍔《つば》にかける。何時でも鯉口《こいぐち》を切れるようにした。幕臣達が眼に見えて緊張を露わにした。

「御持て成し忝のうございまする。麿はこれにて失礼させて頂きまする」

立ち去ろうとすると慶寿院が〝侍従殿〟と声をかけて来た。

「有難うございました。礼をさせていただけませぬか」

「……」

社交辞令じゃない。眼に懇願するような色が有った。迷ったが〝分かりました〟と答えた。このままでは無事に帰れる保証はないし一体何を話したいのかという興味も有った。もしかすると険悪な雰囲気を察して声をかけたのかもしれない。〝さ、こちらへ〟と慶寿院が歩き出した。

慶寿院が案内したのは謁見の間からかなり離れた場所だった。部屋もそれほど大きくは無い。多分彼女の隠居部屋として使われているのだろう。

「侍従殿は強いのですね」

「相手は未だ幼うございます。剣の使い方も知りませぬ」

「いえいえ、心です。普通なら相手は子供と許しましょう。ですがけじめと言って厳しく当たられた」

「一つ間違えば麿が死んでおりました。当然の事かと」

慶寿院が頷いた。

剣術の修行をしていて良かった。咄嗟《とっさ》の時に身体が自然と動いた。そうじゃなければ殺されていたかもしれない。それに又一郎先生の動きに比べれば糸千代丸の動きは明らかに遅かった。最初の一撃を躱した後は容易《たやす》かった。これからも剣術の稽古はしっかり励もう。

「甥から侍従殿の事は聞いております」

「左様で」

「若年ながら思慮深く信頼出来る人物だと」

「……」

甥と言うのは関白殿下の事だ。足利家は代々日野家から正室を迎えていた。しかし前将軍足利義晴は近衛家から正室を迎えた。それが眼の前に居る慶寿院だ。彼女は義晴との間に男子を二人儲けた。一人は義輝、もう一人は奈良で坊主になっている。後の義昭だ。義輝も近衛家から正室を迎える。日野家は断絶中だし三好家が九条家と縁を結んでいる。そして九条家の次期当主は養子縁組をした二条晴良の息子だ。近衛家と結んで三好家に対抗しようという事なんだろう。殿下は必ずしも親足利ではないんだけどな。なるほど、義輝が日野家の再興に拘《こだわ》るのは近衛家に不満が有るからかもしれない。日野家ならもっと足利のために動いてくれたとでも思ったか。

「侍従殿から見て公方様は如何見えました？」

「……」

「思った事を言っていただけませぬか」

視線が切ない。余程に義輝の事を案じていると分かった。無下には出来んな。俺の悪い癖だ。縋られると無下に出来なくなる。

「言葉を飾らずに申し上げまする」

　慶寿院が頷いた。

「武家の棟梁としては些か心が弱いかと」

　また頷いた。

「麿を朽木家の当主から外した事を後悔されておられましたな。良い事とは思えませぬ。一旦事を起こした以上、後悔するものではおじゃりませぬ。後悔とは過去を見て悔やむもの。他人の上に立つのであれば常に前を見なければなりますまい。過去に失敗が有るのであればそれを次に如何生かすかが肝要。麿はそのように思います」

　後悔と反省は違うのだ。前へ進もうとするなら後悔ではなく反省にすべきだ。その辺りの違いを義輝は理解しているのか。謁見で思ったのはそれだ。御爺の文にもよく泣くと書かれてあった。感受性が鋭すぎるのだろう。ただ嘆き、悲しみ、悔やむ。将軍よりも詩人の方が向いていそうだ。芸術家タイプだよ。統治者、武将に必要な冷徹さは義輝からは見えてこない。勿論人間はそんなに強くない、後悔しない人間などいないだろう。それを否定するつもりはない。俺だって後悔するさ。でもな、それに引き摺られる事はしないようにしている。義輝は引き摺られている、後悔する自分に酔っているようにしか見えない。

そして幕臣達はそんな義輝を慰める。義輝は慰められる事に慣れ幕臣達は義輝を慰める事に慣れてしまったのではないか。その事を言うと慶寿院〝ホウッ〟と息を吐いた。

「侍従殿は鋭い。私が漠然と感じていた事をはっきりと口にされた」

「感じ易いのですな、優しさもお持ちなのでしょう。人としての魅力が有るのだと思います。だから周囲に人が居る。あの方のために何かしたいと思う。ですがそれは武家の棟梁として人を引き付けているわけではないと思います。言い難い事ではありますが或る意味、武家の棟梁に最もふさわしく無い御方がその地位に就かれた」

糸千代丸は自分の意思で俺を襲ったと言った。多分本当だろう。義輝が嘆き悲しんでいる。それに同情しその原因である俺を排除しようとした、そんなところだろう。義輝の後悔が糸千代丸を暴走させた。義輝が前を向いていれば糸千代丸の暴走は無かった筈だ。その一事で義輝には人の上に立つ資格は無い。

悪侍従

永禄二年（一五五九年）二月下旬　　山城国葛野・愛宕郡　室町第　慶寿院

侍従が静かに座っています。落ち着いた佇《たたず》まいです、先程の荒々しい振舞いからは想像出来ませぬ。今年十一歳だと聞きました。真に十一歳なのか。恐ろしいほどに怜悧《れいり》、明哲です。この子ならば後悔などというものはしないのかもしれませぬ。母親から嫌われたと聞きました。嫌われたのではない、その怜悧さ、明哲さを恐れられたのだと思います。養母は溺愛していると聞きますが養母は宮中に居ます。頼もしいと思ったのでしょう。

私が母親だったら侍従を如何思ったか……。義輝には不満、不安を感じつつ愛《いと》おしいと思う愚かな母親です。侍従が子供だったら安心しつつも避けたかも……。そう思うと侍従の母親の事を責める気持ちにはなれませぬ。母親にとって息子とは極めて厄介なもののようです。

「侍従殿、これから足利はどうなりましょう」

「……」

「思うところを言ってくれませぬか？」

侍従が沈痛な表情をしました。足利の行く末は暗い、そう思っているのでしょう。そして私の事を思って苦しんでいる。甥の言う通りです。情もある、悪くありませぬ。

「傀儡というのは難しいものでおじゃります。余程の大馬鹿か無欲の善人でなければ務まりませぬ。大馬鹿なら自分が傀儡という事に気付きませぬ。無欲の善人ならば自分が傀儡だと気付いても不満には思いますまい。それ以外なら傀儡という立場に我慢出来ず実権を取り返そうと致しましょう」

「……公方様は大馬鹿でも無欲の善人でも有りませぬ」

「そうですな、むしろそのお心は鋭過ぎる御方だと思います。足利と三好の軋轢はこれから強まりましょう」

軋轢が強まる……。つまりこの和睦は長続きしない？

「行きつくところは？」

「……」

「侍従殿」

促すと侍従が大きく息を吐きました。

「筑前守殿が居られる間はこのままの状況が続きましょう。あの方は自分に自信が有る。無茶な事はしますまい。無茶な事をするのは自分に自信のない者でおじゃります」

「筑前守殿が居られる間ですか、それは筑前守殿の死後は危ないと？」

「はい」

筑前守の死後……。侍従は三好家が混乱すると見ているのかもしれません。そこまでいかなくても弱い当主が立つと見ているのか……。

「筑前守殿が御存命の間に足利家の生き方をどうするかを決めるべきかと思いまする」

「傀儡に甘んじるか、武家の棟梁として生きるかという事ですね？」

「はい」

「あの子には大馬鹿になる事も無欲の善人になる事も出来ますまい」

「……麿もそう思います」

無茶な事が起きるという事です。無茶な事とは何でしょう？　戦？　それとも……。

「侍従殿、有難うございました。感謝しますよ」

「畏れ入りまする」

侍従がホッとしているのが分かりました。これ以上問われる事を恐れていたのでしょう。

「私は、武家の棟梁の母として、あの子を助けて行こうと思いまする」

「……御武運をお祈り致しまする」

侍従が私の眼をジッと見ながら言いました。御武運、戦が起きるという事でしょう。或いはこれからが戦という事かもしれませぬ。


永禄二年（一五五九年）　三月上旬　丹波山中　黒野影久

部屋に十人の男と一人の女が集まった。一の組頭、小酒井秀介《こさかいしゅうすけ》。二の組頭、正木弥八《まさきやはち》。三の組頭、村田伝兵衛《むらたでんべえ》。四の組頭、石井佐助《いしいさすけ》。五の組頭、瀬川内蔵助《せがわくらのすけ》。六の組頭、佐々八郎《ささはちろう》。七の組頭、望月主馬《もちづきしゅめ》。八の組頭、佐田弥之助《さたやのすけ》。九の組頭、梁田千兵衛《やなだせんべえ》。十の組頭、当麻葉月《とうま》。そして棟梁の俺。この十一人が鞍馬忍者四百名を動かす。もっとも外で忍び働きが出来る者は半分に満たない百五十名ほどだ。内で集落の維持のために働く者七十名、老人、女子供、修行中の者八十名。そしてここには居らず村の外に有る拠点を維持するために働く者、五十名。行商などを行いながら諸国の情報を得るために動いている者五十名……。

「尾張では織田弾正忠様が岩倉攻めをなされます。今頃は攻め掛かっておりましょうな」

「儲けたか？」

「はい、たんまりと。弾正忠様は気前の良い御方でございます」

葉月がにこやかに答えると一座から笑い声が上がった。

「して、如何なる」

一座が静まった。皆の視線が葉月に集まった。

「岩倉は籠城を選んだようにございます。なれど……」

「保たぬか」

「保ちますまい。今の時期から戦となれば百姓には負担でしょう。逃げ出す者も出るかもしれませぬ」

皆が頷いた。百姓にとって三月から五月は大事な時期だ。この時期に兵にとられるのは嫌がるだろう。士気も低い筈だ。

「今川は如何か？」

問い掛けると九の組頭、梁田千兵衛が僅かに頭を下げた。

「今川は近年三河への支配を強めております。それに反発した国人達が兵を挙げておりましたが昨年漸くそれを抑えました」

「うむ」

「その国人達が期待したのが織田の支援でござる。知多半島への進出は銭を奪い織田を攻めると同時に三河を安定させるという意味が有りますな。侍従様の申される通り、年内は三河の安定に力を入れましょうが早晩今川は動きましょう」

皆が顔を見合わせている。

「織田対今川か、常道で考えるなら今川の勝ちだが……」

「侍従様は織田が勝つと考えておられる」

「侍従様の策が当たればそうなるかもしれぬ」

「しかし上手く行くか……」

皆が困惑している。そうだな、織田は未だ国内に敵を抱えている状況だ。この状況で織田が勝つと見るのは無理がある。

「棟梁、如何なされます？」

「何をだ」

「織田様に加勢致しますのか？」

葉月が問い掛けてきた。皆の視線が俺に集まった。

「無用だ、侍従様はその必要は無い、そう言ったのであろう」

「はい」

「ならばそれを信じてみようではないか」

一座を見回すと皆が頷いた。

「浅井、六角の動きは如何か？　侍従様は大分気にされていたが」

七の組頭、望月主馬が頷いた。

「明年、浅井の嫡子猿夜叉丸が元服致しまする。六角家の重臣平井加賀守の娘が六角左京大夫の娘として嫁ぐようです。六角、浅井の絆は強まりましょうな」

「そうか」

特に不穏な動きは無い。侍従様は気にしておられたが……。

「それより棟梁、妙な話を聞きましたぞ」

主馬が深刻そうな表情をしている。

「何だ？」

「高島郡で戦が起きるやもしれませぬ」

「……」

「高島と朽木の間がキナ臭《くそ》うなり申した」

「……詳しく話せ」


永禄二年（一五五九年）　三月上旬　　山城国葛野・愛宕郡　　平安京内裏　　飛鳥井基綱

集中、集中……。手打ちにならないように、腰を下ろして……。

〝フン！〟という気合と共に斧《おの》を振り下ろした。鈍い音がして斧が薪の半ばまで食い込んだ。斧をゆっくりと振り上げると薪も一緒に付いて来た。もう一度振り下ろす！　パカーンという音がして薪が割れた。割れた薪を片付け次の薪を用意した。振りかぶって振り下ろす！　今回も薪の真ん中まで食い込んだ。二回目で割れた。なかなか一回で割れるようにはならない。まだまだ力が足りないのだ。振り下ろすスピードも。

公家が薪割なんてして如何するんだと周囲から言われているが斧は木刀よりも重いから腕、肩、背中の筋肉を鍛えるのに向いているのだ。薪割をやっている下男に頼んでやらせてもらっている。下男は仕事が楽になってラッキーと思っているだろう。薪を半分に割った後は鉈《なた》で更に細かくする。一日の内大体半刻ほどはこの作業に当てる。終わる頃には寒いこの時期でもかなりの汗をかく。あと少しで斧で割る作業は終わりだ。

摂津糸千代丸は俺に叩きのめされてからずっと自宅療養中らしい。糸千代丸を診察した医者は最初父親が折檻したと思ったようだ。摂津中務大輔に少し酷いのではないかと文句を言ったのだが事情を聴いた後は御命が有って重畳と言ったらしい。義輝や幕臣も少しやりすぎだと俺を非難したようだがこいつらは慶寿院に叱責されて沈黙した。かなり怒られたようだな。という事であの一件で俺を非難する人間は居ない。

養母は俺が摂津糸千代丸をぶちのめしたと聞いた時には一瞬だけ唖然とし、次の瞬間には俺を見ながら声を上げて笑い出した。あのね、俺殺されかかったんだけど……。何で怒ってくれないの？　心配は？　怒ったのは春齢だった。帝に泣きながら訴えたらしい。当然だが帝も激怒した。従五位下侍従の地位に有り帝の女婿の立場に有る者を殺そうとは何事かというわけだ。日野家の問題もあるしな、日野家など取り潰してしまえ！　と怒鳴ったらしい。帝だって父親だ。娘の涙には弱いのだよ。

当然だがこの情報は室町にも届いた。摂津中務大輔は自分が腹を切るからそれで収めて欲しいと義輝に訴えたそうだが慶寿院がそれを止めた。そして義輝にお前が宮中に出向いて謝罪してこい。腹を切るならお前が切れ。その覚悟が無いなら征夷大将軍など辞任しろと言ったそうだ。義輝は宮中に出向いて帝に謝罪した。すべては自分の未熟さゆえに起きた事であり責めは自分が負うと言った。その場には俺も呼ばれた。帝から〝どうするか〟と問われたから既にけじめは付けてある。自分に対する謝罪は不要で後は帝の御心次第だと答えた。要するに間接的に帝の御顔を立てなさいよと義輝に言ったわけだ。

帝は二度とこのような事は許さない、どう防ぐか形に示せと義輝に命じた。そこで義輝は俺と春齢のために家を建ててくれるそうだ。そうする事で幕臣達に俺と春齢に敬意を払わせようという事らしい。不承不承だが帝もそれで納得した。腹を切られても困るしな。

この一件、侍従暗殺未遂事件と呼ばれているのだが幕府の権威を大きく低下させた。三好が動いた。以前の事だが義輝は三好修理大夫長慶を暗殺しようとしている。三好はその事を持ち出し幕臣達に人質を出すようにと迫った。義輝にではなく幕臣達にだ。幕臣達は嫌がったが慶寿院が人質を出せと命じた。多分、幕臣達が義輝を煽るのを止めさせるためだろう。

どうもね、今回の一件は義輝の統率力不足が原因じゃないかと思う。三好は俺を殺そうとしない。春齢との結婚が決まると修理大夫長慶は孫四郎長逸を抑えた。孫四郎も独断で動こうとはしない。つまり修理大夫の威令は三好家では非常に重いのだ。それに逆らう者は居ない。足利はそうじゃない。義輝が俺に謝っているのに殺そうとした。義輝の威令は軽いとしか思えない。多分義輝が弱いから誰もが自分が保護者だ、義輝を守らなければと思って動くせいだろう。この状況では統率力など無きに等しいだろう。

良し、斧は終わりだ。次は鉈だ。腰を下ろして薪に狙いをつける。振り下ろす！　やはり一回では割れない。溜息が出た。気を取り直してもう一度！　二回目で割れた。次だ、薪を用意した。

まあ今回の一件で俺を非難する人間が居ないのは結構な事なのだが恐れる人間は増えた。相手は子供だが刃物を持って襲い掛かって来た相手を簡単に取り押さえてぶちのめした、とね。公方、慶寿院の命乞いが無ければ殺していただろうと評判らしい。なんか俺って血も涙もない人間のように思われている。迷っていたんだけどな。殺せたかな？

御陰で俺は飛鳥井の悪侍従、鬼侍従と呼ばれているらしい。この場合の悪って悪いという意味じゃない。性格、能力、行動が型破りで常識に当てはまらない事や強い事を表している。保元の乱で敗死した悪左府《あくさふ》頼長《よりなが》の再来じゃないかと言う人間も居る。頼長は和歌や漢詩が苦手だったらしい。それで再来と言っているようだ。

薪割を終え部屋に戻って汗を拭っていると養母がやって来た。慌てて服を着た。あれ？　養母の後ろに葉月が居るぞ。

「もう汗は良いのですか」

と言いながら養母が座った。葉月も少し離れたところに座る。

「大丈夫でおじゃります、終わりました」

そう答えないと養母が拭き始めるからな。養母は楽しいらしいがあれはちょっと恥ずかしいんだ。ほら、今も不満そうな表情をしている。意外に世話好きなのだ。俺を養子に迎えたのもその所為かもしれない。

「葉月が内密に話したい事が有るそうです」

視線を向けると葉月が頷いた。

「傍に寄ってもよろしゅうございますか」

頷くとスッと寄って来た。流石忍者だ。身ごなしが違うな。養母も寄って来た。葉月がチラッと養母を見て俺を見た。良いのかと訊いている。頷くと葉月も頷いた。

「朽木と高島の間で戦が起きるやもしれませぬ」

朽木と高島？　良く分からなかった。養母は顔が強張っている。

「如何いう事だ？　朽木から仕掛けるわけは無いな。長門の叔父後はそんな事は好むまい。高島が仕掛けてくるのだろうが……」

九年前の戦いは高島が勝った。しかも九年が経っている。となればあの件が絡んでいるとは思えない。他の何かが高島を戦へと駆り立てたのだ。何が原因だ？

「銭でございます」

銭？

「公方様に献上した千五百貫」

「！」

あれか、あれが高島越中守の欲心を刺激したか。

「高島は苦しいのか？」

葉月が首を横に振った。

「そうは思いませぬ。高島は安曇川《あどがわ》を押さえております。銭が無いとは思いませぬ。高島越中守は強欲、吝嗇《りんしょく》、小心と言われております」

溜息が出た。養母もうんざりしたような表情をしている。強欲、吝嗇、小心って良いところが無いだろう。

「高島にとって朽木は心許せぬ相手にございます。その朽木が千五百貫もの銭を出すだけの力を蓄えた……」

なるほど、欲の他に恐怖か。最悪だな。

「朽木は知っているのか？」

「先ずはこちらにと」

また溜息が出そうになって抑えた。

「麿の所為だな」

養母が〝侍従殿〟と言った。俺の所為じゃないと言いたかったのだろうが首を振って止めた。

「朽木を豊かにするべく助言したのは麿です。それに足利を抑えたのも麿。御爺は苦しかった。だからその償いに千五百貫を献上した」

俺が居なければ起きなかった戦だ。何とかしなければならん。

「六角は頼れませぬか？　越中守は六角に服属していましょう」

養母の提案に葉月が首を横に振った。

「六角が後押ししている形跡がございます」

〝まさか〟と養母が呟いた。俺もまさかと言いたい。六角はどちらかと言えば親足利の家なのだ。本来なら仲裁する立場だろう。

「朽木を押さえれば侍従様に対して強い立場を持てる。そういう狙いが有るのかもしれませぬ」

今度は俺が〝まさか〟と言った。俺ってそんなに重要人物なの？

その事を言うと養母が溜息を吐き葉月が変な目で俺を見た。そして〝侍従様は宮中の実力者でございます〟と言った。そうなの？　関白殿下を助けはしたよ。でも実力者？　従五位下、侍従で？　どうもピンと来ない。いや、今はそんな事よりもこの紛争をどうするかだ。六角は朽木を滅ぼす意思はないだろう。おそらくは高島をけしかけ戦をさせる、六角が調停に入って恩に着せる。そんなところの筈だ。そして高島には銭だ。

「六角が後ろに居るとなれば高島は退くまい。となれば戦は必至か……」

「幕府は頼れませぬか？　幕府にとっても朽木は大事な筈」

養母の言う通りだ。しかし……。

「無駄です、高島は退きますまい」

六角が後ろに居るとなれば高島は無視するだろう。そして幕府にはそれを咎める手段が無い。

「それにもし幕府の力で戦を避けられたとすれば幕府はその事を恩に着せ朽木を利用しようとする筈。これから先、足利と三好の軋轢は強まりましょう。朽木にとっては今は凌いでも先が危うくなる事になる」

養母が溜息を吐いた。厄介な事だ。朽木は小さ過ぎるし京に近過ぎる。おまけに足利に近い。生き残るのが難しい。史実じゃ生き残ったんだが並大抵の苦労じゃなかっただろう。

愚痴を言っても仕方ないな。勝たねばならん。そのためには地図が要る。葉月に高島から朽木までの大まかな地図を描いてくれと頼んだ。葉月がにっこり笑った。地図は既にあると言って懐から取り出した。どうやら葉月達も戦は必至と見たらしい。或いはここで俺の武将としての力量を図ろうというのかもしれない。

高島から朽木。朽木は朽木谷というように山の中に有る。朽木領に入るには狭い一本道を通らなければならない。用兵学上から見れば極めて危険だ。側面を突かれれば忽ち《たちま》大混乱になるだろう。九年前の戦で高島越中守が父を討ち取りながらも朽木領に攻め込まなかったのはこれを危険視したからだ。

「此処に兵を伏せられるか？　伏せられるなら誘い込めば勝てるな」

「伏せられますし勝てましょう。しかし如何やって誘い込みます？　難しゅうございますぞ」

「そうだな」

誘い込むにはそれなりの手立てが要る。さて、如何するか……。

外伝Ⅰ 知者は惑わず

【ちしゃはまどわず】

天文二十一年（一五五二年）　二月上旬　　山城国葛野・愛宕郡　　室町第　　朽木成綱

「朽木の事だが皆は如何思うか？」

公方様の問い掛けに座が静まった。皆の視線が私、弟の右兵衛尉直綱、左衛門尉輝孝に集まった。何とも居心地の悪い事よ。それにしても朽木の事？　些か歯切れが悪い口調であったが……。

「朽木の事と仰られますと？」

治部三郎左衛門藤通殿が問うと公方様が困ったような表情をされた。

「予は先年死んだ宮内少輔の跡取りが二歳と聞いた。それに些か変わったところが有ると聞いて跡を継ぐのは長門守が良かろうと思った。だが今回朽木に滞在して朽木の家臣達の多くが竹若丸を慕っていると聞いた。長門守はそれ故に苦労していると。それに飛鳥井家の事もある。予は間違ったのか？　皆は如何思うか？」

公方様の問いに皆が微妙な表情をした。

約一年半前、朽木家当主であった兄朽木宮内少輔晴綱が討死した。跡を継いだのは幕府が推した次兄、長門守藤綱であった。嫡男であった竹若丸は退けられた。あの時の事は今でもよく覚えている。我ら兄弟、なんとも居たたまれぬ思いをした。竹若丸が自ら当主の座を辞退しなければとんでもない騒動になっていただろう。

そして一年前、三好筑前守に敗れた公方様は朽木へと逃れた。そして兄から朽木は敗戦の痛手から回復していない事、兵は出せない事を告げられた。更に朽木家内部に竹若丸を望む声が強く自分の当主としての地位は不安定である事も告げられた。要するに朽木の戦力を当てにしないで欲しいと言われたのだ。これまで朽木の者から言われた事の無い言葉だった。公方様は酷く衝撃を受けていた。

その時になって公方様は竹若丸に関心を持った。そして義姉が飛鳥井家の人間で有る事を知った。飛鳥井家が昵近衆でありながら何故自分に同道しないのかを理解した。朽木に滞在中、竹若丸が朽木家の当主になっていればどうだったのかと何度も御考えになったのであろう。その事が三好筑前守と和睦が成立し京に戻った今、皆への問いになったに違いない。

兄が公方様に言った言葉は事実だ。だが言わなかった事実も有る。敗戦の痛手から回復していないことは事実だ。あの負け戦で大勢の兵が死んだ。平時には百姓として働く領民が死んだのだ。新たに百姓を徴して戦を行う事など当分出来ないのは事実だ。だが僅かだが澄み酒、椎茸、綿糸などが朽木領内で作られつつある。少しずつだが領内は豊かになりつつあるのも事実だ。税の収入は増えたと聞いている。朽木は立ち直りつつあるのだ。

その事を兄が言わないのは家中に足利に対する反感が強まっているからだろう。これ以上足利に良いように利用されては堪らないと考える人間が増えているのだ。その事を父も兄も無視出来ずにいる。竹若丸が言ったように足利に忠義を尽くす事で守ってもらうのではなく足利を利用しながら家を守る方向に方針を変えざるを得なくなった。足利が弱く頼りにならないという事実もある。已むを得ない事だろう。

公方様、そして幕臣達は朽木は足利に忠義の家と思っていよう。だが現実には朽木は変わりつつあるのだ。いずれは公方様も幕臣達もその事に気付くだろう。その時我ら兄弟は如何すべきか……。難しい問題だ。右兵衛尉、左衛門尉とはその事で話し合った事は無い。しかし二人も考えている筈だ。そして悩んでいるだろう。

「左兵衛尉殿、右兵衛尉殿、左衛門尉殿、我ら貴殿らより竹若丸は皆から変わっていると言われていると聞いた。それは間違いだったのかな？　貴殿らは公方様を、我らを欺いたのか？」

進士美作守が問い掛けてきた。

「そのような事は有りませぬ。我ら朽木の者が公方様を欺くなど有り得ぬ事にございます」

この事は胸を張って言える。欺いたのではなかった。誹ったのでもない。結果が最悪になっただけだ。

「しかし」

「美作守殿、兄宮内少輔が討死したその日まで皆が竹若丸殿を変わり者と評しておりました。しかし未曾有《みぞう》の敗戦で混乱する家臣達を一喝して落ち着かせたと聞いております。そして心服させたと。思うに竹若丸殿は非常の時にこそ能力《ちから》を発揮する人間だったのでしょう。皆があの日までそれを知る事は出来なかったのです」

美作守が口を噤んだ。公方様は間違っていないと言いたいのか？　あの時兄を当主にと積極的に推した者の中にはお主も居ただろう。自分に責任は無いと言いたいのか？　だが我らを嘘吐き呼ばわりするのは許せぬ。睨み付けると美作守がバツが悪そうな表情をした。

誰かが呟ばらいをした。

「竹若丸は飛鳥井家に戻ったと聞きましたが？」

穏やかな声だ。問い掛けて来たのは荒川治部少輔晴宣殿だった。場の空気を解そうとしているのだろう。

「母親と共に戻りました。今では飛鳥井家の養子になったと聞いております」

答えると皆が顔を見合わせた。

飛鳥井家は竹若丸の一件ではかなり強い不満を抱いている。本来なら昵近衆である飛鳥井家の血を引く竹若丸を幕府は後押しすべきではないか、それを退けるとはどういう事かと。飛鳥井左衛門督様が公方様に同道せず京に留まられたのもそれ故だ。公方様が飛鳥井家に配慮せぬ以上、飛鳥井家が公方様に付き従う必要は無い。そう考えている。そう、武家も公家も無条件に忠義を尽くすわけではないのだ……。

「竹若丸を朽木に戻しては如何か？」

武田左兵衛佐藤信殿が皆を見回しながら言った。

「竹若丸が元服するまでの間を長門守殿に任せたつもりだった。幕府としては竹若丸を朽木家から追い出す意図は無かったとするのでござる。さすれば朽木家も安定し飛鳥井家も心を解しましょう」

「しかし、それでは兄の立場がございますまい」

反対したが左兵衛佐殿が一笑に付した。

「そんな事は無い。元服後は長門守殿が後見すればよい。親族筆頭として、重臣として竹若丸を支える長門守殿を軽んずる者はおりますまい」

彼方此方から賛成する声が聞こえた。醒めた。私だけではない、弟達も醒めただろう。既にその件は朽木で討議された。良い案だと皆が言ったが竹若丸が反対した。御家騒動の元だという意見を誰も否定出来なかった。知者は惑わずというが真、甥こそ知者よ。思い付きの案に飛び付かなかった。左兵衛佐殿は若狭武田の御一族だが若狭が乱れるわけよ。合点がいったわ……。

「良かろう。では兵部大輔、その方飛鳥井家に行ってくれるか。今の事、話して欲しい」

「はっ」

公方様の命に細川兵部大輔藤孝殿が畏まった。〝左兵衛尉〟と呼ばれた。

「そなたは兵部大輔に同道して欲しい」

「はっ」

やれやれよ。結果は見えている。甥は今まで以上に幕府に愛想を尽かすに違いない。いや、或いは……。


天文二十一年（一五五二年）二月上旬　　山城国葛野・愛宕郡　　東洞院大路　　飛鳥井邸

細川藤孝

「ほう、では竹若丸に朽木へ戻れと」

「はい、公方様がそのように」

答えると飛鳥井権大納言雅綱様が頷かれた。その隣で御嫡男の左衛門督雅教様も頷かれた。二人とも表情が明るい。もしかすると竹若丸の扱いに困っているのかもしれぬ。昨今公家は何処も貧しい。有り得ぬとは言えぬ。

「となると左衛門督よ、竹若丸は一人で戻る事になるのかのう」

「さて、何とも言えませぬな」

「一人と言いますと？」

私が問うと権大納言様、左衛門督様がお笑いになられた。

「娘の綾には持明院との間に再婚の話がおじゃりましてな」

「左様でございますか」

宮内少輔殿が亡くなられて既に一年以上が経つのだと改めて実感した。

「竹若丸が左衛門督の養子になったのもそのためでおじゃる」

「と言いますと？」

「持明院家では子連れでも構わぬと言ってきたのでおじゃるがそれでは綾の肩身が狭かろうと、竹若丸がそのように申しましてな」

「……」

なんと！　そのような心遣いを……。

「持明院との縁談にも竹若丸は積極的に賛成しました。しかし朽木に戻るとなれば一緒にと言うかもしれませぬ」

そう言うと左衛門督様がお笑いになられた。笑い終わるとそれまで無言だった左兵衛尉殿が〝畏れながら〟と口を開いた。

「竹若丸殿のお考えを伺いたく存じまする。この場にお呼びいただけませぬか」

権大納言様、左衛門督様が頷かれ左衛門督様が席を立った。

妙な事よ。室町第から此処に来るまで左兵衛尉殿は一言も口を利かなかった。そして此処についても挨拶以外は無言であった。表情も緩まない。何か思う事が有るのかもしれぬ。訝しんでいるうちに左衛門督様が幼児を伴って戻られた。これが竹若丸か。今年で確か四歳、特に際立つところは無い。ごく普通の子供だ。

「竹若丸よ、こちらは公方様御側近の細川兵部大輔殿じゃ」

権大納言様の紹介に〝細川兵部大輔にござる〟と言うと〝飛鳥井竹若丸にございます〟と言って尋常に挨拶をしてきた。

「もう一人は説明する必要は無いの」

「はい、叔父上、御久しゅうございまする」

「真、久しいな、竹若丸殿」

左兵衛尉殿の声が硬いと思った。やはり何かある。

「実はの、お二人はそなたに朽木家に戻っては如何かと申しておる。幕府が長門守を朽木家の当主にと奨めたのはそなたが元服するまでの間と考えていたそうじゃ。決してそなたを朽木家から追い出す意図は無かったとな。如何かな？」

竹若丸がチラッとこちらを、いや左兵衛尉殿を見た。口元に微かに笑みが有った。

「御祖父様、それはなりますまい」

権大納言様が〝なんと〟と声を上げた。

「御祖父様は公家ですからお分かりにならぬのでしょう。武家の当主の座というのはそのように簡単に弄《いじ》って良いものでは有りませぬ。応仁・文明の乱を思えば分かる事にございます」

権大納言様と話している最中、時折こちらを見た。口元だけではない、眼も笑っている。嘲笑だった。この程度の事も分からずに此処に来たのかと嗤《わら》っている。

「まして朽木家は足利将軍家にとっては大事な家、その朽木家が混乱する事など公方様はお望みでは有りますまい。兵部大輔様、叔父上、公方様にお伝えください。某へのお気遣いには感謝致しまするがこれ以後はこのようなお気遣いは御無用に願いますと」

「……」

シンとした。何を言えばよいのか……。真、目の前に座っているのは四歳の童子なのか……。権大納言様、左衛門督様も無言で座っている。

「御祖父様、養父上、ご使者の方がお帰りになりまする。御見送りを致しましょう」

帰れと言われた。これ以上話す事は無いと……。

「兵部大輔殿、戻りましょう」

「左兵衛尉殿！」

驚いて左兵衛尉殿を見たが左兵衛尉殿は竹若丸に視線を向けていた。

「竹若丸殿のお考え、真に道理と思いまする。公方様にはそのように言上致しましょう。これにて御免仕る」

左兵衛尉殿が立ち上がった。慌ててこちらも立ち上がった。竹若丸が立ち上がり権大納言様、左衛門督様が立ち上がった。

飛鳥井邸を出た。少し歩くと左兵衛尉殿が〝兵部大輔殿〟と声をかけて来た。

「驚かれたかな？」

声に笑みが有った。こちらを可笑しそうに見ている。もう一度〝驚かれたかな〟と問われた。

「驚きました。到底四歳とは思えませぬ」

左兵衛尉殿が声を上げて笑った。

「ならばお分かりになられただろう。朽木の者達が何故竹若丸を当主にと望んだか」

左兵衛尉殿が足を止めた、私も止めた。左兵衛尉殿の顔に笑みはもう無い。憂鬱そうにこちらを見ている。

「子供らしい遊びには全く関心を持たなかったと聞きました。甘える事も無ければ泣き喚く事も無かったと。ただ一人何かを考え時に笑っていたそうにござる。その様を見て皆が不安に思った。この御方が成人なされればどうなるのかと……」

「……」

「今思えば愚かな話でござるな」

左兵衛尉殿が歩き出した。その後を追った。

「左兵衛尉殿」

「……」

「御貴殿は竹若丸殿の答えに驚きを示さなかった。如何答えるか分かっていたのではありませぬか」

「……」

左兵衛尉殿は俯きながら黙って歩いている。後ろ姿に変化は無い。

「左兵衛尉殿」

もう一度名を呼ぶと左兵衛尉殿が一つ息を吐くのが分かった。

「朽木でも同じ話が出ました。皆がそれに賛成した。反対したのは竹若丸だけでござった。元服まで最低でも十年、長門の叔父に十年も陣代をさせるのかと。それでは辛かろう、それが原因で家中に不和が生じかねぬと」

「……」

「朽木の家は長門の叔父が継ぐ、その後は叔父の子が継ぐ。自分は母と共に京に戻る。これで決まりだと。……誰も何も言えませんでしたな。我ら兄弟四人、ただ泣きながら謝るだけでござった」

左兵衛尉殿が足を止めた。そして顔を上げた。

「そう言えば竹若丸は我らを責めませんでしたな。皆が言葉で、視線で、態度で我らを責めた時、竹若丸だけは我らを責める事無く平静を保っていた」

また俯きながら歩き出した。

「分かりませぬな、某には。あの甥が何者なのか、分かりませぬ」

左兵衛尉殿が首を横に振った。何者なのか？　確かに分からない。あの幼児は一体何者なのか……。

「左兵衛尉殿、何故公方様の前で竹若丸殿は戻らぬ、無駄だと申されなかったのです」

足を止めた。振り返って私を見た。

「信じましたかな？」

「……」

「答えが有りませぬな、兵部大輔殿。それが答えにござる。言っても誰も信じますまい。某が嘘を吐いていると思うだけでござろう。それに……」

左兵衛尉殿が口元に笑みを浮かべた。

「それに？」

「或いは飛び付くかと」

「……」

「飛び付きませんでしたな。笑っておりました。呆れていたのでござろう。良くもこんな馬鹿な話を持ってきたと。或いは某を憐れんでいたのかもしれませぬな。無駄な事をさせられていると」

「……」

「某は一瞬とはいえ飛び付くかと思った。己が愚劣さを恥じ入るばかりでござる」

また歩き出した。その後を追う。この人は竹若丸が飛び付くのを願っていたのかもしれぬ。だが飛び付かなかった……。先程の笑みは自嘲だろう。

「知者は惑わずと言いますが真でござるの。或いは愚者は成事《せいじ》に闇《くら》く、智者は未萌《みほう》に見ると言うべきか」

知者は物事の理《ことわり》を見極めるため判断に迷う事は無いか、ならば……。

「左兵衛尉殿、竹若丸殿を幕府に迎えるべきでは有りませぬか？」

新たに幕臣として召し出す。それなりの待遇を与えれば……。左兵衛尉殿が首を横に振った。

「御止めなされ、無駄でござる。あの者が幕府に仕える事はござらぬ」

「……」

きっぱりとした口調だった。

愚者は物事が明らかになってもその危うさに気付かないが知者は形になる前にその危うさに気付き対策を立てる……。御家騒動を未然に防いだ竹若丸は確かに知者なのだろう。そして我らは愚者だ。幕府に出仕せぬのは我らに見えぬ危うさが竹若丸には見えているからに違いない。その見えぬ危うさを左兵衛尉殿は知っている……。

何故出仕せぬのか、その危うさとは何なのかと問うべきなのだろう。だが問えなかった、その答えを聞くのが怖かった。左兵衛尉殿が歩く、その後ろを私が歩く。ただ歩いた……。

外伝Ⅱ 柵【しがらみ】

いでん あふみのうみ
うりん、らんせをかける

永禄元年（一五五八年）　十二月上旬　　山城国葛野郡　　近衛前嗣邸　　近衛前嗣

「お帰りなさいませ」

「うむ、留守中苦労をかけたな」

〝左程の事はおじゃりませぬ〟と答えると父、近衛稙家が軽く笑みを浮かべて頷いた。そして部屋を懐かしそうに見回す。五年ぶりの帰還だ。思うところは多々あるだろう。女中が白湯を持ってきた。父が一口飲んだ。〝甘露よな〟と言って頬を緩めた。

「父上、申し訳ありませぬ」

「……」

「御大葬、御大典、改元と父上に逆らうような事ばかりを致しました」

父が苦笑した。

「私利私欲で行ったのか？」

「それはおじゃりませぬ。帝のため、朝廷のためでおじゃります」

「ならば謝る必要はない。そなたは関白としてやるべき事をやったまででおじゃろう」

「……」

父がじっと私を見ている。厳つい顔が綻んだ。

「久しく見ぬ間に頼もしくなったの」

「そのような事は……」

父が声を上げて笑った。

「謙遜は無用じゃ。御大葬、御大典の費用を三好から引き出したのは上出来よ。帝もホッとされた事でおじゃろう。そなたは関白として正しい事をした。為すべき事を為した」

胸が熱くなった。

「有難うございまする。なれど麿一人の功では有りませぬ。飛鳥井侍従に随分と力を借りました」

父が〝ほう〟と声を上げた。関心を持ったらしい。

「出来るのか？」

「はい、此度の戦を大戦にさせずに終わらせる事が出来ました。元号も永禄のまま、侍従の考えによるものでおじゃります」

「なるほどな……」

父が二度、三度と頷いた。

「六角に手をまわしたのか？」

「はい」

父が笑い出した。

「道理で左京大夫が直ぐに和睦をと言い出す筈よ。美濃の斎藤も任官させた。やりおるのう」

「畏れ入りまする」

頭を下げると父が首を横に振った。

「何の、戦を大きくせぬためでおじゃろう。正しい事をしたわ」

「有難うございまする」

「頼りになる味方を得たの」

「はい」

頼りになる味方を得た。侍従が居なければ御大葬、御大典、改元がどうなったか……。今回、朝廷は御大葬、御大典、改元で存在感を示す事が出来た。足利も三好も朝廷を無視する事は出来まい。

「問題はこれからよ」

「はい」

頷くと父も頷いた。

「公方は戦を起こした事でその存在感を天下に示す事が出来た。京に戻る事も出来た」

「ですが三好を打ち破って京に戻ったわけではおじゃりませぬ」

「うむ、むしろ三好の勢威は強まった」

「はい、麿もそのように思います」

父の表情が厳しい。

「公方はそれに我慢出来まい」

「……」

「幕臣達もな」

おそらくそうだろう。公方が朽木へ逼塞するようになったのも元はと言えば公方と幕臣の一部が暴発したからだった。

「戦が起きましょうか？」

「いずれな、いずれ起きるであろう」

確証が有る。父は五年の歳月を公方と共に朽木で過ごした……。

「父上は公方の事を如何思われているのでおじゃります？　教えていただけませぬか？」

父が押し黙った。口を開きかけ止まった。言葉を選んでいるのだろうか？

「心の起伏が些か激し過ぎる。感じやすいのかの、喜んだと思うと次の瞬間には怒り出す事が多々あった。武家の棟梁として足利の世はこうあらねばならぬという理想が有るようでおじゃるが現実は違う。その事が受け入れられずに苦しんでいるようじゃ」

「……」

「甥として見れば可愛くは有る。放ってはおけぬとも思う。助けてやりたいとも思う。だが頼る事は出来ぬ、……寂しい事よ」

なるほどと思った。

「武家の棟梁としては如何でおじゃります？」

父が視線を逸らした。表情には苦悶《くもん》の色が有る。やはり言葉を選んだのだと思った。

「申し訳ありませぬ、答え辛い問いをしたようでおじゃります。お忘れ下さい」

父が〝いや〟と言った。

「そなたがそれを知りたいと思うのは関白として当然の事じゃ。それを分かっていながら麿は答えるのを避けた。非は麿に有る。答えよう」

父に辛い思いをさせる。〝有難うございまする〟と言って頭を下げた。

「武家の棟梁としては頼りないと言うより自覚が無いとしか思えぬ」

「自覚……」

父が頷いた。

「朝廷を守るという考えは希薄、いや無きに等しかろう」

思わず溜息が出た。父が切なそうな顔をしている。

「強いという事に拘りが有るようじゃ。足利は武家の棟梁でありながら弱い。その事に我慢が出来ぬのだと見た」

「……」

「強さと言うのは一様ではないのじゃ。そなた達が今回示したように武を持たぬ公家でも権威を使いつつ周囲を利用して目的を達成する事が出来る。それも強さという強さの一つよ。だが公方の頭に有るのは武によって天下を圧する事じゃ。足利尊氏の二百回忌で分かったが尊氏のように乱世を武で鎮めたい、皆から認められたいという思いが公方には濃厚に有る。天下第一等の武将と認められたいのだ。公方の地位に有りながら兵法を学ぶ事に熱心なのもただ強くありたいという事であろうな」

「……」

ただ強さに憧れる子供という事か……。なるほど、可愛くは有るが頼れぬか……。

「厄介な事におじゃりますな。公方が武家の棟梁として頼れぬとなれば朝廷は否応なく三好を頼る事になりましょう。帝は強い不信感を公方に対してお持ちでおじゃります」

「……そうなるの」

「近衛家は如何致します？」

父の顔が歪んだ。苦しんでいる。

「実はの、慶寿院から公方の正室は近衛家から迎えたいと頼まれている」

「叔母上から」

「うむ」

父上が頷いた。厄介な事になったと思った。嫁がせるとなれば毬《まり》だが……。その事を言うと父がまた頷いた。

「如何なされます？」

父の顔が更に歪んだ。父も厄介な事になったと思っている。

「断れぬ」

苦渋に満ちた声だった。

「今から二十五年ほども前の事、慶寿院は近衛家から先代公方の義晴にと嫁いだ。それまで足利家に御台所を出すのは日野家の役割であったが初めて近衛家から御台所が出たのじゃ。異例の事であった」

「はい」

日野家は代々弁官から参議、中納言、大納言へと官位を進める。帝の傍近くに侍るのだ。日野家から正室を迎える事は帝との関係を円滑に保つためには必要な事だった。

「この話を進めたのが当時の管領細川右京大夫高国であった。先代公方義晴の母親は日野家の出ではない。身分の低い女性《にょしょう》でそのために義晴は朝廷に有力な後ろ盾を持つ事が出来なかった。義晴は公方であったが極めて不安定で弱い公方で有ったのじゃ。また当時は細川家が分裂しそれぞれに足利を担いで争う有様であった。義晴を担ぐ高国にとって敵対する者を倒して自らの権力を守るには如何しても義晴の立場を強める必要があった。近衛家と縁を結ぼうと考えたのはそのためじゃ」

「はい」

父が〝ホウッ〟と息を吐いた。

「正直迷った。磨も父の尚通《ひさみち》殿もじゃ。足利と細川がそれぞれ二つに分かれて争う時、その一方に娘を嫁がせる。危険極まりない事よ、一つ間違えば近衛家が滅ぶという事も有り得た」

「左様でおじゃりますな。ですが父上も御祖父様も叔母上を足利へ嫁がせた……」

父が頷いた。

「足利と結ぶ利を考えなかったとは言わぬ。だがの、弱い公方では天下が乱れると思ったのじゃ。応仁・文明の乱を再び起こしてはならぬ、そう思ったのじゃ。皆が京が戦乱で荒れる事を恐れていた……」

「……それで叔母上を」

父が頷いた。

「それでも迷った。父上と何度も話し合った。無謀だ、いや嫁がせるべきだとな。日によって互いの主張が変わった。昨日は麿が嫁がせよと言い明日には無謀だと諫める。何度もその繰り返しよ。迷いに迷って嫁がせると決めたわ。今思えば良く決まったと思う」

「……」

「慶寿院も嫌がった。だが最後は納得して嫁いでくれた。その効果は有った。右京大夫は敗死したが公方は義晴のままじゃ。右京大夫を破り新たに細川家の当主となった晴元も義晴を廃する事は出来なかった。朝廷、そして多くの武家が義晴こそが武家の棟梁であると認めたからよ。晴元も義晴の下で管領として政《まつりごと》を執るしかなかった。武家の棟梁の権威は守られたのじゃ。あそこで義晴が廃されていれば武家の棟梁の権威はさらに低下した。天下は乱れた筈じゃ」

その通りだと思う。父がジッと私を見た。

「我らはな、慶寿院に犠牲を強いたのじゃ。今助けを求められてそれを断れるか？」

首を横に振った。

「断れませぬ。それでは人の道を外れましょう」

父が頷いた。

「そうよな、断れぬ。毬を出さねばならぬ。だがそなたはそれで良いのか？　一つ間違えば近衛の家を潰す事になるぞ」

「……」

「麿は隠居じゃ。遠慮は要らぬ。家を守るために古い柵を切り捨てるのも当主の役目じゃ」

父がジッと私を見た。

「困りましたな。それが出来るほど面の皮が厚くはなさそうでおじゃります」

父は視線を逸らさない。そして〝ホウッ〟と息を吐いた。

「苦労するぞ」

「かもしれませぬ」

正直意外だった。父は喜ぶと思っていた。だが私を憐れんでいる。何処かで私が足利を切り捨てるのを望んでいたのかもしれない。つまり、父はそこまで公方の将来を危ぶんでいる……。叔母と話してみよう。私に何が出来るか、叔母は何を期待しているのか……。


永禄元年（一五五八年）十二月上旬　山城国葛野・愛宕郡　室町第　近衛前嗣

「久しいですね」

「はっ、真に」

「敷居が高かったのでは有りませぬか？」

「多少はそういう所がおじゃります」

答えると叔母が〝ほほほほほほ〟と口元を手で隠しながら笑った。叔母の部屋の案内されるまでに随分と敵意の有る視線で見られた。まあ公方の従兄弟でありながら公方の味方をしなかったのだ。父と比べて不満を持つのは仕方が無い事では有る。

叔母がジッと私の顔を見た。

「久しく見ぬ内に父上に似て来られた」

父に？　はて父とは似ていないと思ったが……。訝しんでいると叔母がまた声を上げて笑った。

「そなたの父上では有りませぬ。私の父、そなたにとっては御祖父様の事です。面長で端正な顔立ちが良く似ておいでじゃ」

なるほど、御祖父様の事か。そうかもしれぬ、父はどちらかと言えば厳つい顔立ちだ。祖父は叔母の言う通り端正な顔立ちの方であった。

「叔母上には謝らなければなりませぬ。麿は足利のために動きませんでした。いやむしろ足利と敵対するかのように動きました」

叔母が首を横に振った。

「謝罪は無用です。御大葬、御大典で足利は全くの無力でした。そなたが三好を頼るのも無理は無い」

寂しそうな表情だった。その事に胸が痛んだ。公方に対して父と同じような思いを抱いているのかもしれない。

「兄上に足利家と近衛家の結び付きを強めたいと頼みました。その事で来たのですね？」

「はい」

「賛成出来ませぬか？」

「正直に言えば賛成出来ませぬ。近衛家を危険に晒《さら》す事になる。しかし断れぬとも思っております」

叔母が〝ホウッ〟と息を吐いた。喜んでいない、もしかすると叔母も近衛家が断る事を望んでいたのかもしれないと思った。

「有難うございます、感謝しますよ」

叔母が頭を下げた。

「ただ、出来る事と出来ぬ事がおじゃります。そして無条件に公方を助ける事も出来ませぬ」

「……」

「麿は関白なれば帝を守り朝廷を守らねばなりませぬ。公方のために出来る事はそれを第一に考えての事になります。公方に武家の棟梁としての自覚が無ければ場合によっては公方に敵対する事もおじゃりましょう」

叔母の顔が切なそうに歪んだ。

「それで構いませぬ。近衛家は五摂家の一つ。朝廷の重臣として帝を助けるのがそのお役目。公方に武家の棟梁としての自覚が無ければ敵対するのは已むを得ませぬ」

互いに相手の顔をじっと見た。

「毬を、足利家へ嫁がせましょう」

叔母が頷いた。私も頷く。近衛家と足利家の結び付きは維持される。しかし危うさを持つ結び付きだ。叔母上と毬がどこまで公方に武家の棟梁としての自覚を持たせる事が出来るか……。それ次第で幕府と朝廷、足利と近衛の関係が決まるだろう……。

あとがき

お久しぶりです、イスラーフィールです。

この度、「異伝 淡海乃海～羽林、乱世を翔る～ 一」を御手にとって頂き有難うございます。

淡海乃海のIFシリーズ、遂に出版まで漕ぎ着けたかという想いが有ります。本編が終わっていないのにIFシリーズを書く、何を考えているんだというお叱りも有るとは思いますがもう少し朝廷、公家が歴史に果たした役割を深く掘り下げて書くべきだったんじゃないか、信長の天下布武が如何いうものだったのかが全然書けていないじゃないかという不満から朝廷、公家側の視点で物語を構築してみたいという想いが募りました。

TOブックス様の了承を得てから二カ月くらいでWEBに一巻分の物語をアップしました。自分でも驚くくらい早かったと思います。そのくらい書きたいという想いが強かったのでしょう。文章にして吐き出した時には本当に嬉しかったですし胸に溜め込んでいる時は本当に苦しかった。書く歓びを改めて実感しました。そしてこの異伝のコミカライズもコミックコロナで夏から連載が始まります。担当してくださるのは藤科遥市先生です。また一つ、淡海乃海の世界が広がります。大変楽しみです。多くの人に楽しんでいただければと思います。

さて、この第一巻ですが主人公が朽木から京に戻り公家として宮中の実力者になっていくまでが書かれています。本編では余り関わらなかった三好長慶との対決、そして御大葬から御大典、改元における葛藤、将軍解任問題、織田信長との邂逅など桶狭間以前の京における足利と三好の暗闘を中心にそれに巻き込まれる朝廷の姿を書きました。書いていてそうだったのか、なるほどと自分でも新たな発見が有って楽しかったです。皆様にも楽しんでいただければと思います。

今回もイラストを担当して下さったのは碧風羽様です。素敵なイラスト、本当に有難うございました。これからも宜しくお願いします。そして編集担当の新城様を始めＴＯブックスの皆様、色々と御配慮有難うございました。皆様のおかげで無事に新シリーズを出版する事が出来ました。心から御礼を申し上げます。

最後にこの本を手に取って読んで下さった方に心から感謝を。

本編第八巻でまたお会い出来る事を楽しみにしています。

二〇二〇年六月　イスラーフィール

コミカライズ
1話冒頭試し読み

［漫画］
藤《ふじ》科《しな》遥《はる》市《いち》

［原作］
イスラーフィール

［キャラクター原案］
碧風羽《みどりふう》

［いでん あふみのうみ
うりん、らんせをかける］

朝倉が一万
六角と畠山がそれぞれ二万……
――流石の貴殿でも骨が折れましょう

たけわか(5)

異伝 淡海乃海

羽林、乱世を翔る

いでん あふみのうみ うりん、らんせをかける

［漫画］
藤《ふじ》科《しな》遥《はる》市《いち》

［原作］
イスラーフィール

［キャラクター原案］
碧《みどり》風《ふう》羽

コミカライズ キャラクターデザイン 追加発表！

※飛鳥井・朽木、三好勢初公開！

まさのりのあにさん（30前半？）
eye
じいじ（??）
あやママ（20）

めめ子さん（20代前半？）
かすよ（5）

どうなっちゃうの

現代で平凡な五十代サラリーマンだった俺は
なんと日本の戦国時代の小領主の跡継ぎに転生してしまった!!!
イエーイ
さらに わずか二歳で
ガーン!!
父親が戦死!!
← 父親 享年33才
オレの悠々ライフが…!!
にんげんごじゅうねん!! けてんのうちをくらぶればー
朽木は負けぬ!!
にぎりめしとみそしるを忘れるな!!!
キリッ
これで家臣・一族のハートをキャッチするはずが……
うわあ…
えっ…数えの2歳だよね…？
だれが教えたの…
怖っ
さすが我が孫♥

まあ そうなるよね…

公家版 どうなるの①

親族や譜代の皆に惜しまれ(?)つつ、
母の実家＝公家の飛鳥井家へ!!!
本編
分岐
IF
うーん でも戦で死にたくないし これはこれでアリ⁉
えへへ♥
二歳から公家……
ばーん♥
公家!!!
※イメージです
公家の元服前の男児の髪型といったら
みづら!!!
…こんなに伸ばすか⁉
みづらの竹若丸が見てみ隊!!!♥
イエーイ
↓538年
(注)二歳ではまだ伸ばさず短く鋏で切りそろえる
↓カミソリの普及以降は剃るように！
仏教伝来頃に同時にカミソリも伝来……ってことは↓
えっっ
もしかして俺の頭ツルツルになるの⁉

僧侶が頭髪を剃る用だから… 大丈夫だよ… たぶん

淡海乃海 本編's コミカライズ 出張版 おまけまんが。

この度は、
異伝『羽林、乱世を翔る』
書籍化おめでとうございます!!
お呼びいただき光栄です！本編のコミカライズを担当させていただいております。もとむらえりと申します。
本編とはまた違った切り口で、魅力たっぷりのキャラたちがイキイキと活躍するのを楽しみにしています♥

2020.05.XX
もとむらえり

公家版 どうなるの②

公家の成人男性のたしなみはエボシ…など
烏帽子 コレ
公家特有のビジュアルや言動が多く出て来そうですね…つまり！本編ではボサボサ気味のクセもの主人公ですが…
ふりわけ髪!!!

俺で遊ぶな…
さっきもやっただろ…
公家特有(?)の「おじゃる」語尾と「ホホホホホ」笑い!!!!
こうも違うんか…
戦場にこそ出ないけどこの時代の公家ってすっごくビンボーなのよ
やっぱ金よネ 金・金・金
本編も異伝もヨロシクね♥
どっちの基綱も強く生きて…!!

目刺し髪の
かすよちゃん(3)♥

[著] イスラーフィール
[絵] 碧風羽《みどりふう》
第二巻
2021年発売予定!

異伝　淡海乃海《あふみのうみ》～羽林、乱世を翔る～ 一

2020年8月　1日　第1刷発行
2020年9月10日　第2刷発行

著　者　イスラーフィール

発行者　本田武市

発行所　TOブックス
〒150-0045
東京都渋谷区神泉町18-8　松濤ハイツ2F
TEL 03-6452-5766(編集)
　　0120-933-772(営業フリーダイヤル)
FAX 050-3156-0508
ホームページ　http://www.tobooks.jp
メール　info@tobooks.jp

印刷・製本　中央精版印刷株式会社

ISBN978-4-86699-010-1